ことのは文庫

放課後、
星空喫茶で謎解き遊びを

瀬橋ゆか

MICRO MAGAZINE

CONTENTS

放課後、星空喫茶で謎解き遊びを

プロローグ。方向性を間違えたエネルギー

夜景と言えば、その形容詞はある程度決まっている。それは『百万ドルの』だったり、『星屑《ほしくず》を鏤《ちりば》めたような』であったりと、夜景を売りにした観光スポットの説明書きには大抵、そうした文言が並んでいるはずだ。

とうに授業が終わり、人もまばらになった教室の中。俺の左隣に座り、そんな話を吹っかけてきた桐山涼《きりやまりょう》は、人好きのする笑みを浮かべて言葉を継《つ》いだ。

「まあ、後は共通点がもう一つ。碓氷《うすい》くん、分かる？」

「共通点？」

何のことだ。俺が首を傾《かし》げると、桐山は満面の笑みを浮かべたまま、浅く頷《うなず》いた。

「その『綺麗な夜景』ってつまり、社会人の残業の光だよねってこと」

「……」

爽やかないい笑顔で言うことじゃないと思うんだが、それ。

とは思いつつも敢えて何も言わずに桐山から目を逸《そ》らし、教室の窓の外に俺は目を向ける。

ここからすぐ近くに見える、校庭の辺に沿って並ぶイチョウ並木の向こう側から、運動部の

威勢《いせい》のいい掛け声が聞こえてきた。

普段から俺の左隣の席に座るこのクラスメイトは、物事への見方がだいぶ捻《ひね》くれている。

『青春って、方向性を間違えたエネルギー全部ひっくるめてそうなんだって、言っていいと思うんだよね』とか何とか、普段から訳の分からんことを言ってくるから困ったもんだ。

何だよ、方向性を間違えたエネルギーって。

俺から言わせれば、校庭で高校の部活動に精を出す彼らのような生徒たちこそが『正しい青春』を送っていて、俺らのこの状態こそが『方向性を間違えている』としか思えない。

「……碓氷くんさあ」

現実逃避をしていた俺の傍で、ぽつんと再び呼びかけてくる声がする。渋々ながら奴の方に視線を戻すと、形のいいアーモンドアイが一対、ジト目でこちらを見ていた。

適当に窓際でぼけっとしているだけでも「黄昏《たそがれ》てる姿も絵になる」だなどと女子から密《ひそ》かに騒がれる男子高校生、それが桐山だ。普通に着ているだけの制服の学ラン姿までも格好良く見えてしまうのだから大したものだと思う。

だけど、黙っていられないところがいけない。

「今、思いっきり『どうでもいい』って思ったでしょ。顔に書いてあんだよね」

右手で頬杖をつきながら、桐山は俺を指さした。

「どうでもいいとは思ってないけど、『なんて悲しいことを言う奴なんだ』とは思った」

俺は深々とため息をつく。

東京の中でもビルが比較的少ない、ここ西東京《にしとうきょう》エリア。吉祥寺《きちじょうじ》にほど近く、都内とはいえ自然に意外と溢れたこの辺りでさえも、俺たちの頭上に星は輝かず、代わりに俺たちのいるこの地上に残業の光が流れてきているというのが現実といえば現実だけれども。

それってあまりにも、切なすぎやしないか。

「桐山はつまり、こう言いたいんだな。リア充が肩を寄せ合って眺める地上の星の数々は、その時間にも残業している人たちのオフィスから出来ている、って」

「別にそこまで具体的に言わなくても……悲しくなるじゃん」

桐山の柔和《にゅうわ》な目が、どこか哀れむような色を帯びて俺を見る。誰が始めた話だと思ってるんだ、誰が。

「一つ補足すると、ここ東京はそうだとしても他のところは分からないぞ。現にオーストラリアの人なんかは残業をしないから、夜景を保つために点灯してるらしいし」

「え、そうなの?」

「聞いた話では」

俺の言葉に、桐山は腕組みをして考え込み始めた。そこまで悩むほどのことでもないと思うのは俺だけだろうか。

数十秒後、奴はわざとらしく咳払《せきばら》いをしながら、俺の机の隅をコンコンと指の関節でノックした。

「まあ、一般化することは危険だって教訓が得られたところで」

「主語をでかくして事を収めようとすんな」

「今日も星、見に来ない？　ついでに『星空探偵』の活動のためのネタ探しもしないと」

俺の突っ込みをあっさりと無視して、桐山が言葉を続ける。

彼のこの提案は、『天体観測しよう』の意味ではない。ここでは、夜空に一等星をやっと見つけられるくらいが関の山なのだから。

「……前からずっと思ってんだけど、その小っ恥ずかしいネーミング、ほんと何とかならないわけ？」

「ならないねえ。だって僕が、気に入ってるし」

「あ、そう」

何度言っても譲らないな、こいつ。ため息をついて姿勢を正そうとした俺は、そのはずみに教室の外でこちらを窺《うかが》う気配があることに気づいた。

「探偵ごっこはともかく……一回教室から出るか」

「お、乗り気になってくれた？」

「違う」

俺は首を振りつつ、教室の外を親指で示す。教室の外には、五人ほどの女子学生がたむろしていた。恐《おそ》る恐る俺たちの教室を覗き込んで、互いに頭を振っている女子たち。みな一様に、手には黒いファイルと手提《てさ》げ鞄《かばん》サイズの黒いケースを抱えている。

彼女たちの目的は当てるまでもない、吹奏楽部《すいそうがくぶ》のパート練習場所探しだろう。ケースの大きさ的におそらくクラリネットあたり。生徒数の割に部活のみならずサークルやら同好会やらが乱立しているこの東和《とうわ》高校では、圧倒的に各団体が活動する「部屋」が足りない。

手早く学生鞄に教科書を突っ込み、桐山を待たずに俺は歩き出す。教室の中を窺っていた女子たちの傍を通りかかると、なぜだか一斉に視線を向けられた。

が、別に知り合いがいるわけでもなく。けれどそのまま通り過ぎるのもなんとなくきまりが悪く、軽く会釈《えしゃく》だけして教室を出る。そのまますぐ角を曲がって昇降口に出て、ずらりと並ぶ焦げ茶色の下駄箱の蓋《ふた》を開け。学生鞄を背負いながらスニーカーを履いている最中に、どすんと後ろから衝撃が来た。

「いやー、さっすが碓氷くん」

「何が。てか重い、乗るな」

片眉を吊り上げ、後ろを振り返る。桐山は屈託《くったく》のない笑顔で俺の鞄に右肘《みぎひじ》をかけたまま、ひらりと左手を振って寄越《よこ》してきた。

「一瞬通り過ぎただけで女子の話題かっさらっちゃうんだもんな、顔がいい男はずるいよ」

「その言葉、そっくりお前に返してやるよ」

スニーカーを履き終わり、ため息をつきながら俺は身を起こす。一方の桐山は「んー？」と生返事を返しつつ、のんびりと下駄箱の蓋を開けた。

「ほら、惜《お》しむらくは僕の顔っていわゆる『可愛い系』だからさ、背も君より若干《じゃっかん》低いし。いくら顔が良くても、碓氷くんみたいな男子相手だとまあ負けるよね」

「いやなんだその勝ち負け……背なんてそんな変わらんだろ」

「あーやだやだ、これだから恵まれてる奴は。百七十一センチと百七十五センチの差はでかいよ」

「あのなぁ……」

俺は言葉に窮《きゅう》し、とりあえず目の前のクラスメイトを改めて眺める。

すらりとした体躯《たいく》に小さな顔。若干猫目で童顔な印象の整った顔立ちに、猫っ毛の茶髪(本人曰《いわ》く、地毛らしい)。変人だという噂《うわさ》の一方、女子のファンが実はちゃっかりいるらしい、末恐ろしい高校一年生。

みんな、こいつの外見に騙《だま》されているに違いない。どこか良いんだこんな奴……顔以外で。

「しかも碓氷くんは黒髪正統派高身長イケメンだし。大抵少女漫画のラストでヒロインとくっつくのはそっち。僕みたいな茶髪は当て馬」

しかもなんか意味分からんこと言い出したし。

「そのミディアムウルフの髪型も、いかにも主人公って感じでめちゃくちゃ似合ってるし」

「……は？」

俺は戸惑い、自分の髪に手をやる。この髪はただ単に『耳の上半分がいい感じに隠れる髪型』を美容師にリクエストして、後は完全にお任せした結果なだけだ。髪型に名前がついていることすら知らないのだが、わざわざ言及されるということは、どこかが変なのだろうか。

「……もしかして、この髪型って変か？」

「出たよ、碓氷くんの無駄に低い自己肯定感」呆れ顔をした桐山が、俺に指を突きつける。

「君の顔で似合わない髪型なんてあるわけないだろ、どれも大正解だよ」

なんなんだ、マジでこいつ。

「……お前、俺にどういう反応してほしいんだ？」

勝ち誇ったような顔でこちらを指してくる人差し指をあしらい、俺はげんなりと言葉を返す。このクラスメイトの思考回路は時々謎だ。どういうモチベーションで言ってくるのか全然分からない。

「『ま、当然だな』くらいにあしらえるようになると百点かな」

「何がどうなっても絶対に言わねえ」

「そ？　見た目への賛辞《さんじ》に飽《あ》き飽きしてる君には、うってつけだと思うけど」

「は？」

「みんなほら、『えっ、自分で言う……？』って引いてくれるでしょ。もう誰からも言われなくなるよ、我ながらこのアイデア良くない？」

「……」

俺は言葉を失った。ああ、もうまともに取り合うのはやめよう。

無言のまま俺はくるりと足先を方向転換させ、昇降口のガラス扉の向こうへ歩いていく。

そのまま外に出て左へしばらく歩き、すぐそこにある校舎の角をまた左へ。そこにある、自転車が両側に立ち並ぶ小道に、俺たちは自分のチャリを停めていた。

「え、ちょっと待って、どっちに行く気？」

自分の自転車のサドルに跨《また》り、西門の方へ漕《こ》ぎ始めようとする俺の制服の裾を、いつの間にやら追いついてきた桐山が引っ張る。

「何だよ」

「相変わらず体幹《たいかん》しっかりしてるなあ、つまんな」

「あ？」

振り返った俺の横へ、桐山はさっさと自分の自転車を引いて並んでくる。こいつもこいつで、相変わらず動作が素早い。

「そっちの方向は違う。僕たちの部室は正門の方だろ」

そしてその素早い動きで、奴は俺のシティサイクルの前カゴに手をかけた。

ああ、今日も捕まった。――と、いうか、そもそも。

「あそこを部室扱いするのは違うんじゃないか……？」

「活動場所には違いないでしょ」

「いやでも、さすがに毎日行き過ぎじゃ」

「あ、そうだ。今日、新作のメニューを試してほしいって叔父《おじ》さんが」

躊躇《ためら》う俺に、桐山が聞き捨てならない言葉を言い出した。俺はゆっくりと奴の方へ顔を向ける。

「……行っていいのか」

「だからそうだって言ってんじゃん」何を当たり前のことを、といった調子で肩をすくめてから、桐山は何やら哀れなものを見る目つきをした。「君って食べ物に弱いよね、悲しいくらいに」

「んー、まあああの人の作るもん、全部美味《うま》いし……」

——それに、あの場所だって嫌いじゃない。むしろ自分の好みだ。

それを、面と向かってこいつに言うのは癪《しゃく》だけれど。

「それは何より。じゃ、行こっか」

「……ん」

悔しくも桐山の言葉に乗せられて、俺は正門の方へと自転車の向かう先を変え、ペダルを漕ぎ出した。

教室から聞こえてくる吹奏楽部の楽器の音。背後に遠ざかっていく運動部の掛け声、漏《も》れ出てくる軽音部のベースやギター、ドラムの音。それらを突っ切って、俺たちは正門の外に出ていく。俺たちの「部室」は、校内にはないからだ。

都会の人波の喧騒《けんそう》から切り離された、わりと広々とした喫茶店。桐山の叔父さんが営むその店は、普通の喫茶店じゃあない。

二階くらいまでの高さがある天井を持つその喫茶店は、ドーム型の天井と滑《なめ》らかな壁面にしっとりとした夜空と、それを彩る宝石箱をひっくり返したような星々を全視界に映す——プラネタリウムと喫茶店を融合《ゆうごう》させた空間だ。

それが俺たちの、活動拠点《きょてん》。

さっき「方向性を間違えたエネルギー」なんて言ったけれど、俺らもなかなか方向性を間違えているかもしれない。いや、「かもしれない」じゃない、間違えているとは思う。でなければ何が悲しくて野郎二人でプラネタリウム喫茶まで行かねばならんのか。

後で他のメンバーと合流するとしても、だ。

そんなことを思いつつ、今日も俺たちはいつもの喫茶店――通称『星空喫茶』まで自転車を漕ぐ。

そう、これは「方向性を間違えたエネルギー」を持て余した結果、色々と奔走《ほんそう》する羽目になった俺たちの物語だ。

第一章・ヘラクレスと蟹

まずは、俺たちの初めての『探偵活動』のことから話を始めよう。

高校入学当初、俺は疲労感に襲われていた。

そもそも最初からこの高校はおかしかった。入学式が終わり、帰路に就くため向かった昇降口のガラス扉の向こうに見えたのは、ジャージやユニフォーム、白衣を身にまとい、満面の笑みで一年生を待ち構える長蛇《ちょうだ》の列。

その正体は、遥か彼方の正門まで続く、部活勧誘の花道である。

一度そこに足を踏み入れたなら、もう大変だ（ちなみに二つしかない門のうち一つは封鎖《ふうさ》されており、逃げられもしなかった）。

「このボールは君のためにある！」

「入る部活決めてる？」

「君、よくイケメンって言われない？」

とにかく上級生の群れから意味も分からない怒涛《どとう》の言葉を投げかけられ、ビラを手の上に置くだけでは飽き足らず鞄やら制服のポケットに突っ込まれ、俺はそれだけでへとへとになったものだ。なるほど、この東和高校は確かに評判通り、公立高校トップクラスに部活や同好会活動が盛んな学校らしい。

　昼休みにさえ、部活勧誘が続くのだから。

　午前の授業が終わった途端《とたん》、上級生が入れ代わり立ち代わり教室に来る状況の中。俺は午前中に早弁をすませ、昼休みになると別棟三階の図書室へ退避《たいひ》するのが定例コースになった。

「……疲れた」

　新学期早々、しかも四月に入ってまだ二週目のこの時期に、図書室に通う生徒は少ないのだろう。ぎっしりと本が詰《つ》まった棚が並べられている空間は閑散《かんさん》としていた。

　これは好都合。俺は奥の方の長机に向かい、椅子に座る。そのまま机の上に肘をつき、図書室の風景をぼんやりと眺めていると、視界の隅に扉を開けて入ってくる人影が見えた。

　人影は本棚の列の中に消えた後、一冊の雑誌を手に、俺の座る長机から二つほど離れた長机に座って早速雑誌を読み出した。その生徒は机上に肘をつき、雑誌を顔の前に持ってきて読んでいたから、雑誌名はばっちり見えた（読んでいる奴の顔は見えなかったが）。毎月一回発行される老舗《しにせ》の天文雑誌だ。この学校、専門雑誌も置いているのかと俺は少し感心した。

　――そういや、最近プラネタリウムにも行ってないな。

　真っ暗な闇《やみ》の帳《とばり》に包まれ、夜空を見上げるあの空間。居ると思考が整理される、どこか静謐《せいひつ》さを感じさせる夜空の投影。

　昔は親父がよく科学館や地元のプラネタリウムへ連れ出してくれたけれど、最近はその数も減り、この都会のど真ん中ではお洒落《しゃれ》でスタイリッシュな演出のプラネタリウムがデートスポットとして人気になり。一緒に行く相手もいない俺は、いつしかあの好きだった空間から足が遠のいてしまった――。

そんなことを考えつつ、机に突っ伏すこと数十分。予鈴はまだかと腕時計を見てみると、昼休みの終わりまであと十分ほどだった。早めに戻るか、と立ち上がって図書室を出る。ちらりと後ろを見ると、あの天文雑誌を読んでいた奴はまだ図書室に残っていた。

後から思えばあの時、そいつの顔くらい確認しておけばよかった。後悔、先に立たず。

「ねえ、碓氷くんってさ」

「ん？」

「プラネタリウム、好きなの？」

「……？」

その日の放課後、教科書を詰め終わった鞄を手に、帰ろうと席から立ち上がりかけていた矢先。隣の席の奴から投げかけられた唐突《とうとつ》な質問に、俺は首を傾げた。

そして一拍《いっぱく》おいてから納得する。こいつ、さては見たな。

「桐山……くんだっけ。さっきの紙見ただろ」

「見たんじゃなくて、見えたんだ。不可抗力《ふかこうりょく》ってやつ」

口の減らない奴。桐山涼という名のクラスメイトへの第一印象は、それだった。

自慢じゃないが、俺はまだクラス全員の名前と顔を把握《はあく》しきれていない。入学してから一週間程しか経っていないのだから、無理もないと思う。

けれどさすがに出席番号順に並んだ席順で、自分の隣の席の奴の名前と顔はすぐ覚えられる。というより、俺でなくともこいつの顔と名前はもうクラス全員が把握しているんじゃないだろうか。何せ、目立つ奴なのだから。

「まさか、隣から盗み見されるなんてな」

「ちょっと横向いたら見えちゃったからさ、視力が良すぎて申し訳ないね。いいじゃん、どうせ自己紹介カードなんて、来週には冊子《さっし》になってみんなの手元に回るんだから」

ああ言えばこう言う、だ。しかも確信犯。まあ確かにこいつの言う通りではあるけれど。

数日後には全員分コピーされて、クラスに行き渡るはずの自己紹介カード。俺たちはさっきそれを書いた。その項目にあった「好きな場所」という質問欄《しつもんらん》に、俺は「プラネタリウム」と記入して。

さっきぽっと思いついた場所以外に、いい場所がすぐに思いつかなかったからだ。白紙提出というのもきまりが悪いし。

そんな俺の書いた内容を、桐山は『見てしまった』らしい。

「プラネタリウムなら、いい場所知ってるよ」

「……は？」

突然、何を言い出したのかと思えば。

「しかもご飯もスイーツも全部美味《おい》しい」

何を言いたいのかが分からない。プラネタリウムに美味い飯？　スイーツ？　俺は言葉を失ったまま、目の前のクラスメイトの真意を探ってみようとした。が、しかし。

結論から言うと、ほぼ何も分からなかった。理解出来る出来ない云々《うんぬん》の前に、桐山とはこれが初めての会話なのだ。

分かるのはただ一つ。先ほどから周りの視線が痛いということ。女子だけではない、男子も含めた視線だ。けれどその視線を気にする前に、隣席のこの、訳の分からないイケメン野郎から発せられた言葉の意味を理解する方が先だ。これから席替えまで恐らく数か月、平日毎日机を並べる訳だし。悪い印象は与えたくないし、無難《ぶなん》にやり過ごしたい。

「どういう意味だ？」

「君にぴったりな場所がある、って話さ。それに君、放課後に時間ありそうだし」

「いや、俺部活見学回ろうと思ってるから放課後は忙し……」

「嘘だね」

ノータイムで断言されて内心ぎょっとしつつ、俺は片眉を上げた。

「は？」

「わざわざ早弁して図書室にまで退避したのに、本を読む訳でもないし、寝てるだけ。つまり、別に図書室に用事があった訳じゃない。そもそもこんな時期にそんな動線するってことは、部活勧誘を鬱陶《うっとう》しいと思ってるだろ」

　俺は思わず言葉につまる。どうやらこいつは、俺と同じタイミングで図書室に居たらしい。

「で、部活勧誘を避けるってことは残った可能性は二つ。すでに入る部活を決めているか――そもそも入らないか」

「……」

　まあ、そりゃそうなるわな。

「で、君の場合はどの部活も同好会も入る気ないだろ？」

「勝手に決めつけるな、勝手に」

「勝手でもないさ。だって君、ずっと毎日、放課後すぐに帰ってるし。基本この学校の部活は活動的なとこばっかりだから、今日に限って見学に行くのは変だなと」

「ストーカーか……？」

　俺の言葉にぎょっとしたように目を丸くし、桐山がものすごい勢いで首を左右に振る。

「いやまさか、そんなおぞましいこと僕がする訳ないだろ？　あれだよ、あれ」

　そう言いながら彼は教室の窓を指さした。指し示された先を確認し、俺は納得する。

「ああ……そういや俺、いっつもあそこに自転車停めてんな」

「そういうこと。見えるのは不可抗力だよ」

　さっきも聞いたようなことを言いながら、桐山はにっこりと笑う。

確かに俺は、授業が終わると即帰宅する。俺はチャリ通学なのだが、大体自転車を停めているのは自分の教室の窓のすぐ近く。俺の帰る姿が、教室から見えて当たり前だった。

「それに、部活見学に行くなら鞄は教室に置いてけばいい。荷物になるだけだしね。なのに君は、もう帰り支度万端《じたくばんたん》の状態で鞄を持って出て行こうとしてた。しかも本当に予定があるなら、僕とこんなところでのんびり話に付き合ってくれる訳ないし」

……こいつ、意外と目敏《めざと》いな……。

どう答えたもんかと逡巡《しゅんじゅん》している傍《かたわ》らで、桐山が得意げな顔で人差し指を立てる。

「そんなわけで、君はGHQ確定かなって」

「は？　じーえいちきゅー？」

『Go《ゴー》　Home《ホーム》　Quickly《クイックリー》』の略。まあつまり帰宅部ってことで……」

何かと思えば、つまらん駄洒落《だじゃれ》だった。

「帰る」

俺はがたりと席を立つ。言われた通り、早急《そうきゅう》に家へ帰らせていただこう。そうquickly、早急に。

「ちょちょちょ、ちょい待ってって」

「今度はなんだ」

学生鞄を掴《つか》まれ、俺は立ったまま相手を見下ろす。右腕だけで鞄を掴まれたのにその力は意外と強く、見た目に反して結構力があるんだなと一瞬感心してしまった。

「さっき言ったプラネタリウムとスイーツの話、あれってプラネタリウムと喫茶店を合体した場所なんだけどさ。よかったらこれからどうかなって」

「だから、何で俺が」

「さっき、好きな場所に『プラネタリウム』って書いてたし。それに、君とは仲良くしていきたいしね」

よろしく、と目の前へ差し出された右手。そしてこちらに注がれる数多《あまた》の視線。

「今日時間あったら、早速どうかな？」

思考と行動をフリーズさせた俺に、奴は穏《おだ》やかにそう言い募《つの》る。

「……もしよかったら、だけど」

続く言葉がどこか頼りなげな小さいものになっていて、俺は思わず視線を上げ——その瞬間、不安そうな表情から満面の笑みに切り替える、桐山の表情変化を見た。

「……分かった」

「おっ、ありがとう！　恩に着るよ！」

桐山はにこやかに俺の手を掴んで勝手に握手を成立させ、「ちょっと待ってて」と俺の答えも聞かずに教室から走って出て行く。嵐みたいな奴だ。

「なんだあいつ……」

待っていろとは言われたものの、周りから注目されている状態で一人取り残されるのは正直だいぶきつい。俺は仕方なくため息をつき、無言で机に突っ伏してたぬき寝入りを決め込んだ。よし、これで誰も話しかけては来るまい。

「えっ、何？　なんで寝てんの？」

　机に突っ伏したのも束の間、頭上から先ほど聞いたばかりの声が落ちてくる。俺は無言でのっそりと起き上がり、「お前のせいでいたたまれなくなったから」と言おうとしてその言葉を飲み込んだ。

「……なんでスニーカー？」

　そう。すぐさま戻ってきた桐山が手に持っていたのは、白いスニーカーだった。何をする気なんだ、こいつ。

「え？　外に出るからだけど」

『何を当然なことを』と言わんばかりのキョトン顔を見せた後、奴は自分の鞄を肩にかけて窓の方へと歩き始める。嫌な予感を覚え始めた俺の前で、桐山は上履きを脱いで窓際の壁にきちんと揃《そろ》え、そしてこともなげに一年G組教室の開いた窓枠に手をかけた。

「待て待て待て」

　桐山が何をしようとしているのかを察した俺は、奴の詰襟《つめえり》部分を引っ張る。

「お前、何やってんだ」

「だってもう外履きは持ってきたわけだし、ここ一階だから窓から出れば効率的なショートカットだし。僕はここから行くけど、君は嫌だったら普通のルートでいいよ。あとで合流しよう」

「いや、そういう問題じゃない」

クラスメイトが興味津々な目でちらちらとこちらを窺っている気配をさっきから感じているのだ（見なくていいから、早く部活見学に行ってほしい）。これ以上好奇の視線にさらされ、注目の的になるのはごめんこうむりたい。俺が内心、切実な思いで引き留めていると、桐山はくるりとこちらを振り向いた。

「ま、いいや。普通に昇降口から行こっかな」

屈託のない笑みで朗らかに言い放ち、桐山はあっさり踵《きびす》を返して教室のドアへと歩き出す。

……いや待て、今のくだり必要だったのか？　ただの無駄な動きじゃねえか、俺が待った意味ないし。

俺は意味不明な桐山の行動に頭が痛くなりそうなのを感じながら、とりあえず桐山のその背中を追うのだった。

「もう二つくらいさ、聞きたいことがちょっとあって」

「なんだ」

桐山を追った先は昇降口だった。出席番号だけがシンプルに刻まれた焦げ茶色の下駄箱の前で、そのまま何を説明してくれるわけでもなく、奴はさっさと上履きを脱いで自分の下駄箱に入れ、手に持っていた白いスニーカーを履いた。

「歩きながら話していい？」

「おー」

もうどうにでもなれ。俺は頷きつつスニーカーに履き替え、黙って桐山についていく。昇降口を出て左に曲がり、すぐそこの校舎の角をまた左へ。その先にある、校庭の方へと向かう十メートルほどの小道に俺たちは足を踏み入れた。

「あのさ」

両脇が自転車置き場になっている小道の途中で、桐山がくるりと俺を振り向く。

「なんでこんなに素直についてきてくれたの？」

左右に所狭《ところせま》しと停められている自転車。その泥除《どろよ》けに貼られた、学校指定のステッカーがやたらとカラフルで、俺は目を細めながらややあって口を開いた。

「さっさとあの場から離れたかったから」

「なるほどね」

何がなるほどなのかは分からないが、そこで桐山はあっさり退いた。深く突っ込んでこないその姿勢には少し好感が持てる。いまだにキャラがよく掴めない奴だけれど。

俺たちはしばらく黙々と歩く。校舎の曲がり角まで来てまた左に曲がり、少し進むと自分たちの教室の窓の近くだ。

一年生の教室は一階部分にあり、校庭に面している。クラスはA組からH組まで。ついでに言うとA組からF組の教室の前には等間隔《とうかんかく》に水飲み場が並び、俺たちのクラスG組と、一番端のH組の前は自転車置き場になっている。桐山はG組とH組の境目くらいで立ち止まり、そこに停められている自転車をゆったりと見回した。

「で？　聞きたいことってなんだ」

あと一つあるんだろと促すと、奴は何やら神妙にこっくりと頷いた。

「気になる話を聞いたんだ」

「気になる話？」

「新入生たちの間で少し話題になってるみたいで」

何が言いたいのか、全く分からん。もったいぶらず簡潔《かんけつ》に話してくれ。

「このあたりの自転車置き場は『曰く』つきらしくてね。事情を知ってる上級生は、この辺には自転車を停めないいんだってさ」

「は？　曰くつき？」

その言葉に、俺は思わず停まっている自転車を見回す。そしてやっと、あることに気がついた。

「確かにこの辺、一年生しか停めてないな。泥除けのステッカーが全部赤色だ」

この高校は、自転車で通学してくる生徒が多い。外部の者が紛《まぎ》れて無断駐輪しに来ることがないように、各生徒には東和高生である目印として、自転車に貼るステッカーが配られるのだ。学校の校章が白抜き線で印字されたそのステッカーは、学年ごとに色が違う。一年生は赤、二年生は青、三年生は緑。そして今、目の前の駐輪スペースに停められている自転車のステッカーの色は全部赤。俺たち一年生のカラーだった。

学校の駐輪スペースとして指定されている場所であれば、学年関係なく誰もがどこにでも自転車を停められる。現に俺たちがこれまで通ってきた小道のステッカーはカラフルだった。こんな赤一色ではない。

「でしょ？　不思議だよね？」

「んー……」

本当のところを言うと、割とどうでもいい。

「フ・シ・ギ・だ・よ・ね？」

底知れない笑みを浮かべて、さらにそう重ねてくる桐山。さっきと同じセリフだが、言の圧が三割増しだ。肯定《こうてい》の意を示さないとどうも会話が終わりそうにない。

「まあ、『曰く』が何なのかは気になるかも……しれないかもしれない」

「うんうん、よくぞ言ってくれました！」

濁《にご》して言ったのに、満面の笑みで背中をバシンと叩かれる。地味に痛い。

「というわけで、君にこの駐輪スペースの『曰く』が何なのか、解《と》いてほしくてさ」

「……は？　俺？」

「そう、君が」

「いや無理だろ。推論根拠《すいろんこんきょ》も何もないし」

「情報ならあるけど？」

「あるのかよ……」

俺はがくりと肩を落とす。どうやら話を逸らすことは無理そうだ。

「この前聞いた話さ。二年生の先輩が、一年のとある男子にこう聞いていた。『お前、どの辺の駐輪スペースに自転車停めてるんだ？』って」

その一年の男子は、『一年G組の前あたりですけど』と言ったらしい。つまり、俺たちが今いる場所あたりのことだ。

「それを聞いたその先輩は一瞬考えるようなそぶりを見せた後、こう言ったそうだ。――『悪いことは言わない、その辺に停めるのはやめとけ』って」

「へえ」

「ここ、『なんで？』って聞くとこね、オーケー？」

全然オーケーではないが、桐山の笑顔の圧がすごいし言わないとこの話が終わりそうもない。俺が渋々《しぶしぶ》「……なんでだ？」と先を促《うなが》すと、桐山は「よしよし」と満足げに頷いた。なんだ、この敗北感。

「でさ、そのとある一年生も聞いたわけさ。『どうしてですか』って」桐山は目の前に並ぶ自転車を見つめながら続ける。「で、その先輩にこうも言われてた。『別に信じるも信じないもお前次第だけど、お前も半年くらい経てばそのうち分かるさ、習慣ってのは恐ろしいからな』って。ニヤニヤしながら」

「はあ」

情報が断片的すぎる、ここからどう考えろと。俺がじとりと見やると、目の前の美少年はその涼しい顔を崩さず、顎《あご》に手を当てて考え込むようなそぶりを見せた。

「他にもあるんだ。複数の一年が先輩から同じようなことを言われてるらしい」

――とりあえず、一年G・H組あたりに自転車を停めるのは今からやめといた方が無難だ。

――理由はそのうち分かる、それに毎年誰かが通る道だしな。

――ここは東京だからな、いや東京なのにってのもあるけどさ。

――しっかし、一年生は可哀想《かわいそう》だよな。

「……ってな感じでさ、どの先輩も理由に関しては一様にだんまりだったって。先輩の層も特に偏《かたよ》りがない。文化系の部活から体育会系の部活まで、この辺の『曰く』を語る生徒には、二年生も三年生もどっちもいたって」

桐山の言葉を反芻《はんすう》しながら、俺はぼんやりと駐輪スペース周辺を見遣《みや》る。

「どう、分かる？」

桐山の言葉に、俺は顔を上げる。奴はいつの間にかさっききまでの満面の笑みを引っ込め、どこか真剣な表情でこちらを見守っていた。値踏《ねぶ》みでもするかのような視線を向けられている気がするのは、気のせいだろうか。

まあしかし気のせいだろうがなんだろうが、この話になんらかの結論を与えないと話は終わらないのだろう。仕方ない、と俺は躊躇いながら口を開いた。

「……この高校、駐輪場所ってあとどこがあったか覚えてるか？」

「ここと、さっき通った校庭までの小道、それと生徒会室前の長方形スペースだね」

「そうか」

生徒会室前の、えんじ色をしたレンガ調タイルが敷《し》き詰められた長方形スペースを、俺は思い浮かべる。生徒会室の入る建物の壁と、無機質なコンクリートの壁に囲まれた縦《たて》十メートル・横三十メートルほどの割と広めな駐輪場所だ。その辺に自転車を停める生徒が最も多い。場所も広く、すぐそこが昇降口だからだ。

次に先ほど通ってきた、校庭と俺たちの教室の窓側へとつながる小道。こちらも校庭を向いて左は校舎の白い壁、右はコンクリートの外壁に囲まれた何の変哲《へんてつ》もないスペース。そして地面も生徒会室前と同じ、えんじ色のタイルが敷き詰められている。ここも校舎の角を曲がれば、昇降口にすぐたどり着く。

そして最後、俺たちが今いるこの地点、一年G・H組前の駐輪スペース。片側は教室の窓、反対側は校庭で、決して広いとは言えないけれども穴場でもあるスペースだ。えんじ色のタイルが敷き詰められているもののその区画は少なく、この道の半分程度。残りは土、つまり校庭の面積に組み込まれた地面。そして校庭の周りには、緑色の木が扇形の葉っぱを茂らせて立ち並んでいる。

ここが穴場でもあるのは、昇降口から最も遠い駐輪場所だからだと思っていたけれど。それだけではないということだろうか。

上級生が語るらしいこの駐輪スペースの『曰く』。『やめておいた方がいい』と彼らは口を揃えて一年生に語るけれど、その理由については教えてくれない。

ある先輩はニヤニヤしながら。

ある先輩は『毎年誰かが通る道だ』と言いながら。

またある先輩はこう言った、『ここは東京だから』と。

「……ああ」

俺はそこまで考えて、どっと脱力した。どこかに座り込みたいレベルで。

「ものっすごく、くだらない……」

「お、分かった？」

俺が顔を手で覆っているから奴の表情は分からないけれど、桐山がそわそわとしているのだけは分かる。俺はため息をつきながら、右側に広がる校庭の方向を空いている方の手で指さした。

「その『曰く』の原因、多分これだ」

「ん？　校庭？」

「違う。その外側」

俺はのろのろと、足取り重く校庭の方へ歩き出す。その「原因」のもとまで歩いていくと、桐山は「あー」と言いながらポンと手を叩いた。合点がいったらしい。

どうでもいいけど、その仕草ちょっと古くないか。

「なるほど、だから『東京だから』なのか。ダブルミーニングってわけね」

「理解が早くて助かる」

俺がそう言うと、桐山はニヤリと笑った。

「まあ実際は秋にならないと分からないけど、ここいらのイチョウの木、多分雌木《めぎ》なんだろうね。そりゃ『一年生は可哀想』って言われるわけだ」

「十中八九、そうだろうな。それも秋になると多分めちゃくちゃ実が落ちてくるやつ。都会のど真ん中の道に植えられてるやつと違って」

俺は桐山の言葉に頷きながら、同意の言葉を述べる。

つまりはそういうことだ。半年後、つまり今の四月から六か月ほど後は十月。秋である。秋の風物詩《ふうぶつし》、イチョウの木は東京都の「都の木」として設定されている。古代植物の生き残りであり、公害や火にも強いため街路樹としても使われることの多いこの木は、雌木が秋に落とす実でも有名だ。

——もうとっくのとうにお分かりだろう、銀杏《ぎんなん》のことである。

「『踏《ふ》み潰《つぶ》された』銀杏の匂いは……確かに洒落にならないね」

桐山はその柔らかそうな猫っ毛の茶髪をがしがしとかきながらイチョウの木を見上げた。

「そうだな。現にそのせいで表参道《おもてさんどう》とか原宿《はらじゅく》とか、神宮外苑《じんぐうがいえん》とか、人が多い都会の街路樹には雄木《おぎ》しか植えないって聞くし」

俺も肩をすくめつつ同意する。

雌木は実である銀杏を落とすが、雄木はそもそも銀杏をその木につけず、つけないから落としもしない。つまり、匂いのしない銀杏の木というわけだ。

東京都の木であるイチョウの木——都会っ子の中にはその『匂いのしないイチョウという街路樹』の存在に慣れていて、銀杏の匂いのことをすっかり忘れている、もしくは知らない奴もいる。そういう奴は秋まで、ここいら一帯が危険地帯と化すことに気が付かない。それが、『毎年誰かしら一年生が通る道』というわけだ。

「なんとまあ、限定的にしか成立しない曰くだね」

「そうだな……」

俺は相槌《あいづち》代わりに返事をしながら、イチョウの木を見上げた。まだ青々とした緑色を惜しげもなく振りまき、唯一校庭側に面している一年G・H組前の駐輪スペース一帯へ向けて秋に起こす出来事——『銀杏の匂いテロ』の雰囲気を微塵《みじん》も感じさせない、その木々を。

しかし、洒落にならないくらいに落ちた銀杏の群れの匂いが臭いのは分かるけれど、そこまで『曰く』に昇華《しょうか》するほどのことなのだろうか、これは。くだらなすぎないか？

腑《ふ》に落ちないものを感じて消化不良に陥《おちい》っていた俺の隣で、桐山がぽつりと呟いた。

「毎年あるんだろうね」

「何が」

俺が聞き返すと、桐山はイチョウの木を指さした。

「この『曰く』語りだよ。おそらく、一年にもったいぶって理由を教えずにここの『曰く』

を吹き込んだ先輩たちは、自分たちも一年生の時同じ目に遭《あ》ってるんだろう」

「ああ、それでニヤニヤしてたって訳か」

俺はなるほど、と頷いた。おそらく上級生たちも事情が分かった時に思ったのだろう、『なんてくだらないんだ』『あれだけもったいぶってオチがこれかよ』と。

それだけではどうにも面白くないし消化不良だ。だから『曰く』として意味ありげな感じを装って、まだ何も知らない新入生にその噂を吹き込む。嘘を言っているわけではないし、理解できず訝《いぶか》しがる後輩たちを見て楽しんでいる、というわけだ。

「伝統みたいなものなんだろうなあ。でなきゃ誰一人として理由を教えてくれないなんてこと、あるわけない」

「いや、どんな伝統だよ……」

俺は脱力しつつそう突っ込んだ。あってたまるか、そんな伝統。いや実際、ここにあったのだけれども。

「それにしても」

桐山が駐輪スペースの方に戻りながら首を傾げる。

「理由は分かったけど、何でそれでも先輩たちはここいらに停めないんだろうね？　一年生しか、ここに自転車を停めてない。別に秋じゃなきゃ銀杏の匂いをくらう訳じゃないんだから、停めてもよさそうなものを。折角の穴場なのに」

俺も桐山につられて首を傾げた。何を言っているんだ、こいつ。

「ん？　さっき自分で言ってただろ」

「え？」

「『自分たちも一年生の時同じ目に遭ってるんだろう』って。つまり、毎年新入生が入ったばかりの時は、上級生たちも積極的に自転車を停めないようにしてるんだろう、この辺に。でないと『曰く』の意味ありげな感じが一気に損なわれるし、うまく新入生を騙すことができない」

　それに、『習慣ってのは恐ろしい』と言った上級生もいたそうだし。ここに自転車を停めるのが習慣化されて毎日の行動パターンに組み込まれ、ある秋何も考えずにいつも通り自転車をここへ停めに来て、銀杏の匂いテロにまんまとやられる――なんてことは誰でも御免《ごめん》だ。

　普段から避けられている場所というのは本当かもしれない。

　ぼうっとしていると、何故かいつもと同じような場所へ同じ行動をしに行ってしまうのはごく自然の流れだ。

　それにしても。『曰く』の原因は全く大したものじゃあなかったが、そこそこ生徒数の多いこの高校で駐輪場所は限られているし、誰かがこの辺に停めないと明らかにスペースが足りなくなる。つまりは秋に向けて駐輪場所の争奪戦が今から予想されるということだ。銀杏のことを忘れないうちに、俺も別の場所に停めるのを習慣化しようか――しばらくそんな思考にふけっていた俺の横で、桐山はぼんやりと呟いた。

「それにしても『踏み潰された』銀杏か……なるほど、ヘラの蟹《かに》ってとこかな」

何言ってるんだこいつ。俺が眉を顰《ひそ》めてその言葉の意図を探る傍で、桐山は「んじゃ、行こっか」と言いながら自分のものらしき自転車を引いて戻ってきた。

「ああ……チャリで行ける場所なのか、そういえば」

「うん、大体五分くらいかな。心配しなくてもいいよ、ちゃんとしたとこだから」

「ん」

意外と近い場所だった。それならまあ、いいか。無駄足だったとしても、何らかの経験にはなるだろうし。

俺はそう自分に言い訳しながら、桐山の後を追った。


結論から言うと、無駄足ではなかった。ありがたいことに。

「おお……」

思わず感嘆の声が俺の口から漏れ出る。

今俺たちがいるのは二階分くらいを吹き抜けにしたような高い天井の、広い空間だった。

床には濃紺の柔らかな絨毯《じゅうたん》が敷き詰められ、丸テーブルを囲んだ一人がけソファー四つ組のセットが七つ。店の最奥にはカウンター席もある。カウンター前に並べられたスツールは四つで、その席に向かい合うように、カウンター後ろには洒落た戸棚があり、恐らくドリンクを作るのに使うであろうシロップや、紅茶の缶らしきものがずらりと並べてあった。各テーブルの上には満月を象《かたど》った淡い黄色のランプが置かれていて、照明を出来るだけ絞《しぼ》った薄暗い店内を点々と照らしていた。

——そして、上を見上げると。

「綺麗でしょ」

「ああ、これはすごい」

思わず桐山の言葉に素直に頷いてしまうほど、頭上には満天の星々が光を灯《とも》す夜空が広がっていた。

見上げた先の天井はドーム型になるよう設計されている八角形で、そこからなだらかに壁面が地上へと伸びている形の部屋だ。星空はその天井と店内の壁面上半分ほどいっぱいに投影されていて、壁面の上半分と下半分を分《わか》つちょうど真ん中の部分には幅三センチほどの溝がぐるりと部屋を一周するように刻まれており、そこにも柔らかな光が灯っている。照明用のパネルが埋め込まれているのだろう。そしてその光の溝の下、つまり壁面の下半分には八角形の辺それぞれに窓が等間隔に並んでいる。窓は全部で四つあり、あと窓があるべき残りの辺の部分にはカウンターと、別室へと繋がるだろう扉、そして先ほど俺たちが入ってきた入り口の扉があった。

「すごいな、この構造」

「鳥籠《とりかご》みたいな形してるよね」

桐山がなんとも微妙な例えを出してくる。いやもっといい例えがあるだろうと頭を捻った俺は、「そうだ」とはたと思い当たった。

「東京駅の駅舎の、あのドーム型の部分に似てるな」

「ええー、分かりにくい例え……」

「うるせ」

桐山からのブーイングを受け流し、俺はまた頭上の星空に見入る。

下半分が少し光を取り込む構造になっているにも拘《かかわ》らず、頭上に輝く星空はそれは見事なものだった。東京で見える数少ない星座のオリオン座どころか、普段見えない星々までもが光り輝いている。四等星を有する星座までもが見えて、俺は静かに感動していた。

喫茶店とプラネタリウムの融合と言っていたけれど、思った以上にちゃんとプラネタリウムしている。いや誰目線だよという話だが、もっとちゃちいのを想像していたのだ。この夜空の綺麗さは、幼い頃に見たプラネタリウムの夜空に匹敵《ひってき》するんじゃないだろうか。

風景に溶け込んでいるあまり注目するのが遅れてしまったけれど、部屋の真ん中には夜空を映し出す小型の投影機が、背の高い洒落た台座の上に鎮座《ちんざ》している。パッと見ただけでもきちんとした機械を使っているのがよく分かった。

「まさか、高校の近くにこんな場所があるなんてな」

高校から自転車で五分ほど、場所は駅近くの地元の商店街の、横路地の一角。年季が入り、シックな雰囲気《ふんいき》を醸《かも》し出す焦げ茶のレンガの壁と濃い緑色の屋根を持つ洋館の中に、こんな空間があるだなんて誰が予想できただろう。

「そういえばこの喫茶店の名前って、やっぱりヘラクレスから取ったのか？　星座繋がりで」

俺はふと思い出した疑問を口に出す。先ほど桐山に連れてこられた時、洋館の入り口ドア上部分に銀色の文字で『喫茶　Ｈｅｒｃｕｌｅ』と書いてあったのを見たのだ。

「そうそう、よく知ってるね。あれ、ヘラクレスのフランス語表記なんだ」

「なるほど？」

プラネタリウムと喫茶店の融合としてぴったりな名前だと、俺は納得する。

「ま、僕は『星空喫茶』って呼んでるんだけどね」桐山が苦笑しながら髪をかく。「そのまんまの名前が他の人にバレて、ここに来られるようになるのも嫌だし」

「お、おお……まあそうか」

行きつけの喫茶店に知り合いが居たらそりゃ気まずいし、何となくその感覚は分かる。俺が大人しく頷いていると、不意打ちで、近い距離で女子の声がした。

「やっと来たのね」

その声に俺が振り返ると、淡い光の灯った手持ちランタンを持った誰かが、こちらに向かってくるところだった。白っぽいＹシャツに、暗い色のストライプネクタイと、制服らしきチェック柄の色の深いスカート。どうやら同世代の女子のようだ。

「遅かったじゃない、桐山くん」

「ああ、ごめんチアキ。ちょっと手間取って……ってちょ、待って眩《まぶ》しい」

手持ちランタンを目の前に突きつけられた桐山が、俺の隣で狼狽《うろた》えながら後ずさる。

「あなたに下の名前を呼ばれる筋合いはないわ」

桐山にランタンを突きつけた張本人は、静かにそう言い放つ。

光に照らされるその造形は薄暗がりの中でも綺麗だと分かるレベルに整っていた。肩のやや下まで伸びた真っ直ぐな髪に、涼やかな目元。クールビューティーと言って差し支えない。

「いやあ、だって親戚中《しんせきじゅう》みんな君のこと下の名前で呼んでるし……」

「従姉妹《いとこ》だからって、越えてはいけない礼儀《れいぎ》の壁はあるものよ」

「普通、親戚のこと苗字呼びするかな」

「あなたの言う、その『普通』って何が基準なのかしら」

けんもほろろとはまさにこのこと。あの人を食ったような爽やか笑顔を重装備している桐山が、気圧《けお》されている。

それくらい、先ほどから間髪《かんはつ》を入れずにぽんぽんと鋭い答えが返ってくるのだ。静かに涼やかな声で、淡々と。

「ええと……さっき従姉妹って言ってたけど、この人、お前の従姉妹さんなのか？　桐山」

とりあえず、状況は把握させていただきたい。恐る恐る横からそう切り出すと、二人分の視線が突き刺さったのが分かった。俺は思わず一歩後ずさる。

「――そう」

目の前の少女が、俺の方に体を向けながら口を開く。

「湊《みなと》高校一年、月島《つきしま》千晶《ちあき》と申します。以後お見知りおきを」

湊高校って、確か名門難関女子高じゃないか？　そう思い出していた俺は、彼女から差し出された右手へ反応するのにワンテンポ遅れてしまった。

「あ、ああ……東和高校一年の、碓氷十夜《とおや》と申し……ます？」

同い年同士ってわけだよな、今更ながら「申します」って違和感凄いな。そう思いつつ、俺は握手をすべく右手を差し出す。差し出された手を無視するというのもばつが悪い。

……と、思っていたのだけれど。

「左利きなの？」

互いに手を差し出した謎の体勢のまま、彼女はそう聞いてきた。

「え？」

「腕時計、右手にしてるのね」

「ああ……いや、右利きだけど」

「そう」

浅く頷くと、彼女はそれ以上聞かずあっさり退いた。別に大して興味もないけれど話のとっかかりとして聞いた、そんな感じ。

が、とりあえず会話は成立している。思ったよりもつっけんどんな対応をされなくてよかった。俺は心の中で胸をなでおろしつつ、空振りになった右手を彼女同様に引っ込めた。

「――で、顔合わせ一人目も終わったことだし、ここの店長を紹介するよ」パンと隣で桐山が両手の平を打ち合わせ、店の奥へと声のトーンを大きくして呼びかける。「レイさん、ごめーん！」

桐山の声に数秒置いてから、部屋の最奥のカウンターの後ろにある扉がガチャリと開き、一人の男性が姿を見せる。

「はーい、いらっしゃい」と、彼はのんびりした調子で微笑《ほほえ》んだ。

「ごめん遅くなって」

「いいや、時間通りだよ」桐山に応《こた》えたその男性は、俺を見て「お」と目を丸くする。

「ああ、その子が同じクラスの碓氷くん？」

笑うとくしゃっと目じりに皺《しわ》が寄る、チャーミングな微笑み方の男性だった。鼻筋の通った高めな鼻に、目尻のやや下がった優し気な目。若めだけれどダンディーな雰囲気をも併《あわ》せ持つ、清潔感のある人だった。そんな彼が着ているのは白いワイシャツに黒のエプロン。この店長の人だろうか。

「あ……すみません、お邪魔しています。碓氷十夜と申します」

一瞬、何故俺の名前を知っているのかとも思ったけれど、どうせ桐山の奴がここに来る途中で先に連絡しておいてくれたとかだろう。どうやらこの店長とはかなり見知った関係のようだし……などと考えつつ、俺はカウンターに歩み寄り、背筋を伸ばして頭を下げる。

「おやあ、凄く綺麗なお辞儀だね。そんなにかしこまらなくていいんだよ」

ははっと快活な笑い声を上げた男性は、手を止めてこちらにお辞儀を返してきた。

「初めまして、桐山怜《れい》です。そこにいる、涼くんの叔父と言ったら分かりやすいかな」

「え」

俺は思わず右横に居た桐山を見た。奴はニヤリとして「レイ叔父さん」を右手で指し示す。

「その通り。この喫茶店、『星空喫茶』の店長は僕の叔父さんなのさ」

それを先に言ってくれ。まさか高校入学たった一週間程で、クラスメイトの親戚に二人も会うなんて聞いてない。……まあ、聞いたところでどうしようもないけれど。

「ええと……ということは」

「私の叔父さんでもあるということよ。桐山くんのお父さんが長男、その妹が私の母、その弟が怜叔父さん」

何も言っていないのに、左隣から補足説明が来た。新学期早々、クラスメイトの家族構成に詳しくなってどうするんだ俺。

「……なるほど。ご説明、ありがとう」

「どういたしまして」

さらりと言い、月島は更に一歩、カウンターの方へ足を踏み出した。ランプの明るい光に照らされ、彼女の目鼻立ちの整った顔と長い睫毛《まつげ》が良く見える。

「ところで桐山くん、今日集合をかけられた理由をまだ聞いていないいんだけど」

どうやら桐山の従姉妹も俺と同程度の状況理解だったらしい。

「まあまあ、まだ全員揃ってないみたいだから。とりあえずはそこの席にでも座って休んで。新作のメニュー、作ったからさ」

怜さん（どう呼んでいいのか分からないからひとまずそう呼ぶことにした）がカウンターの近くの丸テーブルを指し示す。

『まだ全員揃ってない』という言葉に引っかかりつつも突っ込めず、俺は促されるままソファーに身を沈める。ふかふかと体を受け止めてくれるそれはとてつもなく座り心地が良く、そのままつい寝てしまいたくなるほどだった。

そんな俺の右隣には桐山、そして左隣には先ほど月島千晶と名乗った少女。さっきから見事に二人の間に俺が入っている構図になっていて少しきまりが悪い。何となく。

「やあ、お待たせ」

何と切り出したら良いか、そもそも何をすればよいのかも分からず、とりあえずプラネタリウム映像の見事な星空にぼんやり眺め入っていると、怜さんがお盆に何かを載せて歩み寄って来た。

「やっと思いついたんだよねえ、うみへび座のババロアケーキ」

そんなことを言いながら、俺たちの前に一つずつ皿が置かれる。

なぜにうみへび座……とは思ったものの、その疑問を置いてけぼりにして、目の前のケーキに視線が吸い寄せられた。

それぞれの皿の上には、直径十五センチほどのクグロフ形の白いババロアケーキが鎮座していて、その丸くぽっかりと空いた中心部には、五ミリ角ほどにカットされた紫、青、透明のキラキラとしたゼリーが宝石のように詰め込まれている。

白いババロアの周りには唐草模様《からくさもよう》の蔦《つた》のように波打つ形の小さなチョコレートが九つ、ぐるりとケーキを取り囲むように配置されていた。

「……綺麗」

満月形のランプに照らされ、きらきらと輝くゼリーを真ん中に抱く純白のババロアケーキ。それを見て、桐山の従姉妹がぽつりとそんな感想を述べる。その言葉を受け、嬉しそうに怜さんは微笑んだ。

「だろう？　真ん中のゼリーはヒュドラの棲《す》んでいる池をイメージしてるんだ。ババロアの周りのチョコレートはうみへび座の形」

そう言いながら怜さんが右手で天井を指し示す。よくよく見るとその手にはリモコンが握られていて、彼の指し示した先の夜空にはやがてぼんやりとうみへび座の星座線と星座絵が浮かび上がった。どうやらリモコンで夜空を操作できるらしい。

長い星々が連なった、夜空に横たわる巨大な「うみへび」を想像させる星座。なるほど確かによく見れば、ババロアの周りのチョコレートはまさにその星座の形をしていた。芸が細かい。チョコレートが九つあるのも、きっとヒュドラが「九つ」の首を持つ水蛇であることをイメージさせるためだろう。

「いいじゃん。苦労してたもんね、思いつかないって」

「そうなんだよねえ、困ったよ全く。ヘラクレスの十二の難業《なんぎょう》に出てくる星座シリーズの中でも、大分てこずった」

桐山の言葉に、怜さんが深く頷く。そして彼は、俺の方を覗き込んでいたずらっぽく目を煌めかせた。

「碓氷くん、ヘラクレスの十二の難業は知ってるかい？」

「あ、はい、一応……ヘラクレスがミケーネ王――エウリュステウスに課された課題、でしたっけ」

「おや詳しいね、その通り。女たらしとして有名な最高神ゼウスと人間の女性の間に生まれた半神半人の英雄、ヘラクレスのお話さ」

様々な逸話《いつわ》が語り継がれる、ギリシャ神話の中でも最も有名な英雄ヘラクレス。彼はゼウスの妻である女神・ヘラに憎まれ、正気を失う呪いをヘラからかけられたことで、自分の子供たちを炎の中に投げ込んでしまったそうだ。

……怖すぎる話だ。

「そのあと正気を取り戻したヘラクレスは深く悔《く》い、その罪を清める方法を伺うために神託《しんたく》に助けを求め――そこで示されたのが、『エウリュステウスから課される難業を果たせ』ってお告げでね。それが、『十二の難業』ってわけ」

「ギリシャ神話とか星座の神話って割とエグい話あるよね」

怜さんの解説に、ババロアを口に運びながら桐山がコメントする。

「割とどころか、そんな話ばっかりだと思うわ」

「ほんとにな」

同意しかない。「本当に神様だよな？」と突っ込まずにはいられないエピソードが満載《まんさい》なのがギリシャ神話だ。

むしろ人間の嫌な部分がいっそのこと清々しく露《あら》わになっていて、だからこそこんなにも長く語り継がれているのかもしれない、とも思うけれど。

「ま、『人間の嫌なところを極めて煮詰《につ》めました』って感じがだんだんクセになってくるよね」

怜さんがしみじみと言う。クセになるかはともかく、なんとなくその感覚は分かるような気がしないでもない。

ぼんやりとそんなことを考えながら隣を見ると、両脇の二人はいつの間にかぱくぱくとババロアケーキを崩しにかかっていた。

負けじと俺もスプーンに手を伸ばし、まずは白いババロアに切り込みを入れにかかる。ババロアを一口分掬《すく》い上げて口に運ぶと、プルンとした食感と、ミルキーで滑らかな舌触りと共にカスタードクリームを食べているような濃厚な味わいが口の中に広がった。かといってくどくない上品な甘さで、するするといくらでも食べてしまえそうなほど。

「……これ、美味しいっすね」

思わず感想をぽつりと漏らすと、怜さんは「それは何よりだよ」と言いながら俺たちの前にドリンクのグラスを置いてくれた。氷がからんと鳴るその中身は、どうやらアイスティーのようだ。

「その真ん中のゼリーはね、紫がブドウ、青がブルーハワイのサイダー、透明なのが砂糖で味付けしたやつ。そんで食べた後のお皿の一番下にもご注目、ってね。てなわけで、よかったらどうぞ」

怜さんに勧められるがまま、クグロフ形のババロアの中心部にぎっしり詰められた宝石のようなゼリーを、外側のババロアと一緒に口へ運ぶ。一つ一つがとても繊細ながらもしっかりと味が付いているそれは、ブドウとサイダーと、それからババロアの優しい生クリームの味わいと共に口の中で溶けていった。

キンキンに冷えたアイスティーで喉を潤《うるお》すと、アールグレイの良い香りが鼻腔《びこう》を吹き抜けていく。さらにそこへ、皿の周りに配置されているうみへび座形のチョコレートを一口。

やばい。とてつもなく美味い。

「あれ、これってひょっとしてかに座？」

舌鼓《したつづみ》を打ちながらケーキを食べ進めていると、傍らの桐山からそんな声が上がる。

ふと横を見てみれば、奴はケーキの底に埋まっていたチョコレートプレートらしきものを指さしていた。

「そうそう。『踏み潰された可哀想な蟹』さ」

「ああ、だからケーキの下に」

にこやかに答えた怜さんの言葉に、なるほどと桐山が頷く。俺の左隣では、月島が怪訝《けげん》そうな顔をして食べる手を止めていた。彼女は憮然《ぶぜん》としたまま、俺の方に目を向ける。

「何のこと、蟹って。この文脈にどう関係あるの？」

「あー……ヘラクレスの神話に出てくる大蟹のことだろ、多分」

彼女からのひそひそ声での質問につられ、自然と俺も声を低くしてそう答えてしまった。

「どうして、可哀想なの？」

さらに声を潜《ひそ》められ、俺も自然、何となく背を低めながら口を開く。

「多分、『ついで』扱いされたからじゃないか？　ギリシャ神話じゃ、ヘラクレスのことが嫌いな女神ヘラが、ヒドラとの対決を邪魔するために怪物の蟹を送り込んだんだが……ヒドラとの戦いに集中していたヘラクレスに気づかれずに踏み潰されて殺された、ってことになってる」

「扱いが雑すぎるわね」

なるほど、と桐山の従姉妹は真顔で頷く。

「だろ？」いつの間にやら話を聞いていたらしい桐山が、ぬるっと会話に加わってくる。

「で、英雄に全く見向きもされず、倒したことさえ知られないことを哀れに思ったヘラによって、天に上げられて星座になったってわけ。ま、ヘラクレスにとってはヒドラ退治の『ついで』に殺したちっぽけな存在でも、ヘラにとってはどうでもよくなかったんだろうね」

そういやそうだったな、と俺は桐山の捕足に頷く。つまり、かに座が夜空に輝く星座となったのは女神ヘラの私情も含んでいたというわけだ。さすが最高神の正妻……って、ちょっと待った。

「桐山くん、ちょっと」

俺が口を開く前に、桐山の従姉妹が顔を上げ。

「ん？　どうしたの、チ……待った待った、月島さん！　足踏まないで痛い！」

屈託のない微笑みで頬杖をつき、こちらをいつの間にか覗き込んでいた桐山は、さっと足をひっこめる動作をしながら姿勢を正した。

「しれっと会話に入ってこないで。びっくりするから」

「だって二人でコソコソしてると気になるじゃん？　僕も交ぜてよ」

「桐山くんに聞くと、話が長くなるんだもの」

そんな応酬《おうしゅう》が俺を挟んで始まり、俺はため息をついて黙々とケーキを食べる。

いたたまれなさは、美味しいケーキのおかげでたちまちにどこかへ飛んでいった。我ながら、意外と単純な一面もあったものだと思う。


「――さて」

夢中でババロアケーキを食べ進めていると、一足先にケーキを平らげた桐山がそう切り出した。

「今日集まってもらったのは、みんなに『星空探偵』に加入してもらいたいからでね」

「『星空探偵？』」

「なんだそれ」といったトーンの同じワードが、俺と桐山の従姉妹の口から同時に出る。彼女も俺と同様に、事態をよく分かっていないらしい。困惑顔《こんわくがお》がそれを物語っていた。

「『星空探偵』。日常の謎を見つけて紐解く団体名さ」

桐山がにこやかに説明してくるけれど、全くもって意味が分からない。

「……いやちょっと待て。なんだその怪しい名前」

「怪しい名前って酷いなー、別に怪しくないよ。僕たちの個人的な集まりのグループ名が『星空探偵』なの。よくこの喫茶店で集まることにするからさ」

それならそれでネーミングセンスが絶妙にダサいし、何より桐山主催の個人的な集まりの頭数に入れられてるのは何なんだ。思わず遠い目をする俺の横で、桐山の従姉妹は「あの、それって」と冷静に口を開いた。

「葉月《はづき》もメンバーに入ってるのよね？」

「うん、もちろん。今日も呼んであるよ」

「なるほど」彼女はこくりと頷き、続ける。「葉月と碓氷くんが入るなら、私も入るわ」

「だってさ、碓氷くん」

桐山が楽しそうにテーブルの上に頬杖をつき、俺へ向かって笑いかける。……いや待て、色々と疑問が多すぎるのに、なんか俺その謎の団体に入らなきゃいけない流れになってないか？　というか月島さん、なんであっさり了承《りょうしょう》した？　そんでなんで俺を巻き込んだ？

「放課後、気の合う友人たちと色んな謎を持ち寄って解くって、楽しそうだと思わない？　合間に星座の話でもできたらなお結構。だから、君に声をかけたんだ。プラネタリウム好きで、頭も良さそうな君にね」

混乱する俺に、桐山がにこやかに畳《たた》みかけてくる。思考が回らないながらも、俺は何かを言わねばと言葉を捻り出した。

「いや、別に頭は良くな……」

「君の名前、見たことがあるんだ。特徴的だからよく覚えてる」

俺は桐山の言葉に背筋を強張らせ、がばりと顔を上げて奴を見る。桐山は食えない笑顔を崩さず、そのまま続けた。

「模試《もし》の結果で名前載ったことあるだろ？　都立高受験者が受けるやつ」

「ああ、それか」俺は内心、ほっと胸を撫《な》で下ろす。

「あれはたまたま……中高一貫の生徒は基本受けない模試だからだろ」

「謙遜《けんそん》が凄いねえ、君は」

「桐山くん」

俺が返しに悩んでいるところに、スマホの画面を見つめた月島の涼やかな声が割り込んでくる。助かった。

「今日、来られないって連絡来たわ。葉月から」

「そうか、残念……って、僕のところには連絡来てないよ？」

何も聞けない自分が憎い。

「毎回僕が何かやらかした前提で話すのやめない？」

だから、葉月って誰なんだ。そう思いつつも空気が読めない発言をするのが怖くて、何も聞けない自分が憎い。

「まあまあ、なんにせよ今日はこのままゆっくりしてきなよ」

のんびりと微笑みながら、「アイスティーお代わり、持ってくるね」と怜さんがカウンターへと踵を返す。グラスが空になったのは俺だけだから、明らかに俺を気遣《きづか》った言葉だ。

「いえあの、お構いなく。ご馳走様《ちそうさま》でした。あの、お代は」

先ほどからほいほいとメニューを出されているのだが、食べるもの飲むもの全部が美味しいしクオリティが高い。高校生にとっては高い値段に違いなかった。

「え？　もちろん、貰《もら》わないよ？」

「――はい？」

俺まで思わず、キョトンとした声を出してしまう。今この人、何て言った？

「うちの甥っ子がお世話になってる迷惑料ってことで」

「め、迷惑料」

「そうね。間違いなく迷惑料」

俺が戸惑っていると、隣からすかさずため息交じりに、怜さんへの同意の声が飛ぶ。

「ええ、みんなしてひどくない？」

困ったように笑いながら右肘をテーブルの上につき、桐山が不満を漏らす。流石《さすが》に迷惑と言われる行為までは……いやまあ突然声をかけられて半ば強制的にここに連れて来られてはきたけれど、結局いい場所だったし。迷惑にはあたらな――

「まあとにかくだ、今日から君はめでたく星空探偵の一員だ！　これからどうぞよろしく頼むよ、碓氷くん」

「いや、勝手に決めるな勝手に。俺まだ何も答えてねえよ」

前言撤回《てっかい》。やっぱり迷惑と言っていいかもしれなかった。

結局、喫茶店での飲食代を払おうとしても怜さんから固辞《こじ》され、月島からは別れ際に「またね」と言われ。桐山は「また明日もよろしく」なんて爽やかな笑顔で答えも聞かずに見送られるし、もうどうすればいいのかよく分からん状態で、俺は翌日悩みながら登校する羽目になった。

「なーなー、昨日桐山となんの話してたん？」

桐山に星空喫茶へ連行された次の日。朝教室へ足を踏み入れるなり、俺は一人のクラスメイトに話しかけられた。が、話したことのない男子で名前が一発で出て来ない。困った。

「ええと」

「由利秋人《ゆりあきと》。秋人でいーよ、どうぞよろしく」

とにかく記憶を掘り返そうとしかけたそばから、相手が自分から名乗ってくれる。

どうも碓氷です、と名乗ると「知ってるって」と朗らかに返された。明るい茶髪に、人懐っこそうな笑顔。すらりと背が高く、割合に格好いい男だ。桐山と並ぶレベルかもしれない。

「昨日、桐山から話しかけられてたろ？　それだけでもう覚えるさ」

「へ？」

「俺、桐山と同じ中学出身。あいつ有名人だったんだよ」

「それはどういう方向でだ……？」

「ま、とにかく頭がいい。模試なんて毎回上位成績者に名前載ってたし」

ひどい方向への有名話かと思えば、全くそんなことはなかった。

「あとはそうだ、あー……やっぱ何でもない」

何やら言いかけた由利が、気まずそうな表情で茶を濁す。俺が「どうした」と問うと、

「やっぱ何でもねえ」と首を振られた。

「それよかまあ後はあれだな、行動と思考がアホ」

先ほどの由利の口ごもりが気になるが、それよりも今の言葉のインパクトが勝った。行動と思考がアホ。ものすごいパワーワードだ。

「昨日も見たろ？　教室の窓から帰る奴があるか、フツー」

「ああ……あれは驚いたな」

俺は遠い目をする。あんなことはもう二度とやめてほしい。

「で、あいつ昨日は何言ってたんだ？」

興味津々といった様子で、訪ねてくる由利。

「あー、まあ、そこの駐輪場の曰くの謎を解け、って」

俺が教室の窓の外を指さすと、由利は「ああ、あの『停めない方がいい』ってやつか」と言いながら目を丸くした。

「知ってたのか」

「噂自体は。先輩たちからさんざん聞かされて、何なんだろうなってくらいは思ってた。……で、ひょっとしてその理由、分かったのか？　何だった？」

「ああ、まあ……一応」

くだらない理由だったけどなと前置きして、詳細を聞きたそうにしている由利にざっとあらましを喋る。俺が話し終わる頃には、由利は口元に手を当てて肩を震わせていた。

「まじで、そんなくだらない理由だったんだ!?　銀杏て……俺てっきり怪奇系の話かと」

ぶはっと笑いの息を吐きながら、由利が頬を緩《ゆる》める。

「ああ、多分そのはずだ。全然怪奇でも何でもないな」

「はー、ひでーな。おし、言ってきた先輩たちに『謎解けましたよ、これ毎年やってるんすか』って言ってやろ。ドヤ顔で」

くつくつとまだ笑いの余韻《よいん》を残しながら、由利が自分の席へと歩いていく。俺も自分の席に着いて通学鞄の中からノート類を机に移していると、再び由利が戻ってきた。

「教えてくれた礼に、これやるよ。どっちがいい？」

そう言うなり、彼は俺の机の上に、透明な四角い小袋に個包装されたお菓子を二個置いた。ビニールの包装小袋の外周を、洒落た銀色の線で描かれた蔦模様がぐるりと縁取《ふちど》り、レース刺繍《ししゅう》のような繊細《せんさい》な文様が描かれた小袋。そのど真ん中にはクッキーが一枚、それぞれの小袋の中に透けて見える。

チョコチップクッキーとマーブルクッキーだ。

「……？　いいのか」

「いいよいいよ、俺が買ったんじゃないけど。昨日の夕方、校門前で貰った塾パンフのおまけに入ってた。まだあるし、どぞー」

「おお、サンキュ」

朝食は食べたけれど、すぐに腹が減ってしまうのは成長期男子の辛いところだ。ではありがたく、と俺はチョコチップクッキーの袋を手に取る。そしてその場でクッキーのビニール包装を無造作に真っ二つに裂き、クッキーをいくつかの欠片に割ってから口に放り込んだ。一口で食べるにはデカいサイズのクッキーだ。

「おはよーさーん」

ちょうど俺がクッキーを味わっているところに、登校してきたばかりの桐山が声をかけてきた。俺は軽く頷き、片手をゆるく挙げて挨拶《あいさつ》に代える。

「碓氷くん、それ」

椅子を引いて席に着きつつ、桐山は俺の手元にあるクッキーの残りをじっと見つめた。俺は口の中のものを飲み込んで口を開く。

「昨日の夕方、校門前で塾パンフと一緒に配ってたんだと」

「ふうん、塾パンフか……あれかな、よくあるB５かA４サイズの、上が空いているタイプのフィルム袋の中に、パンフレットが入ってるやつかな」

「いや、そこまで詳しくは知らん」

さっき人から貰っただけだしな。

「桐山くん、あの」

恐る恐ると言った感じで、クラスメイトの女子が桐山に声をかける。どうやら俺たちの近くで、四人ほど集まって話をしていた様子だった。

「うん？」

首を傾げながら桐山はそちらへ歩み寄り、何やら話をし始める。

よし、今のうちだ。

俺は桐山から解放された瞬間に残りのクッキーを貪った。手の上に残ったのは、クッキーの包装紙とその中に入っていたシート型の乾燥剤のみである。よしよし。

「うんうん、やっぱり僕の思った通り妙だね」

数分後。俺がペットボトルのお茶を喉に流し込んでいるところに、桐山は上機嫌で帰って来た。その後ろでは、女子がちらちらとこちらの様子を窺っているのが見える。いやそんなことよりもだ。

「何が妙なんだよ、よくあるだろこういうの」

俺はペットボトルを机の上に置きながら、桐山に反論すべく口を開く。

「塾パンフとセットにして、菓子とかシャーペンとかバインダーとか蛍光ペンとか、よく校門前で配られてるだろ」

そう。恐らく新規顧客層《しんきこきゃくそう》のターゲットにされているのか、最近俺たちの高校の校門前には、夕方になると塾業界の人間が大量の配布用パンフレットを持ってよく立っている。

が、明らかに広告目的と分かるパンフレットだけでは配布物がなかなかハケない。その対策としてか、彼らはあの手この手の策を練ってくるのだ。

俺の体感としては、まず圧倒的に配布物の中に消しゴムを入れてくるところが多い。次点で塾の名前入りのボールペンやシャーペン、または蛍光ペン。

そして今回のようにお菓子を入れてくるケースもある。大体がガムや飴、タブレット菓子やチョコレートなど、割と持ちが良いものが多い印象だ。

ついでにレア物、変わり種がルーズリーフを綴《と》じるバインダーやクリアファイル。これが同封されると、目に見えて配布物を受け取る生徒が増える。学校生活で重宝《ちょうほう》するからだ。

そんなこんなで今挙げたようなものを塾の広告パンフレットと一式セットにし、透明なフィルム袋に包装して、彼らはやってくる。鞄やら小ぶりなスーツケースやらにぎっしりとそれらを詰め込んだ大荷物を引きずって。

配る本人たちが中身を取り出すところを以前ちらりと見たことがあるけれど、皆割と入れ物ぎちぎちに袋を詰め込んでいて、「重そうだな」と思った記憶がある。

「まあよくあるっちゃよくあるけど、明らかにおかしい点が一個あるのさ」

桐山が頬杖をつきながら言った言葉に、俺は眉を顰める。

「だから、何が」

「恐らくだけどこのクッキー、塾側としては配る気はなかった物だろうね」

「あ？」

「そして僕は思ったのさ。このクッキーが売っているのは、この高校の近くなんじゃないかってね。それがどうだ、まさにその通りだったんだよ！」

高らかに人差し指を天井に向け、やたらと芝居がかった調子で言い放つ桐山。

「……は？」

俺の戸惑いの声は、ちょうど鳴り響いた一限の予鈴にかき消されていった。


「どうせ、こういうめんどい展開になると思ったんだよ」

「まあまあ、いいじゃん」

「何が悲しくてお前と洋菓子店に行く羽目に……」

「ついでに美味しそうなものを物色《ぶっしょく》していこう、そうしよう」

「桐山、お前はまず人の話を聞け」

昼休み。いつも通り弁当を午前中の短い休み時間のあいだに済ませた俺は、いつもとは違い学校の西門を出て、住宅街のアスファルトを踏みしめていた。

『この袋にクッキーが入ってるのは明らかにおかしい、何かがある』とのたまう桐山に付き合わされた形だ。

「だってさー、碓氷くんどうせ暇だろう？」

「どうせって言うな、どうせって。しかも勝手に暇人扱いするな」

「暇じゃないの？」

「俺はいつも忙しい」

「そうかそうか、じゃあ探偵心得その一の実行だ。まずは聞き取り調査」

「全然『じゃあ』ではなくないか？」

人の話を聞いちゃいない。しかも何だ、探偵心得って。

やれやれと肩を落としながら歩いていると、桐山はある店の前でぴたりと立ち止まった。

「ここだ。今朝、女の子たちが教えてくれた洋菓子店」

「……おー、ここが」

朝のクッキー談義の終盤《しゅうばん》で分かったことだが、桐山に話しかけてきた女子たちはあの塾の広告パンフレット袋に入っていたクッキーの製造元を知っていたらしい。彼女ら曰く、この高校では結構有名な店だそうだ。部活勧誘の際に客引きとして、ここのお菓子が配られていたりもするのだとか。

　俺たちが知らなかったのも無理はない。なんせ俺も桐山も、部活勧誘には一切顔出しをしていないのだから。

「外装も可愛くてお菓子の味も美味しい、って評判らしくてね」

「ふうん」

　俺は店の外装をまじまじと見る。つるりとした白い大理石のような外壁に、店内の様子が外からでも窺える大きなガラス扉。ガラス扉には何やら店名らしい外国語の金文字が施されている。個人的な感想を言えば『可愛い』というより、洒落た店だった。

「『シュクル・リエール』。フランス語だね」

「ああこれ、フランス語なのか」

　物知りな奴だと内心思いつつ隣の桐山を見ると、奴は何やら眉を顰め、顎に手をあてつつ真剣な表情でじっと扉を眺めていた。

「おい、桐山？」

　しばらく待ってみても動く様子がない桐山の肩を、俺は軽く叩く。奴はびくりと一瞬肩を震わせ、「うわびっくりしたあ」と顎から手を離した。

「どうした、深刻そうな顔して」

「ああいや、ちょっと観察してたのさ。探偵心得その二、とことん観察ってね」

そう言って肩を小さく竦《すく》めた後、桐山はバシバシと俺の背中を叩く。

「ほーら、ぼけっとしてないで行くよ碓氷くん。君も『星空探偵』なんだから、ちゃんと探偵しなさいね？」

頭が痛くなってきた。早く学校に戻って休みたい。

そのためには、手早く桐山の好奇心を満たしてやることが最短ルートだろう——俺はそう判断し、諦《あきら》めのため息をついた。

「あーはいはい、早く行くぞ、そんで早く帰るぞ」

「うむ、よろしかろう」

桐山が、満足げに頷く。なんでお前は上から目線なんだよという言葉をひとまず飲み込み、俺は店のガラス扉を手で押した。

「いらっしゃいませ」

俺たちが入るなり、売り子らしき店員の女性が微笑みながら声をかけてくれる。反射的に俺は慌ててぺこりと頭を下げ、桐山は軽く会釈をしながらショーケースの前へ歩いて行った。

「おお、美味そう」

思わず声が口から漏れ出る。昼ご飯は済ませてきたけれど、デザートとなると話は別だ。

ずらりとショーケースに並ぶケーキを見ると、ひとりでに唾がわいてくる。

生クリームたっぷりのシュークリームに、定番のショートケーキ。コーヒーロールケーキや季節限定のフルーツタルトなど、恐らく十五種類くらいはあるだろうケーキが並ぶ様子は壮観《そうかん》だった。

「ひょっとして、これじゃない？」

俺の隣で桐山が小さく声を上げる。ショーケースの端あたりを凝視している奴のもとに近づくと、確かにその目の前には、クッキーの詰め合わせの箱が鎮座していた。

「ああ、間違いない」

見本として中身が見えるようディスプレイされたアソートの中には、六種類のクッキーがそれぞれ五枚。俺の食べたチョコチップも、由利の持っていたマーブルも、両方とも入っている。クッキーは一枚一枚個包装されていて、その包装は今朝方俺が見た、銀色の洒落た模様のものだった。

「君たちも、それがお目当て？」

柔らかな声がショーケースの向こう側から聞こえてきて、俺たちは顔を上げる。先ほどいらっしゃいませのスマイルをくれた女性の店員が、人の良さそうな顔をこちらに向けていた。隙なく綺麗に染めた茶髪を下の方でくくった髪型がよく似合う、快活な笑顔の人だった。

「はい。前食べたら美味しかったんで、買おうかなと」

桐山が快活スマイルを返しながら頷く。よく言うよ、食べてもいないくせに。

「あら、嬉しい。ありがとう、いつも東和高の生徒さんたちにはお世話になってます」

店員の女性はころころと笑って嬉しそうに頷いた。そうか、制服。うちの高校の生徒がよく来るのも本当だったってわけか。

「あの、『君たちも』って言うのは……僕らの他に、買いに来た生徒がいるんですか？」猫を被った桐山が礼儀正しく聞くと、彼女は首を振った。

「いいえ、生徒さんではないと思うんだけど。昨日そのクッキーを二箱も買った人がいて」

昨日。俺たちはそのワードに視線を交わす。俺は頷いて、店員の女性に視線を戻した。

「あの、その人ってスーツ着てて、大きな荷物持ってる人でした？」

「えっ、どうして分かるの!?」

女性は俺の質問に口と目を丸くして、俺たちを見る。

『ビンゴ』

桐山の口が、音もなくそう動いた。

「そう、そうなのよ。凄くよく覚えてるわ」

「その人、僕らの先輩なんですよ。昨日ここのクッキーを部活の差し入れに下さって」

唐突なことを喋り出した桐山に、俺はぎょっとして顔を向ける。桐山の顔に浮かぶのは滅多に見ることのない微笑み。その片足は明らかに意図的に俺のスニーカーを踏みつけている。

痛いと言うほどではないが、重たい。

言外の『ちょっと黙ってろ』の意だ。了解、ボス。

「あら、そうなの。なんだぁ、良かった」

店員の女性の表情が明らかに緩む。桐山は不思議そうに一度首を傾げて見せた。

「すみません、僕らの先輩が何かしてしまいましたか。ちょっと変わった方なので」

一度も会ったことのない人に対して、ひどい言い様だ。桐山の言葉に彼女は慌ててひらひらと手を左右に振り、否定の意を示した。

「いいえ、全然そういったことじゃなくて。こう、私の作業中熱心にこっちを見てらっしゃって、ちょっと緊張しちゃって。あの、何か仰《おっしゃ》ってたかしら？　何か粗相《そそう》してたらどうしようって思っていたんだけど……」

後半の方はどこか窺うように、ひそひそと彼女は俺たちに尋ねてきた。桐山はすぐに首を振り、「いいえ、そんなことは全く」と否定。彼女はほっと胸をなでおろしていた。

俺はそんなやりとりをぼんやりと見ながら、彼女の背後にある壁掛け時計を見た。カウンターの後ろにある、おそらく品物の箱詰めやラッピング、レジ打ちをするであろう広い台の上では、シンプルな白い壁にシックな茶色の時計がかけられている。現在時刻は十二時五十分。次の授業の予鈴が鳴るのは十三時五分だから、もうそろそろ着陸態勢に入った方が良さそうだ。

「すみません、このクッキーのアソートを一箱、お願いします」

俺は出来るだけ手早くズボンポケットから財布を取り出してオーダーする。

「お買い上げ、ありがとうございます。バラ売りもできるけど大丈夫かしら？」

「いえ、バラ売りではなく、このアソートでお願いします」

「かしこまりました」と、女性はにっこりと微笑んでクッキーの箱を一箱取り出した。

「賞味期限は今日から二週間後です。賞味期限と、クッキーの説明はこの箱の裏側に書いてありますので」

「分かりました」

店員の女性は背後にある台に向き直り、慣れた手つきで箱に包装紙をかけ、紙袋に入れていく。そして素早い手つきで会計も済ませ、数分後には彼女のお辞儀に見送られて、俺たちは外の歩道に立っていた。

「そのクッキー、気に入ったんだね」

「あー……確かに美味かったからな。お前の叔父さんに、昨日のお礼にどうかなと」

手元を指さされ、俺は手に持った買いたてのクッキーの箱と紙袋を見下ろした。実際、今朝食べたクッキーはかなり美味かった。クッキーアソートもお洒落に箱に詰められたものだったし、贈答用にどうかと思ったのだ。

「そうかそうか！　じゃあ早速、今日も行こう。そうしよう」

「え、今日？」唐突な話に、俺は戸惑う。「昨日の今日で迷惑じゃないか？」

「全然、迷惑じゃないよ。行こう」

「いや、お前じゃなくて怜さんがだな……」

「あれ、これ予鈴かな」

確かにそう言われてみれば住宅街に立ち並ぶ家々の向こう側から、チャイムが微かに鳴っているような。

「……予鈴だな」

俺たちは顔を見合わせ、どちらからともなく駆け出す。

「じゃ、続きはまた放課後に。検証もしないといけないしね」

どうやら放課後、昨日と同じ場所に行くことはもう決定事項らしい。

「……分かった」

別に予定があるわけじゃなし、ごねるにも体力が要《い》りそうだしめんどくさい。怜さんへ昨日のお礼を言うためにも行くべきだと自分に言い訳しつつ、俺はため息をついて頷いた。


「やー、よく来てくれたね」

満面の笑みで俺たちを迎え入れてくれた怜さんは、俺たちを前日のソファー席に座るように促してくれた。

喫茶店の中は、今日は明るい。窓にかかる濃紺のカーテンが開けられて光が差し込み、カーテンとお揃いの濃紺のふかふか絨毯の床に光の水たまりを作っている。部屋の壁と天井は白く清潔で、プラネタリウム仕様でなくとも洒落た喫茶店の雰囲気を残していた。

「昨日は君の初めての来店だったからね、あえて最初からプラネタリウムにしてたのさ」

「そうなんですか」

きょろきょろとしていた俺の目線に気づいたのか、怜さんがにこやかに解説してくれる。

プラネタリウム仕様の時間と、そうではない時間があるということだろうか。それとも今日は金曜日だが、それがなにか関連しているのだろうか。というか、営業時間帯などはどうなっているのだろうか。他に客がいないのだが。

疑問点を挙げればきりがないが、まあそれはともかくとして。

「昨日は、ありがとうございました」

まずは礼が先だ。ソファーに座る前にと、俺は怜さんに向かって一礼し、持っていた『お土産』を手渡す。

「おお、綺麗な包みだね。開けてもいいかい？」

「勿論《もちろん》です」

俺が頷くと、怜さんはそっと包装紙を剥がし始めた。ガラスでも扱っているのかというほど静かな手つきで、流れるように。

「お、中身も綺麗で可愛いね。クッキー、大好物なんだ。ありがとう」

箱をぱかりと開けて目を輝かせる怜さんに、俺は恐縮しながらもう一度礼をする。

「すみません、昨日ご馳走までしていただいて……これで十分か分かりませんが」

「いやいや、十分すぎるよ？　心配になるくらい礼儀正しいね、君は」

「それが碓氷くんのいいところさ。流石は僕の親友だね」

桐山が満足げに胸をはる。親友になるほど、まだ交流はないと思うんだが。

「ああ、これ絶対美味しいクッキーだ。こんな素敵なお菓子なら、とっておきの紅茶を淹れないと」

クッキーの箱と、用済みになった紙袋と包装紙を手に持ち、鼻歌交じりに怜さんは席を立った。することのない俺たちは、そのままぽつんと取り残される。

「さてと。待ってる間、状況整理でもしようか」

「あ?」

目を瞬《しばた》かせる俺の隣で、桐山は通学鞄の中からシャーペンと小さいB5判のノートを取り出した。そしてパラパラと数枚ページをめくり、早速『状況整理・その一』と書きつける。

「まず、前提として共通認識してる点を確かめたい。ここに齟齬《そご》があったら話がごっちゃになるからね」

「……おう」

クッキー一つに凄い執念だな、とは思ったものの。他にすることもないし、まあいいか。

「共通認識か……そうだな、桐山が今回疑問に思った点は、『予備校の広告パンフセットの中にクッキーが入ってるのはおかしい』ってことで合ってるか?」

「合ってる。ちなみに、その理由については分かってる?」

シャーペンを走らせる同級生の横で、俺は浅く頷いた。

「お前が『明らかにおかしい点が一個ある』っていってたやつだな。多分だけど、『クッキーだと壊れやすいから』か?」

「おっ、正解！」

指をパチンと鳴らす桐山の動きに、俺はほっと息を吐く。答えを外さずに済んだ。外したら外したでからかわれそうだし面倒くさい。

最初はいきなり『明らかにおかしいことがある』などと桐山が勿体《もったい》ぶっていたから何かと思ったが、冷静になればすぐ分かる話だった。

予備校の配布物を配りに来る人間たちは皆、中身がぎゅうぎゅうに詰められた鞄やスーツケースを引っ提げてくる。しかも当たり前のことだが、スタート地点であるそれぞれの予備校の拠点から、この住宅街のど真ん中にある高校まで電車やバスを乗り継ぎ、駅やバス停から徒歩ではるばるやってくるわけだ。

そこに、壊れやすいクッキーを入れてくるのは『明らかにおかしい』。今まで予備校の配布物のおまけとして配られてきたものを思い返してみれば、消しゴムやシャーペンや蛍光ペンはちょっとやそっとで砕けたりしないし、菓子にしたってチョコレートやガム、飴やタブレット菓子ばかりだった。つまり、全部『硬さがしっかりしていて、簡単に割れないもの』と言っていい。

それはそうだろう。自分たちの広告と一緒にして配るのに、中身が壊れやすいと最初から分かっているものを入れるのは不自然だし、合格を目指す塾の配布物に、「割れて砕け散る」ようなものを同封するのは避けそうなものだ。しかもあのクッキーは、口当たりがサクサクしていてすぐ割れそうだったたし。

桐山はそういう意味で、『塾側としては配る気はなかった物だろうね』と言ったのだろう。

「あのクッキーが高校の近くで売ってるものなんじゃないかって推測したのも、クッキーが割れてなかったからだろ？」

「まあ、そういうこと。最初からそんな壊れやすいものを詰め込んでくる人は、そもそもいないはずなんだけどね。でも現にクッキーは配られたし、少しも割れていなかった。そう考えると一番可能性が高いのは、配った人が独断でこの近くでクッキーを買って、配る直前に袋に入れたって線だ。予備校側がわざわざ、割れやすいクッキーを入れろと指定したとも考えにくい」

桐山がシャーペンの頭で軽くノートのページをつつく。

「あとは賞味期限だな。さっき店員が言ってたが、二週間って結構短くないか？」

「まあ、そうだよね。ああいう配り物系って賞味期限だいぶ長いものを入れるはずだから、そこも加味すると更におかしいかなって思う」俺の補足に、桐山は素直に頷いて続けた。

「だからやっぱり、配った人が独断でクッキーを入れたって線が濃厚だよね」

そこまでは分かった。が。

「でも、何のためにだ」

「そこなんだよねえ、問題は」

珍しく真剣な表情をした桐山が小さく唸《うな》り、テーブルの上に右手で頬杖をつく。クッキーごときでこんな真剣に推理ごっこをしている高校生は、世界広しといえど間違いなく俺たちしか居ないだろう。

「二人とも、何悩んでるの？」

ふと、涼やかな声が頭の斜め上から聞こえて顔を上げる。いつの間にやら俺たちの横には、黒いトレイにポットとティーカップ三つのセットを載せた月島が、首を傾げて立っていた。

「ああ、月島さん。ちょっと学校で気になってることがあってさ」

桐山が先ほどの要点をまとめたノートを月島の前に広げて見せた。

「なに？　このメモ」

疑問を口にしながら月島は俺の左隣に座り、悠々《ゆうゆう》とカップを傾けた。その拍子に横にいる俺の鼻腔をくすぐる、紅茶の香り。

「さっきクッキーいただいたんだけど、すごく美味しかったよ。ありがとう、碓氷くん」

美味しすぎて何枚かいただいちゃったよとにこやかに付け足しながら、怜さんが先ほどのクッキーの箱と、箱から出したクッキーが何枚か載った大皿をテーブルの上に置く。

「このクッキーとこの紅茶、合うと思うからぜひ」

さあさあ、と微笑みながら促され、俺は「ありがとうございます」と頭を下げつつ紅茶を啜《すす》る。花や果物のような淡い甘さの香りと、すっと爽快感のある渋みとしっとりしたコクが口の中に広がった。

「はい、クッキーもどうぞ」

カップから口を離した途端に、今度は隣から個包装のクッキーを差し出される。手の主は満面の笑みの桐山だった。

　こいつ、自分の笑顔の圧を理解してこれやってんな。確実に。

「ダージリンティー、お代わりあるからね。淹れたて持ってくるから、いつでも呼んでー」

「あ、ありがとうございます」

　カウンターの方へ向かう怜さんに向けて礼を述べている最中に、桐山が俺の手にクッキーを握らせる。これでクッキーを固辞するのもかえって無礼になりそうなので、俺は観念して桐山から渡された、プレーンの丸いクッキーを袋から取り出す。ビニールの包みを真っ二つに裂いて中身を頬張《ほおば》ると、軽い口溶けのほのかなバニラ味が口の中に広がった。すぐさまダージリンティーを口に含むと、これがまた確かに美味い。

「うん。やっぱり、個包装されてるわけだから毒入りってこともないよね」

　桐山が、クッキーを味わう俺を見ながら物騒《ぶっそう》なことを言う。俺は思わずむせた。

「……んなわけ」

　入ってたら大事件だろうが。

「分かってるって。ありそうな推測を潰してるだけ」

「そうかい」

　俺は咳払いをして、紅茶を流し込む。そんな俺たちの前で、月島が首を傾げた。

「ところでこの『クッキー入りの配布物を配ってた人』って、どんな人なの？」

「大学生くらいの、美人で若い女の人だったってさ。んで、黒いスーツに黒いスーツケース。

服装はあの洋菓子店の店員の言ってたことと合致してるね」

「桐山、なんでそんなこと知ってるんだ」

間髪入れずに答えた同級生に俺はびっくりした。昨日、俺らは配布物を配っているところを見ていない。

「由利がそう言ってた。あんまり美人だったもんだから、何回か西門の方まで配布物もらいに往復したって言ってたよ」

「……何やってんだ、あいつ」

道理でクッキーを複数枚持ってたわけだ。

「ああでも、なるほど。俺らは昨日の放課後正門から出たから……」

「西門前で配ってる配布物にはお目にかからなかった、と」

俺の言葉を継いで、桐山がそうまとめる。

「さて、クッキー入りの予備校パンフセットを配ってた本人の容姿、いた場所、クッキーを買った場所は分かったわけだ。ここから何を推測する？」

テーブルの片隅を、桐山が人差し指で小さく叩く。俺らは唸りながら苦しい推理を挙げていった。

以下、こんな感じだ。

推理その一、『初めから配るつもりで大量買いした』。提唱者は俺だ。

「菓子を入れたほうが、早く配布物が捌けるんじゃないかって思ったとか」

「一番あり得そうではあるけど」

桐山が腕組みをして天井を見上げる。

「でもなんであの店のクッキーなの？　あの店、学校からでも若干遠いし、お菓子なんて近くのコンビニで買えばいいし。ましてや何でわざわざ壊れやすいクッキーを買うのかが分からない」

「ああ……そうだな」

確かにあのシュクル・リエールという洋菓子店は高校からでも若干遠く、歩いて八分くらいかかった。道も住宅街のど真ん中だから俺らも地図と首っぴきで来たし、結構分かりづらい場所にある。かかる労力がデカすぎるのだ。

何せ、俺たちの高校の近くには、徒歩二分ほどの恐るべき至近距離でコンビニが立っている。確かにおまけのお菓子を現地で思い付きで買うなら、そこで買えばいい話だ。

「パンフレットとかティッシュ配りのアルバイトって、配布数にノルマがあるわけじゃないからね。指定された時間にその場にいて、ある程度配ればオッケー。全部配り終わるまで帰れない、なんて条件ならあの手の仕事はいつまで経っても帰れないよ」

俺たちのティーカップに紅茶を注ぎ足してくれながら、怜さんがそう言った。

「叔父さん、詳しいね」

桐山の言葉に、怜さんが遠慮がちにそっと微笑む。

「昔、アルバイトは色々やってきたからね。予備校のパンフレット配りも」

なるほど。その経験談を基《もと》に考えるとすると、さらに俺の案はボツだ。配布物が早く捌ける必要はそもそもあまりないし、それに菓子を入れていたからといって配布物が早くなくなるとは限らない。買うだけ労力の無駄である。

問題は、必要ないそんな労力を要してまで買ったクッキーをなぜ『配ったのか』、そもそもなぜ買ったのか、だが。

「……」

先ほどから月島が一言も発さないまま、険《けわ》しい顔をしているのが気になる。俺が「どうかしたか」と恐る恐る尋ねると、月島は我に返ったかのように表情を真顔に戻し、「あ、いえなんでも」と静かに首を振った。

「月島さんは何か案ある？　なんでもいいよ」

そしてそこに何事もなかったのかのように、自分の聞きたい質問だけをぶち込む桐山。マイペースがすぎる……と俺が眉を顰めて口を開こうとすると、「じゃあ次、私が」と月島はすっと手をあげた。

え、普通に推理ごっこ再開する感じなのかこれ。戸惑う俺の前で、二人は淡々と会話を続行する。

「『買ったけど急に食べる気をなくして、配布物に交ぜた』っていうのはどう？」

「ボツ！」

「なぜかしら」

にこやかな顔で即却下《そくきゃっか》した従兄弟《いとこ》相手に、月島はむっと口をへの字に曲げた。

「さっきも碓氷くんの案で言ったけどさー、そもそもあんな分かりづらい、かつ駅から距離がある場所までわざわざ行ったのに、そんな百八十度いきなり気分が変わる可能性ってけっこー低くない？」

「……ちっ」

左横から微かな舌打ちが聞こえてきて、俺はぐるりとそちらを向く。月島はしれっと涼しい顔で紅茶を飲んだ。

「うんうん、反論はないみたいだね。じゃあ次、僕」

月島の舌打ちを華麗《かれい》にスルーした桐山が右手で頬杖をつき、左手を軽く上げる。……なんだかよく分からないが、二人ともこれが通常運転のようだ。もうあれこれ考えるのも疲れたし、成り行きに任せるかと俺は思考放棄《しこうほうき》した。大体、俺は桐山とも月島とも初めて話してからまだたったの二日目なのだから、そのパーソナリティなんぞ今の俺に分かるわけがないのだ。ひとまず今は諦めよう。

「推理その三。『クッキーそのものは要らなかったけど、どうしても一度、手に入れる必要だけはあった』ってのでどう？」

「どういうこと？」

月島が自分の鞄の中からハサミを取り出しつつ、眉を顰めて疑問を投げかける。何をするつもりなのかと見守る俺たちの前で、彼女はクッキーの袋の綴じ目部分を綺麗にハサミで切り、取り出したクッキーを頬張った。

「そうだねえ……例えば、クッキーと一緒に箱に何かが入ってたとか」

「ふうん？」

桐山の言葉に、月島と思考放棄して逆に開き直った俺は無言で頷き合い、一度箱に詰められたクッキーを全部テーブルの上へ出した。転がり出てきたのは、クッキーの小袋と、乾燥剤の白い袋が二つだけ。

「何もないな」

「はい、桐山くんの案も却下」

「……」

桐山が何も言わずに真顔のままカップを傾けた。ずずっ、と紅茶を啜る音がする。どうやら無言の不服の意思表明のようだ。

ダメだ。全然建設的な意見が出ていないのに、すでに煮詰まってしまっている。

腕を組んで天井を見上げ、所在なく足をずらすと、俺の右足の下でクシャッという微かな音がした。何かを踏んだらしい。咄嗟《とっさ》にしゃがみ込んで、俺は音のもとだった、ぐしゃぐしゃになったクッキーのビニール袋を拾い上げた。

「おや。それは捨てとくね」

「あ、あの」

止める間もなくひょいと俺の手の上のゴミをかっさらった怜さんが「そういえば」と俺た

ちを見下ろす。

「よかったら、気分転換にプラネタリウムで星空でも見るかい？」

どうやら煮詰まったことを見透かされていたらしい。俺たちは揃ってこっくりと頷いた。


「じゃあ、春の星座の夜空でも」

怜さんがそう言いながらリモコンを操作すると、部屋はゆっくりと夜へと変わっていく。そしてあっという間に、宝石箱をひっくり返したような夜空が広がった。

「お、あったあった。あれが昨日のケーキの基になった『うみへび座』だ」

そう言いながら桐山が夜空の一角を指すけれど、俺にはこの星の海の中でどれがどれだかよく分からない。

「正解。これだね」

怜さんがリモコンを操作すると、夜空の星を線でつないだ星座絵が浮かび上がる。

「そんでもってこれがしし座。で、この隣の、ぼやっとした暗い星の集まり、『プレセペ星団』」

「プレセペ星団？」

「かに座にある散開《さんかい》星団だよ」

怜さんの質問に首を傾げた月島に、説明を加える桐山。俺も俺で分からないので、ぼんやりと桐山の説明に頷いた。

「そうそう。それを囲むようにある四角形、そこから足を伸ばした姿が『かに座』なんだ。暗い星が多いから、もし見つけることができたら、そこは星空が綺麗に見える場所だってことだね」

普段の俺たちには絶対に見つけることのできない星座、ということだ。

「ヘラクレス座はないのかしら」

「それは夏の星座だからね」

肩をすくめる桐山の隣で、俺は昨日月島に話した『可哀想な化けガニ』――かに座の神話を思い返した。

女神ヘラも、目立たない星座だとしてもわざわざヘラクレスの邪魔をしてくれた『化けガニ』を夜空に上げるとは。しかもかに座は誕生星座、結構重要なポジションじゃないか。ヘラクレスに『ついで』として踏み潰された、可哀想な星座なのに。

「……ん？」

ついで？　踏み潰された？

俺はその瞬間、思い出した。

クラスの女子はあの洋菓子店のことを、何と言っていただろうか。俺がさっき踏みつけてしまったものは……。

横っ面を引っ叩かれたような感覚が俺を襲う。

「桐山。かに座だ」

「……ん？」

俺の唐突な言葉に、こちらに顔を向けた桐山が首を傾げる。俺はまとまらない思考のまま、続けて言い募った。

「俺たちにとっては『ついで』――どうでもよくても、人によってはどうでもよくないものがある」

女神ヘラが、ヘラクレスにとっては『どうでもよかったついでの存在』を大事にして、夜空に『星座』として上げたように。

俺はそれを、誤ってとはいえさっき『踏み潰した』けれど。

「……ん？　どういうこと？」

「桐山。お前さっき言ったよな、『箱に何かが入ってたとか』って。あれ、惜しいかもしれん」

「言ったけど……ってまさか、箱の中じゃないなら『外』？」

桐山がはっと息を呑む。さすがだ、呑み込みが早い。何かを考えこんだ奴の前で、月島がさらにゆっくりと首を傾げるのが見えた。

「外って、何が？　さっきのクッキーの話？」

「そうだ。やっぱり、クッキーを配ったその女性は、クッキーそのものが目当てじゃなかったってことだ。用があったのは、多分その『外』」

満月のランプに照らされ、今度は月島が眉を顰めるのが見える。

「外？　外なんて……何もないじゃない。クッキーを詰めた箱くらい。箱だって、特別なものでも何でもないわよね？　そんな面倒なことをして手に入れるものなの？」

「その通り。でも、箱の他にもう一つ『外』にあるだろ」

まだ釈然《しゃくぜん》としない様子の月島。桐山は呑気《のんき》に何も言わず紅茶を啜るのみなので、俺は月島の右手元にある、クッキーの空き袋を指さした。

「その袋、なんでそんなに綺麗に開けたんだ」

「これ？」

月島は先ほど、自らハサミで袋の綴じ目ギリギリの部分で開けたクッキーの空袋をしげしげと見つめた。

「ええと……この綺麗な模様を分断するのはちょっと勿体ないかなって」

「だろうな」

「はい？」

「見た方が早いよ。叔父さん、クッキーの箱の包装紙ってまだある？」

俺と月島のやりとりの隣で、桐山がくるりとカウンターの方へ体を向ける。「あるけど、見るなら電気点ける？」と怜さんから答えが返ってきた直後、さっきまでのプラネタリウムが昼下がりの喫茶店へとチェンジした。

「……って、ああ！」

桐山のセリフを受けて、どうやら月島にも分かったらしい。彼女は大きく頷いて納得の表情を見せた。

「そうか、包装紙ね……どうして気づかなかったのかしら」

月島がぼそりと呟く。その隣の俺は俺で、さっき自分が踏み潰してしまったクッキーの包装ビニール袋の模様を思い出していた。

銀色の蔦に繊細な葉が描かれた、凝った包装。あんな細かいところにまで模様が刻まれているのだから、きっときちんと外装にもこだわっている店に違いない。

そして俺は月島の、まるで大切な手紙でも開けるような手つきでビニール袋のふちを切っていた様子を思い出す。彼女にとっては、俺が誤って踏み潰してしまったビニール袋は、『綺麗に開けるべき対象』だったのだ。その模様を無下《むげ》に切り刻まないよう、彼女は丁寧に袋を開けていた。

それに、クラスの女子も最初から言ってたそうじゃないか。

——外装も可愛くてお菓子の味も美味しい、って評判らしくてね。

外装とは、店の『外観』のことではない。文字通り、商品を詰めた『外装』つまり『包装紙』のことだったのだ。

「いやはや、最初から見えてたのにねえ」

桐山のつぶやきに、俺は「そうだな」と同調してみせた。

なんなら箱を洋菓子店の店員の女性がラッピングするところだって見ていたのに。人間、興味がないモノに関してはあまり記憶に残らないものらしい。

「そうえばあの『シュクル・リエール』の店員、クッキーを大量買いした客が、店員のほうを熱心に見てたって言ってたな。それ、たぶん包装紙を見てたってことだ」

俺の言葉に、桐山は頷く。

「そうだね。それに……だから『バラ売り』だってしてもらえたのに、わざわざ箱で買ったんだ。包装紙で包んでもらうために」

思えば変な話だった。ただでさえ大荷物のバイトに向かう人物が、どうしてクッキーの詰め合わせなどという、かさばるものをわざわざ買っていったのか。

きっと配ったその女性は、最初から『配布物』に交ぜられるものを目当てにクッキーを買いに来たのだ。

店員曰く、このクッキーは賞味期限が二週間——つまり、比較的短い。詰め合わせのクッキーの量は一箱三十枚ほどあり、それが二箱となればなおさら一人で食べるには二週間では短すぎるが無駄にもできない。食べ盛りの高校生たちにならば、貰ってもらえるかもしれない。予備校の配布物に交ぜたら、早くハケて一石二鳥かもしれない。予備校の配布物にお菓子が入っているのはよくあることだ。

何にせよ、中身をばらまいても、一番欲しいものは手に入るのだから。

「はいよ、これかな？　確かに、随分《ずいぶん》綺麗な包装紙だ」

怜さんが早速カウンターからこちらへ歩み寄り、桐山にきちんと折り畳んだ大きめの紙を渡す。

「つまり、この包装紙はそこでしか手に入らないってことよね？　クッキーを大量買いしたその女の人は、この包み紙がどうしても欲しかった、と……それなら理屈は合ってるわね。ケーキ箱に包み紙はつかないし」

月島が「確かにこれなら」と呟く。

怜さんに差し出された包装紙は、緻密《ちみつ》な筆致で描き込まれたスイーツの絵が鏤められているものだった。スイーツのイラストはそれぞれ二センチくらいのスケール。パステルカラーのマカロンやクッキー、ショートケーキ、タルト、レモンパイ……。様々なお菓子が細やかに描き出され、よくよく見れば一つ一つがハイクオリティなイラストだ。

「……これ、普通にこのイラストだけで金取れそうなくらい上手いな。最初全然よく見てなかった」

「ほんとにねえ」

ほう、と感嘆のため息をついて俺らは顔を見合わせる。

なるほど。確かにこの綺麗なイラストの包装紙が欲しかったとして、洋菓子店に厚かましくも『包装紙だけください』なんて言えるわけがない。クッキーを買ったのは、真っ当に包装紙を手に入れるためだったのだ。

「でも」腑に落ちない様子で、桐山が首を捻る。「包装紙が目当てだとして、何のために？」

何のために。そう、それが問題だが。

「使い道なんていくらでもあるわね」

ふと、月島が思案げに口を開く。俺はそちらに顔を向けて畳み掛けてみた。

「例えば何が思いつく？」

「今も昔も、スイーツとかのこういうイラストって女子に需要があるのよ。文房具のイラストとして人気だったりするんだから。これだけ綺麗なイラストなら本やノートのお洒落カバーにもなるし」

なるほど。俺たちには思いつかない用途だ。

「……ちなみにそれって」

俺は言いかけて、ふと口をつぐむ。これを言うのは人としてどうなのだろうと、思わなくもなくもない。

「何よ、最後まで言いなさいよ」

「そうだよ、気になるじゃないか」

月島と桐山の追及を受けて、俺はのろのろと口を開く。

「……それだけ人気なら、それ加工した文房具やらブックカバーやらが金になったりするのかなと。綺麗に加工して売り出せば……って、その目やめろよ」

二人からジト目を向けられ、俺は顔をしかめて言葉を終わらせる。

「そんなこと思ってたのね」

「やー、清々しいくらいゲスい想像ありがとう」

「だから言うの止めようと思ったんだ」

と噛みつきつつ、俺は内心反省する。いや、そもそも心の清い人間はそんな思考回路に至らないだろうから、むしろそれが問題なのか。

「おんや？」

悶々《もんもん》とする俺の隣で、スマホの画面をスクロールしつつ、桐山が素《す》っ頓狂《とんきょう》な声を上げた。

「今度は何だ」

「あった。キーワード検索したら最近の更新にばっちり」

桐山は、俺と月島の前にずいとスマホの画面を突きつけた。画面にはズラリと小さなウィンドウが浮かんでいて、一つ一つに値段と何やらタイトルが書かれている。

「なんだ、これ」

「ああ、ハンドメイド作品を売り買いするサイトね」

首を捻る俺の隣で、意を得たりとばかりに月島がこっくりと頷く。そして彼女は目をすがめ、少し前のめりな姿勢になりつつ低く呟いた。

「……あら、本当」

「でしょ？　碓氷くんのゲスい想像も役に立つもんだね」

「だからゲスい言うな」

俺はぶつぶつ言いながら画面を見つめ、そこでやっと気づいた。

「本当だ、あるな。――あの洋菓子店の包装紙と同じ柄のブックカバーが」

ブックカバーは布製。値段は千百円で売り出しているもので。

「あれ、でもこれなんか微妙に違うね？　絵柄反転してない？」

「イラストがあれば、布に転写プリントできるのよ。業者に頼めばすぐやってくれると思う」

桐山のコメントに、月島が件《くだん》のブックカバー画像を拡大し、俺たちの手元の包装紙のイラストと見比べながらそう言った。確かに、拡大してみればそのスイーツの絵柄はちょうど鏡に映したかのように反転している。

「しかもこれ、出品されたの今日だよ。ここ最近でイラストを手に入れた人と一致しているとしたら……」

ふうむ、と桐山が小さく唸る。俺は画面をじっと見ながら、少し考えた。

「ちなみにこのユーザー、次に何か出品する予定は？」

「一週間後に同じ柄のスマホケースも出品しますってプロフィールで予告してるね」

俺はスマホを取り出し、イラストをもとにスマホケースがどのくらいで作れるのかを調べる。

合成皮やプラスチックにイラストを綺麗に転写する場合、業者に委託《いたく》すれば、その納品までの期間は約一週間だった。

「……怪しいな。まあ、あくまでも『怪しい』にとどまるだけだが」

俺はため息をつきつつ、椅子の背もたれにもたれる。

「なんでさ。ほぼクロじゃないか」

「そう言い切れる根拠《こんきょ》はどこにある」

言い出したのは俺だけれど、まさか本当にこんなことになるとは思っていなかったのだ。

「いいか。あの店で、箱に包装紙をかけてもらった人間が何人いると思ってんだ」

「……まあ、確かにそうね。碓氷くんの言う通りだわ、人数が多すぎるもの。出品日だってたまたまかも」

「そう。この話はこれで終わりだ」

月島と俺の言葉に不服そうな色を目に浮かべつつ、桐山は少し考えたあと、やっと首を縦に振った。

「……分かったよ」

俺は無言で頷いて、すっかり冷めてしまった紅茶を口に含む。

冷めてしまった紅茶は冷たく、舌の上で苦味を残しつつ俺の喉へと滑っていった。


「いやー、今日も碓氷くんが来てくれるなんて嬉しいな」

「お前がしつこいからだろうが……」

あの好ましくない推論に至ってから三日後、月曜の放課後。今日も怜さんの喫茶店に来ないかと度重《たびかさ》なる勧誘を桐山から一日中受け、奴のあまりの粘り強さに音を上げた俺は、怜さんへの手土産を買いに例の洋菓子店に向かっていた。またお邪魔してしまうことへの、せめてもの懺悔《ざんげ》である。

「碓氷くんは真面目だね。手土産、要らないって言われると思うけどなあ」

「いや人として駄目だろ手ぶらは。なんだかんだで毎回ご馳走になっちまってるし」

「でもさあ、碓氷くんは僕の我儘《わがまま》に付き合ってくれるわけじゃん？　むしろもてなす側のわけよ、こっちは」

「いやもてなしてくれてんの怜さんな、お前じゃなくて」

そんなやりとりを桐山としつつ、例の『シュクル・リエール』の扉を俺は開ける。

「いらっしゃいま……あれ、君たちってこの前の」

俺たちが店に入るなり、ケーキの入ったショーケースの後ろで、女性の店員が目を見開く。艶《つや》やかな茶髪をひとくくりにしているその髪型を見て、俺は思い出した。先週の金曜、桐山の『探偵の心得その一・聞き取り調査』茶番に付き合ってくれた女性だ。

「あ、この前はありがとうございました」

「いいえそんな……と、言うよりね」俺の礼に恐縮したように手を振ったあと、その店員は俺たちに向けて手招きのそぶりを見せ、そして小さな声で「大変だったのよ、実はこの前」と切り出した。

「何か、あったんですか」

俺が少し近づきながら問うと、彼女は真面目な表情でこっくりと頷いた。自分の後ろを見て誰も居ないことを確認してから、その店員は潜めた声のままでこう言った。

「あの後、このお店の包装紙の、無断盗用騒ぎがあってね――」

「まあつまり、全部碓氷くんの推測通りだったってワケかあ」

シュクル・リエールから学校の駐輪場へ向かう帰り道、桐山がのんびりとペン回しをしながらそうぼやく。こいつの行動原理はやっぱり謎だ、なんでここでペン回しを始める？

「路上でペン回しすんな。しかもそんな高級そうなやつ、落としたら大変だろ」

「へいへーい」

にへらと笑みを浮かべた後、桐山は素直にペンをポケットに仕舞い込む。その様子をぼんやり見ながら、先ほど店員の女性に聞いた話が、俺の頭の中でぐるぐると回った。

店員の女性から聞いた話はこうだった。

一昨日、シュクル・リエールの包装紙が加工された品物が、「とある洋菓子店のイラストをそっくり反転している」とネット上で告発を受けた。そしてその情報が、瞬《また》く間に拡散《かくさん》されたのだという。

『店にもね、連絡がきたんだよ。「勝手にあなたのお店の包装紙を使ってお金稼ぎしてる人がいます」って。それでね――あのイラスト、先代店長のお孫さんがプロのイラストレーターで、大好きなお祖母さん、つまり先代店長のために昔個人的に書き下ろした、大切なイラストだったの』

それを勝手に自作発言して、加工し金額を付けて売り出していたユーザー。その人物に関してはイラストを描いた当イラストレーターの耳にも届き、オリジナルを描いた本人は、作品への思いと悔しさを言葉にし、訴訟《そしょう》を起こすことも視野に入れるという声明をＳＮＳに出したという。

『それでね。お店に謝りたい、だから訴えないでくれって直接訪ねてきた人がいて』

──それが例の、君たちが金曜日に聞いてきた、スーツケースにスーツ姿の大学生の女の人だったの。あの人、確かに美人だった……。

「まあ、まさか本当に当たるとはね」

結構後味悪いねと言いながら、桐山が俺に個包装されたクッキーを差し出す。

「さっきバラで買っといたんだ。口直しに、どう？　遠慮しなくていいよ」

俺は立ち止まり、無言で桐山の手の平の上の、シュクル・リエールのクッキーの小袋を見つめた。銀の綺麗な蔦模様が刻まれた、クッキーの小袋。

──女神ヘラは、憎き英雄ヘラクレスがヒドラ退治の『ついで』に踏み潰した哀れな化けガニを、どんな気持ちで夜空に星座として掲げたのだろうか。

神話を作った人間だって、そんなところまで考えていないとは思うけれど。

誰かにとって「ついで」だったり「どうでもいい」と思うような、はたまたただの「モノ」にしか見えないものも、他の誰かにとっては「決してどうでもよくない、大事なもの」であったりするのだ。

それを決して、俺たちは忘れてはいけない。

俺は、間違っても、誰かを踏み潰した犠牲《ぎせい》の上に立つような人間にはなりたくない。

「碓氷くん？」

「あ、ああ……悪い」

こちらを窺う桐山の声に我に返り、俺は「サンキュ」と言いながらクッキーを受け取り、そして気が付いた。

「いや、遠慮すんなってお前さ、これ俺が買ったやつだろ」

「おお、いつ突っ込まれるかなって思ったんだけど、意外と遅かったね」にここと指を鳴らしたかと思うと、「そうだ、いいこと思いついた」と桐山は学校への道を指し示した。

「駐輪場までどっちが先に着くか、競争しようか」

「なにがどうしてそうなった」

全く、桐山と居ると目まぐるしくて、思考の波に沈む暇もない。

けれど――

「はーいいくよー、よーいど……」

「分かった分かった、分かったからフライングすんな！」

それが今の俺にとっては、少しありがたいかもしれなかった。

第二章・アルタイルの心痛

何かを、忘れている気がする。

何か忘れていることは覚えているが、『何を』忘れたのかが分からない――そんな喉の入り口あたりにわだかまりがあるような好ましくない状態を、俺はここ最近抱え込んでいた。

忘れていることとはなんだろうか、何かやるべきことだろうか。我ながら面倒な性分だとは思うけれど、何か気になることがあるとそれが頭の片隅に引っかかったまま存在感を放ち、解消しない限り気持ち悪くて仕方なくなる。そしてその落ち着かなさは他のことについての思考をも妨害《ぼうがい》し、目の前の事柄への集中力を完全に削《そ》いでくるのだ。

日常生活でもその調子では疲弊《ひへい》がとんでもないことになるので、大抵のことは気にせずに済むよう、スルースキルを磨《みが》いて来たつもりだったのだが。

ここにきて、久しぶりの『思い出せない』気持ち悪さに俺は内心閉口《へいこう》していた。

「……ほんと何だろうな、気持ち悪い」

「うん？　どした？」

気がつけば、思っていたことが口から出ていたらしい。俺の呟きを律儀《りちぎ》にも拾った桐山が、濃紺のジャージの袖を捲《まく》り上げながら首を傾げた。

　下は濃紺に白いラインの半ズボン、上はグレーのＴシャツの上にズボンと同じ色合いの長袖ジャージ。学校指定の一見野暮《やぼ》ったいジャージも、こいつにかかれば別物に見えてくる。このまま清涼飲料水や制汗剤なんかを片手に持たせれば、夏の爽やかなＣＭがその場で出来上がりそうだ。まあ、まだ四月の三週目に入ったばかりだから、夏もなにもないのだが。

「いや、なんでも」

　そんな爽やか野郎から目を逸らし、俺はつい先ほどまで自分たちが居た、更衣室の壁にあった時計の針の位置を思い出す。確か昼休みの終わりまで、あと二十分ほどだったはずだ。午後イチの体育はこの別棟の隣にある体育館での授業だから、場所も近い……のだが。

「……それより、やっぱすんの？　校内散策《さんさく》」

「えっ、むしろしないの？　校内偵察《ていさつ》」

　俺の言葉に「何を言い出すんだこいつ」とでも言いたげな驚愕《きょうがく》の色を顔に浮かべ、数歩先で先に階段を降りていた桐山がもの凄い勢いでこちらを振り返る。こっちがなんでだ。何故にそんなに驚く。

　というかなんだよ偵察って。ここは敵地じゃない、ただの平和な公立高校だ。

「この辺入学式以来来てないから、全然開拓できてないじゃん。折角の宝の山を、なんでみすみす逃すかな」

「何だよ宝の山って……散策したところで、何も出て来ない気しかしないんだけど」

「分かってないなあ、碓氷くんは」桐山が右手の人差し指を振る。「『何も出て来ない』って言うのは、最初から何も見つけようとしてない人間の台詞だね。見つけようとすれば、どこにでも何かしらの発見はあるもんだよ」

「……」

別に俺は、発見なんぞ求めてないんだが。というかこれ以上疲れたくないので、出来れば次の授業開始までどこかでひっそり休んでいたいというのが本音だった。

本来であれば俺はこの昼休み、人のあまり来ない場所を見つけて昼寝をするか、図書室で過ごすかして静寂に浸りたかったところなのだ。なのにあまりに「校内散策したい」と桐山が隣席で主張してくるものだから、その対応に困った俺はひとまず奴を大人しくさせるために奴に引っ張られるがまま早々体育着に着替え（桐山曰く、「先に着替えておけば時間ギリギリまで落ち着いて散策できる」とのことらしい）、今ここに至る。ここまで付き合ったことだけでも良しとしてほしい。

「大体さ、同行者俺じゃなくてもいいだろ」俺はため息交じりに階段を一段、ゆっくりと降りた。「お前なら、誘えば誰でも付いてくるだろうし」

そう。入学してから早数日、その行動が突飛《とっぴ》なあまりに（由利の言っていた『行動と思考がアホ』というのは、やはり本当だったらしい）、クラスメイトからやや遠巻きにされるのではと思われた桐山だったが、何故だかクラスの人気者の位置をちゃっかり獲得しつつある。

つまり奴に振りまわされているこの状況は、目立たず高校生活を送りたい俺にとってはよろしくないものだった。なんせ、こいつの隣を歩くだけで視線が集まってくるのだから。

「あのねえ」俺の前方を歩いていた桐山が、今度は立ち止まってもう一度こちらを振り向く。

「誰でもいい訳じゃないんだよ」

「あ？」

「僕が誰にでもホイホイ声かけてると思ってんの？　心外だなぁ、まったく」

「……じゃあ何が基準なんだよ」

俺の問いに、桐山がぱちくりと目を瞬かせたのちに一本指を立てた。

「確実に暇で、時間を持て余してるだろうなって人」

「お前、つまり俺のこと確実な暇人って思ってたんだな」

こちらこそ、それはかなり心外だ。

「そんなことよかさあ、さっき言ってた『気持ち悪い』って何のこと？」

「ものすごい分かりやすい話の逸らし方すんな……って、うお!?」

お前なあと俺が落とした肩の上に、どすんと重いものが乗って来る。

「碓氷、おっつー」

「……おお、由利か。びっくりした」

振り返れば、由利がひらりと手を降って立っていた。半袖短パン、両手首には黒のリストバンド。体育着の組み合わせで一番身軽かつ一番着こなしの難しい出で立ちだが、こいつもまた体育着の似合う奴だった。

「おーどろかせてすまんねえ」おどけた調子で、由利が軽く両手を挙げる。「ごめん、話の邪魔しちった?」

「いや全然、別に大した話はしてな」

「なんかさあ、碓氷くんがさっきから何かが引っかかって気持ち悪くて仕方ないんだって」

「気持ち悪い? え、大丈夫か碓氷、保健室行くか?」

騒がしい上に人の話を聞かない奴が二人に増えた。俺は「そういう気持ち悪いじゃない」と努めて静かに訂正する。

「んじゃ、どういう方面での気持ち悪い?」

「何忘れたのか忘れて思い出せない系の気持ち悪い」

由利の質問に俺が返すと、奴は「あー、なるほど。あるあるそういうの」と眉根を寄せて大きく頷いた。

「なんか、ここまで出てきそうで出て来なくてな」

「そんで忘れて気になってたこと自体も忘れた頃に、いきなりひゅっと思い出すやつね」

「そう、それ。全然関係ない時に思い出すやつ」

水平にした手を喉の半ば辺りで掲げる俺に、腕組みをしながらこくこくと頷く由利。そんな俺たちをしばし無言で見遣った後、桐山は両手で顔を覆った。

「……どした、桐山」

「ショックだ……僕がさっき聞いても全然答えなかったのに、由利くんが聞いたらすんなり喋るなんて」

　由利くんと僕のどこが違うのさと続けられ、俺は真顔で「そういうとこ」と返して階段をまた降りる。もはや突っ込むのも疲れてきたぞ、こいつのこのテンション。

「え、なに、そういうとこって」

「おーい桐山、しつこい男は嫌われるぞー」のんびりとした調子で軽口を叩いた由利が、ズボンのポケットに手を突っ込んで首を傾げた。「んでもさ真面目な話、現時点で覚えてなきゃいけんことってそうそうなくね？　まだ学校始まったばっかだし」

「ま、そうなんだよな。忘れて困るような課題もあった記憶ないし」

「いや、忘れて困らない課題って何よ」

　俺の発言に突っ込む由利の隣で、桐山はしばし考え込んだ後、「そうだ！」と指を軽く鳴らした。

「あれじゃない？　進路希望調査票。週末に書いて来いって言われたやつ」

「あ、やっべ忘れてた。今のうちに書かないと……サンキュー、おかげで思い出したわ」

　どうやら何かを思い出せたのは俺ではなく、由利だったらしい。「そりゃよかったな」と俺が頷くと、「俺だけ悪いな」と苦笑が返ってきた。

「その様子じゃ、忘れてたのそれじゃないっぽいな」

「おー、それは覚えてた」

　人間、嫌なことほどよく覚えているとどこかで聞いたことがある気がする。まさにそれだ。

正直、『将来の夢は』などと未来のことを聞かれるのが俺はあまり好きではない。

『将来の夢は、なんですか』。

『なりたい自分になるために、何をすべきか考えよう』。

何になりたいか、将来の夢は、選ぶべき進路は。そう聞かれるたびに憂鬱《ゆううつ》になる。

——『大成する奴は目標を持ってコツコツやってきているのに、何もないお前はどうなんだ、このままじゃ危ないぞ』と突きつけられている気持ちになるからだ。

俺には、やりたいことが何もない。将来なりたいものも、自分が向いているものも分からないのだ。

全く、全然、何一つとして。

「おーい、碓氷くん？　大丈夫？」

「あー……悪《わ》りぃ」

とりとめもないことを考えていたところに桐山がこちらを覗き込んできて、俺の思考は強制的にストップさせられた。

「……」

「ん、何？　僕の顔に何かついてる？」

桐山の傍に常に漂う、のんびりとした雰囲気。状況に応じてそれは飄々《ひょうひょう》としたようにもひょうきんにも見えることがあるけれど、こいつにはいつでも緊迫感というものがない。なんだか、これだけなんだかんだと悩んでる自分がアホらしくなってくる。

「……いや何も」

「嘘だ、今すっごいため息ついた！」

「そっとしておいてやれ桐山、碓氷は疲れてんだ」

「ええー、そんじゃあ探索はまた今度にしとくかぁ。碓氷くんが本調子じゃない時に行ってもね」

　どうやら運は俺の方に向いているらしい、桐山が探索を諦めた。特に疲れてもいないが、ありがたくそのままにしておこう。

　サンキュー由利、おかげでこれ以上見世物《みせもの》パンダにならずに済んだ。どうどう、と桐山の肩をなだめるように軽く叩く由利の背中を、俺は感謝の念を持って見遣る。

「んで、さっきから思ってたんだけど」くるりと由利がこちらを振り向く。「碓氷、その格好暑くない？」

　言われて俺は自分の格好を見下ろす。上は前のチャックを首元まで閉めた長袖ジャージに、下は長ズボン。一番防寒に適しているその服装は、確かに四月にしては暑い今日にはミスマッチなものだった。

「持ってくる服、間違えて」俺はのろのろと、言い訳がましく説明する。「半袖短パン持ってきたつもりが、両方とも忘れた」

「……え、ちょっと待って、んじゃ碓氷のその上着の下って」

「フツーに昼間、Ｙシャツの下に着てたＴシャツ」

俺がジャージの前を開けて見せると、「まじかい、うっかりさんすぎん?」と由利が笑いを堪《こら》えるような顔をした。その横で、「碓氷くん、ちょっと抜けてるとこあるからなぁ」と桐山が訳知り顔で深く頷く。お前はたったの一週間で俺の何を知ったというのか。

「Tシャツはまあドンマイだけどさ、せめて袖だけでも捲っといたら? 暑いっしょ」

「……まあ、確かに」

腕むき出しリストバンド姿の由利を見て、俺は手首まで下ろし切っていた自分のジャージの裾を捲り上げる。確かにこれでは、見た目が暑すぎて逆に目立つというものだ。

「お、碓氷もリストバンド仲間だ。イエー、お揃い」

俺の左手首を指さし、由利がハイタッチを仕掛けてくる。「俺の古くなってきたからさ、買い替えようと思ってるんだけど。碓氷のそれいいね、どこの?」

自分の手首のリストバンドを指さしながら尋ねてくる由利に、俺が「ああ、これは別に」と答えようとしたその瞬間だった。

「あっ、ちょっ、すみません!」

後ろから大きな声と共に、何かがどしんとぶつかってきた。

「げ」

階段の中腹部分に居た俺は、不意打ちのその衝撃で階段から足を踏み外す。階下まであとざっと階段十段分ほどだと認識したのも束の間、俺の体は宙に浮いた。

——あ、やべ。

そう思った時には天地がひっくり返っていた。

「……っ、いってえ……」

背中から地面に落ちるのは久しぶりだ。

「ごごごめんなさい、大丈夫ですか!?」

階段の方向の、少し上の方から声がする。俺は床に右肘をつき、上半身を起こしながらその声の主を見た。

「ほんと……すみません……巻き込んで……」

一人の女生徒が、階段の途中に座り込んで何度も頭を下げている。毛先が軽くカールされたボブカットの茶髪に童顔。見覚えのない生徒だった。

「碓氷、お前大丈夫か？」

「おう」

階段を駆け降りてくる由利へ頷き、俺は素早く立ち上がる。

「随分派手にひっくり返ったな。打ったとこは？」

「いや、全然なんとも」

「いやいやいや結構落ちたろ、大丈夫なわけ……」止める間もなく俺のジャージズボンを膝までたくしあげた由利が目を丸くし、俺の脚をまじまじと見た。「まじだ。怪我がねえ」

「だから本当に大丈夫だっての」俺は苦笑し、桐山に手助けされて起き上がった女生徒に声をかける。「ごめん、怪我は？」

彼女はぶんぶんと首を横に振った。

「わ、私は全然大丈夫です、慣れてるので。それより、ほんとにすみませんでした！」

……慣れてるので？

「まー、芹沢《せりざわ》だもんな」

謎の言葉に首を捻る俺の隣で、由利が苦笑する気配がした。

「大丈夫、あいつ運動神経と反射神経はいいから。なんたって、俺らの中学の女バスエースだからな」

「え？」

「ん？　伝わんなかったか、悪い。女子バスケットボール部のエース、ってことだ」

「いや、言葉自体の意味が分かんなかったんじゃなくてだな」

正直、決して背が高いとは言えない、小柄で一見華奢《きゃしゃ》な印象を与えるこの女子が、バスケットボール部のエースだったということに戸惑ったのだが――いや、見た目で判断するのは良くないな。反省する俺の前に、先ほどのボブカット女子が項垂《うなだ》れながら歩み寄る。

「碓氷くん、本当にすみませんでした」

「……？」

何故か相手は俺の名前を知っていた。が、それにしても俺の方には記憶がない。

「いやあ、まさかの初対面オチ。これは僕も予想外」

慌てて記憶を遡《さかのぼ》る俺の前で、桐山が彼女の後ろからいつもの笑顔を覗かせる。

「は？　初対面オチ？」

「ほら葉月、挨拶」

桐山の言葉に、彼女は頷いた。そして深々と、俺に向かって一礼する。

「ほんとにすみませんでした……一年H組、芹沢葉月です。先週は集まりに行けなくて、ごめんなさい」

「集まり？　なんの？」俺の隣で由利が首を傾げる。

その瞬間、俺は思い出した。

——『星空探偵』の顔合わせの日、声をかけられていたという最後のメンバー。そいつに、まだ会っていなかったということを。

そして、それをすっかり忘れてしまっていたということを。


放課後。俺は桐山にさんざっぱら勧誘を受けた挙句《あげく》、先週同様今日もまた、星空喫茶へと連れられてきていた。

個人的に放課後はバイト探しに勤《いそ》しみたかったのだが、奴があまりにしつこかったので最終的に俺が折れた。昼休みの二の舞である。

「碓氷くん、今日はほんっとうにすみませんでした！」

喫茶店へ入るや否やいきなり謝罪の言葉に出迎えられ、俺は思わずたじろいだ。目の前には芹沢の見事なお辞儀。角度九十度くらいはあるんじゃないだろうか。

「え、いや、俺は別に全然……それより怪我、ほんとにないのか」

「慣れてるから全然大丈夫！　ぴんぴんしてます」

そう言いながら、芹沢がしゃきっと右手を頭の前に掲げ、敬礼のポーズを取る。どう反応して良いか分からず、俺はひとまず「ならよかったけど」と頷いた。そしてまたもや違和感に首を捻る。だから「慣れてる」って、一体何にだ。

その俺の疑問は、隣の桐山からの声を潜めた補足によって解消した。

「葉月はね、普段とてつもなくドジなんだ。運動神経も反射神経もいいのに」

「……それって両立し得るのか？　ドジだけど運動神経がいいって」

「し得るんだよね、これが。普段スイッチ切ってる時はぽやぽやしてて、スイッチ入るとキレッキレになる感じ」

つまり、普段は省エネモードということらしい。

「そのスイッチってどのタイミングで切り替わるわけ」

「本気出さなきゃいけなくなった時かな。中学時代、バスケ部の都大会の時とか凄くてね」

そんな小声での会話の最中にも、前を歩いていた芹沢が「のわっ」と何もないところで一瞬つんのめり、次の瞬間には何事もなかったかのように体勢を立て直すのが見えた。

……桐山の言う、彼女のその「凄くなった時」を見てみたいものだ。

「やあ、碓氷くん。よく来てくれたね」

明るい午後の光が差し込む喫茶店の奥で、怜さんがにこやかに手を振ってくれる。俺は「お邪魔します」と頭を下げた。

「さ、お茶を淹れるから座って座って」

どうぞといつものソファー席へと促され、俺たちは席につく。早速、カチャカチャという食器の音と、紅茶を淹れる準備音がカウンターの奥から聞こえてきた。

「なあ、桐山。この喫茶店って営業時間どうなってるんだ」

俺はふと、前から気になっていた質問を桐山にぶつける。一度ここに来てからというもの、毎日毎日飽きもせず、桐山は俺を放課後、この喫茶店へと誘う。俺も俺で、時間を持て余しているのもあって結局ここに来てしまっているのだから「どの口が言う」案件なのだけれど、放課後いつ来てもここには客が居ないのだ。

他人の俺が言うのも大きなお世話かもしれないが、経営は大丈夫なのだろうか。

「うん、ごもっともな質問だ」

桐山は柔らかく笑い、人差し指を立てた。

「まずここ自体、プラネタリウム喫茶であることを売りにしててね。基本的に十二時くらいまでの夜間営業が中心なのさ。夜の喫茶店って、結構需要があるんだよ」

仕事終わり、疲れきった頭で喫茶店へと向かい、星空と共にまったりとしたお茶の時間を楽しむ――確かに、需要があるかもしれない。

「それに平日の昼間は叔父さんも仕事があるからね。だから、この喫茶店は平日十七時半から開店するんだ。言うなれば今は開店前ってこと。ちなみに土日はかき入れ時だから一日開いてる」

これで答えになってるかな、と言われて俺は頷いた。それなら納得だ。個人的に怜さんの仕事が気になるが、赤の他人が何の気なしに尋ねるのは失礼な質問かもしれない。俺は質問を飲み込み、もう一つ気がかりなことを胸に、周りを見回した。

「てことは」

開店前の時間に、俺たちが居座っているということだ。もしかしなくても、ものすごく邪魔では？

俺は立ち上がり、足早にカウンターに近寄った。

「あの、怜さん。何かお手伝いを」

「え？　いいよいいよ、座ってて」

カウンターの裏で、茶葉を量っていた怜さんが顔を上げて柔和に笑う。太陽のような笑みを受けつつ、俺は頭を振って改めて口を開いた。

「いえあの……さっき初めて営業時間のことを聞いて。開店前に押しかけて居座ってしまって、すみませんでした」

俺の言葉に、怜さんは一瞬きょとんとした顔をした後、ふと口元を緩ませた。

「本当に礼儀正しいいね。友達の部屋に遊びに来たのと同じものと思ってくれていいのに」

「いえ、でも」

ここは喫茶店だ。今更ながらだが、高校生が営業前にたむろしていい場所とは思えない。

「ひょっとして、喫茶店だからさらに遠慮してる？　いいんだよ、それはこっちの都合で振り回してるようなもんだから」

「そうそう。そもそも僕が引っ張って来たんだしね」

座ったまま一歩も動きもせず、やたらと優雅な動作で桐山が足を組む。こいつはもう少し遠慮というものを身に付けた方がいいんじゃないだろうか。

「……ていうかさあ、そんならいいこと思いついちゃった」

しばし考え込む素振りを見せたかと思ったのも束の間。足を組んだリラックス姿勢のまま、桐山は指を鳴らしてにんまりと笑った。

「碓氷くん、怜叔父さん。ちょっと提案があるんだけど……」


中学生時代の俺が今の俺を見たら、一体なんと言うだろうか。

「おお、似合ってるじゃん。さすが碓氷くん」

「……」

今しもキッチンに入ってきた桐山を黙って見遣る俺の前に、もう一人の人物が部屋の入り口からひょっこりと顔だけ覗かせた。

「あら。碓氷くん、どうしたのその格好」

学校の制服姿の月島が、目を丸くして首を傾げる。先ほど着いたばかりなのか、肩にはスクール鞄が掛かっていた。

「あー、ええと……」

俺は言葉を濁し、自分の格好を見下ろす。白いワイシャツに、腰から下の黒い長エプロン。この喫茶店の店員の制服だった。

「うん、やっぱり超似合うね。これは採用！」月島の隣から顔を覗かせた怜さんが、親指をぐっと立てる。「紅茶淹れる手際もめちゃくちゃいいし、所作も綺麗だし。君さえ良ければ歓迎するよ」

「だってよ。よかったね、碓氷くん」

怜さんの言葉に深く頷きながら、桐山が俺の肩を小さく叩く。俺はといえば、突然の急展開に目を白黒させながら「え、本当にいいんですか……？」と反応するしかない。

唐突に「この喫茶店、アルバイト募集してたよね。碓氷くんバイト探してたし、ちょうど良くない？　ここでバイトしたら」と桐山が提案してきたのがつい三十分ほど前のこと。確かにバイトは探していたしこの喫茶店で働けるのならば俺にとっては渡りに船すぎるのだけれど、あまりに図々しすぎるだろうと俺が躊躇うのをみるや否や、桐山は「ね、いいでしょ？」と俺に詰め寄ってきたのだ。

『いや、まあ……その、働けるのならありがたいけど、流石にそこまで迷惑かけるわけには』と辞退しようとした俺に、桐山はさらに追い討ちをかけてきた。

『働けるなら、働きたい？』

ここで、経営者である怜さんの前で『働きたくない』と答えられる奴がいたら教えて欲しい。絶対的に無理である。

『そりゃ、働きたいけど……』

『よし、決まり！　怜さん、今から採用テストってできる？』

と、いうわけで。その結果、俺はありがたくも怜さんから驚くべきスピードで『採用』のお言葉をいただいたのだった。

「他に何か懸念点《けねんてん》とかあったら何でも言ってね。他のスタッフのためにも待遇面は随時アップデートしなきゃだし」

「いえ、条件が良すぎて逆に怖いくらいなんですが」

のんびりとした調子の怜さんの言葉に、俺は恐縮しながらそう答える。

先ほど時給の件も彼から説明を貰ったが、東京都最低賃金より結構高かった。俺が高校生の飲食店バイト未経験者なのにも拘らず。果たしてこれは、好意に甘えても良い話なのだろうか。その後ろめたさから、俺はこの話に未だ尻込みをしていた。

「あの、ありがた過ぎるお話なんですけど」俺は躊躇いつつ、のろのろと言葉を続ける。

「他にもっと適任な方の応募があるかもしれませんし、ひとまず面接とか、選考を」

流れに乗せられて店員服まで着てしまっている俺だが（桐山から店員服を手渡され、あれよあれよという間に更衣室へ連行されたために断り切れなかったのだ）、自分にこの店員服を着る資格があるのか甚《はなは》だ怪しい。その場の勢いも多分あるだろうし、雇ってもらえるなら他の応募者と比較の上、納得した状態で雇ってほしい。俺はそう思っていたのだけれど。

「え？　そんなものしなくていいよ、だって碓氷くんだもの」

怜さんがきょとんとした顔で首を傾げる。この仕草、桐山のものにそっくりだ。さすが叔父……って、今はそういうことではなく。

「いや、それは流石に」

「だいじょーぶ。僕、人を見る目はあるんだよね」

爽やかな笑顔でキッパリ言い切られ、その堂々たる様子に俺は思わず口をつぐむ。そしてのろのろと往生際悪く、反論を試みた。

「あのでも俺、怜さんのお手本真似しただけなんで……ありがたいお話を頂戴して申し訳ないんですが、見込みとかそういうの無」

「君なら大丈夫でしょ。自信持って」

「痛って」

桐山からバシンと背中を叩かれ、俺は顔を顰《しか》める。前にもこんなことがあった気がするが、こいつは意外と力が強いのだ。優男な外見とは裏腹に。

「碓氷くん。手本を見て、その通りにできるのは凄いことなんだよ」攻撃された余韻の残る背中を右手で軽くさする俺に、怜さんが微笑む。「見ることと、それを実際に自分でやるっていうのは全然違う作業だからね。そうそうできることじゃない」

真正面からそう褒められ、俺の視線が宙を彷徨《さまよ》った。これは、どんな反応をするのが正解なのだろう。正しい反応が分からない。

「……怜さん、褒めるのお上手ですね」

「あのねぇ、そう言う時は『ありがとう』でいいんだよ」

「痛ってえ」

またも背中に衝撃があり、振り返ると桐山が笑顔でぶらぶらと手を振っていた。

「お前な、人の背中をさっきからバカスカと」

「よし決めた、これから君が自分を下げる物言いするたびに一ビンタね」

爽やかな笑顔を顔に乗せたまま、桐山がパーの形に開いていた手を今度は拳の形に握る。もはやビンタではなく拳骨《げんこつ》だ。

「いや何でだよ、ていうかそれビンタじゃなくね？」

その拳骨を振り下ろされたら、間違いなくもっと痛かろう。俺が一歩後ずさると、桐山が拳骨を構えたまま、一歩前に進み出た。

「実はさ、僕って自分のこと結構好きなんだよね」

「……おう？」

唐突な謎の告白が始まった。先が読めないまま、俺は対応に困って周りを見回す。ニコニコとこちらを慈愛《じあい》の笑みで見守る怜さんに、無表情のまま肩をすくめる月島、そして満面の笑みでぐっと親指を立ててくる芹沢。誰も助けてくれる気配がない。特に芹沢、それはなんのサインなんだ。

「こんなに顔もスタイルも頭も良い、運動も出来る。好きにならない理由、なくない？」

「……」

自分で言うのかと思ったものの、客観的に見れば確かにこいつは顔もスタイルもいいし、運動も出来る（運動が出来るのは今日の体育で発覚した）。頭が良いのはまだ実感したことがないが、由利曰く勉強は出来るらしいのでそれもまた事実なのだろう。

が、肝心の話の行き着く先が全く予想できない。困った。

「なのにさ、その僕と同等の君に自分を卑下《ひげ》されたら、僕も大したことないってことになるじゃないか。それは本気で腹立たしい事態だね」

困惑しつつ黙って傾聴《けいちょう》の姿勢を取っていた俺に、奴は笑みを深くして人差し指を突きつけた。その上、「いや、その」と俺が口を開いただけで「言い訳はなしね」と畳み掛けてくる。あまりにも理不尽すぎやしないだろうか。

「碓氷くん、諦めた方がいいよ。こういう時の桐山くんってほんっとに頑固だからさぁ」

「そうね、お疲れ様」

朗らかに言い放つ芹沢の横で、月島までもが即座に頷く。未だ迷う俺の視界に笑顔で拳を握る桐山の姿が映り、俺は「分かった分かった、もう言わない」と音を上げた。痛いのは俺だって御免だ。

「怜さん。もしよろしければ、アルバイトとして働かせていただけますと幸甚《こうじん》です」

「ビジネスメール？」と突っ込んでくる桐山を無視して、俺は意を決して頭を下げる。怜さんは柔らかく笑ってくれた。

「もちろん。善は急げだ、契約書も渡そうか？　書ける時に書いてくれればいいよ」

「はい、ありがとうございます」

俺が頷くと、「おっけー、ちょっと待っててねー」と怜さんは足取り軽くキッチンから出て行く。

なんというか、全体的にノリが若い人だ。まだその人となりが完全に分かるほど時間を共にしてはいないし、掴みどころのないところもある人だとも思うけれど、ただ確実なのは彼が「良い人」であるということだ。『善人』オーラが全身から滲み出ているし、そこに居るだけで頼もしさと安心感が半端ない。そんな背中を見送りながら、俺はふと、先ほどから気になっていた質問を桐山にぶつけた。

「そういえば桐山、いつの間に知ってたんだ？　俺がバイト探してるって」

こいつに話した記憶はない。なのになぜ知っていたのだと疑問を口にすると、奴は悪びれもせずに涼しい顔で肩をすくめた。

「前、スマホで求人広告調べてるのが見えたからさ。ちょうど良いんじゃないかと思って」

「あのなぁ」俺は呆れ顔で苦言を呈す。「人のスマホ覗き込むなよ」

「覗き込んだんじゃない、見えたんだ」

「前もどっかで聞いたなそれ」

「でもグッジョブでしょ？」

「……まあ、正直ありがたいけど……」

倫理観的に人のスマホを覗き見るのを是として良いのかはともかく、奴の言う通り確かにグッジョブではある。雇い主である怜さんはいい人だし、設備は綺麗だし、喫茶店の営業時間的に放課後働くのにもちょうどいいし、とてもありがたい話だが、こいつ観察眼が変なところで鋭いな――そう思う俺の傍で、ふと「あ、レオさん」と桐山が声を上げたのが聞こえた。

「――なんか、すごい賑《にぎ》やかだったね？」

黒縁眼鏡をかけた見慣れない青年が、怜さんと入れ替わりに入り口から顔を覗かせていた。彫りの深い顔立ちで、その目は深い灰色。抜けるように白い肌と黒い髪のコントラストがこれでもかというくらい様になっている青年だ。

背が高くすらりとしていて、手足が長い。ベージュのコットンパンツに白い襟付きシャツ、そして紺色のカーディガンという格好も相まって、落ち着いた品の良い感じの人だという印象を受けた。

「さっきからそこにいらっしゃったんですか？」

「うん、実はまあね」月島の問いに、彼が頬をかきながらこちらへ歩み寄って来る。「入ろうかと思ったんだけど、なんだか面白いから観察してた」

そして彼は俺の前で立ち止まり、「はじめまして」と目尻を下げる。

「ここでアルバイトさせてもらってます、葺石玲央《ふきいしれお》です」

「あ、はじめまして」相手からの会釈に、俺も一礼を返す。「碓氷十夜といいます」

「僕のクラスメイトなんです」

「ああ」桐山の補足に、彼はこっくりと頷いた。「さっきの会話で大体事情は察したよ。かなり仲が良さそうだ」

「へへへ、そうですかね。照れるねえ、碓氷くん」

「ねえ」と同意を求めてきた桐山からの背中への攻撃を、俺は咄嗟に察知してかわす。そう何度も食らってたまるか。

「おおー、ナイススルースキル！」

「……碓氷くん、反射神経良いのね」

「の割に、さっき僕から二発も食らってたけどね」女子陣からの俺へのお褒めの言葉を一刀両断した桐山が、ジト目で俺を見る。「碓氷くん、二度あることは三度あるって知ってる？」

「知ってるけど」

それが一体どうした。

「その諺《ことわざ》通り、君は三度目を食らうべきだったのに。なんで避けちゃうわけ？」

「んな無茶苦茶な」俺はげんなりと肩を落とし、反論すべく付け足した。「大体な、その諺って『物事は繰り返し起こる傾向があるから、失敗を重ねないようにしろ』って意味もあるんだけど」

「え、そうなの?」困ったように眉を下げたのも一瞬、桐山はドヤ顔でふんぞり返る。「なら仕方ない、許してあげよう」

「お前はなんで上から目線なの?」

「君たち、ほんとに仲いいんだね」

葺石さんからしみじみとした声色で言われ、俺は慌てて「あ、すみません」と頭を下げた。まだ自己紹介の途中だったのだ、桐山と馬鹿なやり取りをしている場合じゃなかった。

「全然すみませんじゃないよ」微笑を顔に滲ませ、葺石さんが手を横に振る。「涼くんの様子を見てたら分かったよ。碓氷くんはいい人なんだね」

「いや、そんなんじゃ」

「そうそう、碓氷くんはいい子なんだよ。だからスカウトさせてもらったの」

俺の言葉に被せるようにして、戻ってきた怜さんが入り口から顔を覗かせる。満面の笑みを浮かべた彼は、「書類、早速持ってきたよ」と紙を俺に向けてそよがせてみせた。

「これ、出すのいつでも大丈夫だから碓氷くんの好きな時に」

「あ、今書いてもいいですか?」

「全然ウェルカムだけど、むしろいいのかい？　こちらがゴリ押ししといて言うのもなんだけど、親御さんの了承とか」

「はい、大丈夫です」

「え、ほんとに？　相談要らないの？」

怜さんと俺のやり取りに、桐山が目を丸くする。「うちの親、基本放任主義だから」と俺は浅く頷いた。

「いいね、思い切りのいい子は大好きだよ」眼鏡を押し上げながら、葺石さんが頷く。「そうと決まれば、これから碓氷くんの歓迎会とかどうですか？　涼くんお待ちかねの謎もちゃんと持ってきたので」

「おっ、いいねえ。ちょうど試作したケーキあるから、みんなで食べよっか」

「やった！　待ってました！」

ウキウキとテンション高めに食器棚や冷蔵庫に向かう葺石さんと怜さんに、顔に喜色を滲ませながらそれを手伝い出す桐山。俺が口を挟む間も全く無い。

「え、いや、あの」

「ほら碓氷くん、早く早く」

戸惑う俺の背中を、桐山が後ろからぐいと押す。

「……お前、意外と力強いよな」

「碓氷くんは体幹強いね。なんでこんなに押してんのにびくともしないわけ？」

「ほーらそこ二人とも、早くおいでー」

じりじりと互いに攻防戦を繰り広げる俺たちを、怜さんが呼ぶ。俺は頭をかきつつ、ニヤニヤ笑いをする桐山の背中をはたいて皆の輪の中に入っていった。


テーブルの上には、綺麗な三角形に切られた五人分のレモンタルトとアイスドリンク。怜さん特製の『夏の大三角』を模したケーキと、鮮やかな夕焼け色をしたグレープフルーツ入りのハイビスカスティーだ。

「ところで玲央さん、今日やたらと……わ、これうま」

皆で騒がしく準備をし、いつものソファー席へと落ち着いたのも束の間、桐山が早速口火を切った——と思いきや、奴は中途半端な言葉を宙に放り投げたままタルトを口に運ぶのに集中し始めた。瞬く間に、奴の口の中へ薄檸檬色《うすれもんいろ》のケーキの切れ端が消えていく。

「桐山。お前な、話すか食べるかどっちかにしろ」

「うん？」

待っていても、桐山からの続く言葉は来ない。痺《しび》れを切らした俺が口を開くと、奴はきょとんとした表情で顔を上げた。その裏表もなさそうな表情に、俺の毒気が抜けていく。

「あー……。お前今、何言いかけてたんだ？」

「ん？　なんか言ったっけ？」

こいつ、これでも勉強できるってのは本当なんだよな……。本気で意味が分からん。

「多分なんだけど」次に言うべき言葉に困った俺の横で、葺石さんが手に持ったフォークをゆらゆらと揺らす。「僕がここに来るのが、いつもより早かったから——だから、『やたらと早かったから、どうしたのか』って聞きたかったんじゃない？」

「おっ、そうそう。さすが玲央さん！」

「調子いいわね桐山くん。さっきすっかり忘れてたじゃない」

葺石さんの推測を受けて「その通り！」と顔を輝かせる桐山へ、真顔でハイビスカスティーを飲みながら月島が鋭いツッコミを入れる。「相変わらず月島さんは手厳しいね」と嘆く桐山をよそに、今度はケーキを食べていた芹沢がその手を止め、口を開いた。

「ええと、いつもよりってことは、いつももう少し後の時間にいらっしゃってるんですか？」

そりゃそうだろうという芹沢の質問に、葺石さんは笑顔で頷く。

「大学で午後ラストの講義が休講になっちゃってさ。ちょうどいいやと思って早めに来てみたんだ」

葺石さんがドリンクのストローをゆっくりと回す。グラスに氷のぶつかる、カランという音が鳴った。

「玲央さんはZ大生なんだ」俺の横で、桐山が声を潜めて補足する。「大学の帰り道でここの最寄り駅をちょうど通るから、アルバイトしてくれてんの」

「なるほど、井《い》の頭《かしら》線ユーザーか」

Z大は私立の中でもトップ層の大学なので、どこにあるのかは俺にも分かる。ここから井の頭線に乗って十数分の吉祥寺駅から、確か電車一本ですぐ行けるはずだ。

「その通り！　碓氷くん、話が早いね」

どうやら会話が聞こえていたらしい。俺は慌てて頭を下げた。

「すみません」

「ん？　なんで？」

「いや、人のプライバシーを詮索《せんさく》するような真似を……」

葺石さんが笑い声を上げる。

「そんなん全然プライバシーの詮索にならんでしょ。真面目だねえ」

そして彼は、声を潜めて呟いた。「ゴミ窃盗犯《せっとうはん》も見習って欲しいぐらいだよほんと」

「ゴミ窃盗犯……？」

どうにも不穏《ふおん》なワードに俺が眉を顰めると、葺石さんは苦笑して頷いた。

「そ。先週の土曜の朝にゴミ捨てしてた時、一袋目を出してしばらく経ってからまた追加でゴミ袋出しに集積所に行ったらさ、前に出したゴミ袋が無くなってたんだよね。みんなもゴミには個人情報捨てちゃダメだよ」

「せめてシュレッダーかけるか黒塗りしなきゃね」と続けてから、彼はドリンクを啜り、そのグラスをテーブルの上に置いた。

「話が逸れたね、ごめん。ともかく、察しがいいのはすごく助かるんだ。みんなに聞いて欲しい話もあるし」

俺の中で嫌な予感が強くなる。そういえばさっき『謎』がどうとか言っていた気が……。

「僕のもう一つのバイト先で、意味不明なことが起こってね。みんなから参考意見が欲しいんだ」

うん。これは、また桐山の大好きな展開に……と思いつつそろそろと隣席の様子を窺うと、案の定桐山は興味津々な目をしていた。そしてそれは芹沢もで、かろうじて俺と同じテンションで静かに話を聞いている月島が同席しているのが救いだけれど、彼女が静かなのは先ほどからレモンタルトを黙々と味わって食べているからかもしれない。……というか、さっきから本当にレモンタルトしか見ていない。月島、話聞いてるんだろうか？

そんなことを考えている俺の横で、「もちろん、ぜひ聞かせてください」と桐山の明るい声がする。葺石さんはほっとしたような声色で「ありがとう」と唇を綻《ほころ》ばせ——そしてどこか不安そうに、少し眉根を寄せて語り始めた。

「あれは、つい先週のことなんだけどね……」


どこから話し始めたらいいかちょっとまだ整理がついてないいんだけど、とりあえず時系列に、僕が見たものをそのまま話すね。途中で気になることとか、聞きたいことがあったら遠慮なく言ってくれると助かるかな。

僕、この喫茶店の他にも塾でアルバイトしてるんだけどね。ん？　どこって、ここから割とすぐ近くの……そうそう、そこ。ローカル線の終着駅だから、結構駅が大きくてさ。大体の大手の予備校とか塾はその辺に集まってる。

その予備校の一つで、チューターのバイトしてるんだけどさ。チューターの仕事ってどこの予備校でも雑用もそこそこあるらしくて、うちも例外じゃなくてね。先週の土曜は予備校の説明会スタッフの仕事をやってたんだ。予備校の入学説明会の。

予備校の説明会って、結構会期問わず人が来るんだよ。今みたいな、特にイベントとかもない微妙な時期でも。ただすごく大人数が来るわけでもないから、高校一年生から三年生の生徒とか、親御さんたちまとめて同じ教室内で説明会をやって、その後希望者対象に個別面談って流れでやっててね。個別面談は専任の職員の人が対応するから、僕は会場案内とか資料配布とか、アンケートの回収とか雑用をしてたんだけど……一人、ちょっと引っかかる女子高生の子が居たんだ。

引っかかるというか、なんか違和感があるというか……別に変な発言とか挙動をしたとかではないいんだけど。

まず「おや」って思ったのは、もの凄くその子が緊張してたことなんだよね。普通、会場に入って資料が机の上に置かれてたら、その資料を見て時間を潰したりするだろう？　そこに緊張する要素ってあんまりない。だけどその子、資料読みながら、たまにキョロキョロ周りを見回すんだ。すっごく不安そうな顔でね。あんまり不安そうだから、何かに怯《おび》えてるんじゃないかってくらいだったよ。

　どんな子だったって？　うーん、見た感じ普通の子だったよ。服も制服っぽい私服だった。いわゆる『なんちゃって制服』って言うのかな。僕がいた高校もだけど、公立高校って私服のところも多いから、制服っぽい私服を着回す子が結構いるんだよね。その子、アンケートにはダンス部って書いてあったんだけど、髪の毛が茶色で、ちょっと薄い化粧もしてたからなるほどって感じだったな。……こんな感じで伝わるかな？　伝わった？　オーケー、じゃあ話を続けよう。

　とにかく、その子がすごく緊張してるなってのは伝わってきたけど、説明会では真面目にメモとりながら聞いてたし、態度は真剣そのものだったし、どこも変なところはなかった。……ここまではね。おかしかったのはその後さ。

　この説明会、教室での説明会が終わった後にアンケートが配られて、それを記入する時間があるんだけどね。その時間になった途端、彼女の様子がまたおかしくなったんだ。

　更に挙動不審《きょどうふしん》というかなんというか……アンケートを書くとき、若干狼狽えたみたいに周りの様子を見回して、しばらく固まってたんだ。で、その後すぐにスマホを取り出して、机の上に置いて操作しながらアンケートを書き出してた。

　で、そのアンケートを書いた後に、希望者は個別面談受けられるんだけど……もちろん無料ね。だけどその子は個別面談も受けることなく、あっさり帰ってった。わざわざ土日に説明会にだけ来るんだ、基本的に個別面談も込みで来る人が多いんだけど——彼女は帰っちゃったってわけ。

そこまで話すと、葺石さんは無言でズズッとハイビスカスティーをストローで吸い上げた。一気に話したものだから、喉が渇いたのだろう。お疲れ様だ。

しかし、と俺はレモンタルトに舌鼓を打ちつつ考える。話はこれで終わりなのだろうか？ だって正直、今の話だけでは謎とは言えないと思うのだ。妙に緊張した様子の女子高生が予備校の説明会に来て、最後まで緊張した様子でアンケートを書いただけ。

「碓氷くん、何か気になる？」

「んえっ」

葺石さんから不意打ちを食らってびくりとした俺に、彼はさらに「気になることがあるって顔してる」と畳みかけてきた。全員分の視線が、俺に突き刺さる。

「えーと……あの」周りからの視線に負けて、俺はつっかえた。がしかし、周りからはうんうんと先を促す頷きが寄越される。これは、どうにも逃がしてくれなそうだ。……仕方ない。

「……その、今の話だけだと緊張しいの女子高生が、最後まで緊張したままだったってだけの話にならないかなと……」

「なるほど。それだけじゃあ謎にならないってことだね。確かに」

桐山の補足になっていない補足に、俺は急いで首を振る。待て、そんな強く言ったつもりはないぞ。

「いや、そこまでは言ってな――」

「うん碓氷くん、その通り！　その指摘が欲しかった」

桐山の言葉に「そんなに強く言ったつもりはない」の意を述べようとした矢先、超絶笑顔の茸石さんから親指を立てられる。

「勿論、話はそれだけじゃない。一番の問題はアンケートの回答内容だった」

「回答内容？　どんな？」

わくわくという効果音でもしそうな表情で、芹沢が身を乗り出した。その隣の月島も、この時ばかりはレモンタルトから目を離して茸石さんに注目している。

「アンケートには生徒の名前とか高校名とか部活とか、住所とかを書いてもらうんだけどね。勿論、強制じゃなくて自由記述」茸石さんがズズッと一口、アイスティーを飲む。「高校名は近くの公立高校の名前で、実際そこから通ってる生徒も多い学校だった。部活も、さっき言った通りダンス部って書いてあって、それも実際にある部活なんだけど……住所だけ、実在しない住所が書いてあったんだ」

「……実在しない住所？」月島が怪訝そうな顔でポツリと呟く。どうやらこの反応、今までの話はちゃんと聞いていたらしい。「実在しないって、どういうことですか？　存在しないってこと?」

月島の質問に、葺石さんが頷く。

「そう、存在しないいんだ。……というより、建物自体は存在してるんだけど、その部屋が存在しない」

「なるほど。部屋番号が、存在しないはずの部屋番号だったたってことかな?」

「流石だね涼くん、当たりだ」

建物はあるのに、その部屋番号が存在しない。つまり、その生徒の家がそこに存在しない。

「その住所のマンションは三階建てだった。なのに、生徒が書いた部屋番号は七〇七。……ね、存在するはずがないだろう? 僕の住んでるマンションもそうだけど、部屋番号って階数に応じてつけられてるものだからね」

マンションなどの共同住宅は、各階に複数の住居を構えている。その部屋番号はそのマンションの「各階数」を示す数字と、「その階の住居の何番目」かを示す数字を組み合わせて表すのが一般的だ。つまり三階建ての建物に、七から始まる部屋番号は存在しない。

「あのさ玲央さん、一つ聞いてもいいかな」

俺はおや、と思いながら隣で挙手して発言し出した桐山を何気なく見遣って——思わずその場で固まった。桐山のいつもの微笑の中に、どこか底冷えしたような鋭利さが含まれているような気配を感じたからだ。

「ん? なにかな」

「その住所、なんでわざわざ調べようと思ったの？」

「え？」

何のことだと困惑した表情をしばらく浮かべた後、「あっ、そうか」と葺石さんは苦虫を噛み潰したような顔でため息をついた。

「ごめん、その説明が抜けてたね。悪かったよ涼くん」

降参するように両手を軽く挙げ、彼はぽりぽりと頬をかく。

「説明会参加者には、アンケートに住所を書いてくれた人宛に、後から予備校のお礼状ハガキを出すことになってるんだけど……」「『ご来校ありがとうございました』的なやつね」

思い出すように宙を眺めながら、葺石さんが眉根を寄せる。「それが、不着で戻ってきたんだ。で、念のため住所登録が間違ってないか確認するだろ？　その時に、アンケートに書かれてたのが存在しない住所だったって発覚したわけ」

「……つまり、その生徒はわざわざ、嘘の住所を調べて書いたってわけっすね」

思いついたことを俺がぽんと放り投げた途端、その場にいた全員分の視線が一気にこちらへ降り注いだ。

「……え、なに？」

「『調べて書いた』って、どういうこと？　なんで？」

いきなり注目されて動揺していたところへすかさず目を丸くした桐山からの追及が来て、俺はしまったと内心舌打ちをする。ただの思いつきなのに、不用意に発言すべきではなかった。こいつが一度食らいついてくると面倒な奴なのは、すでにこの一週間で嫌と言うほど学習済みだというのに。

「なんでって……そもそもさっき聞いた内容だと、そのアンケートって何も見ずに書けることばっかかだろ。名前とか、高校名とか部活動とか住所とか。それに、スマホをわざわざ机の上に出したのも気になる」

「なんで？」

桐山が、さっきから「なんで」しか言わない。お前はなんでなんで星人か。

「わざわざしまってたスマホをその時に限って取り出したってことはつまり、アンケートを書くために、何かを調べたかったってことになるだろ」

「誰かとメッセージのやり取りしたかったんじゃない？」

「もうすぐ説明会が終わるのにか？　それならアンケートなんて書き終わるものはすぐ書いて、さっさと教室を出てからメッセージのやり取りすればいいだろ。わざわざその時に机の上に出す必然性が見つからない。なんせ、仮にも説明会場だぞ。誰だって下手に悪目立ちはしたくないはずだ」

普通、何らかの説明会の時、携帯電話の類は電源を切るかマナーモードにして鞄の中にしまっておく。それをわざわざ取り出したというのだから、『どうしても使う必要が生じたからスマホを出した』と考えるのが妥当《だとう》だ。

「そこで、どうしてもスマホを使いたい理由を考えてみろ。人と連絡を取るのが目的なのでなければ、残る目的は一つ」

「なるほど、そんで調べ物をしたい時だってことになるわけだね。……まあ悔しいけど、確かにそうかもしれないとして……なんで偽の住所を調べたかったたって分かるわけ？」

桐山が食い下がると、その隣で「そう、そこなんだけど」と芹沢が右手を挙げた。

「例えば、高校名の書き方忘れて調べたかったからって線はない？」

「芹沢。自分の学校名が書けないのはなかなかやばいと思う」

「え待って、私は書けるよ？　その子の話だと仮定してさぁ」

「いや、そういうことじゃなくてな」

頭が痛くなってきた。

「そうよ葉月、それじゃ困るわ。模試の時とかに高校名書けないじゃない」

「月島、それもそういう問題じゃない」

しかも模試って確か、高校コード書くよな。高校名書けなくても関係ないよな……とか、そういうことではなく。

「ま、現実的にほぼあり得ないよね」桐山が眉間に寄った皺を人差し指で押さえた後、「そうだ！」と顔をぱあっと綻ばせた。

「引っ越したばっかりで、家の住所忘れちゃったとか。だからスマホで確認する必要が」

「あのな桐山。百歩譲ってそうだとして、肝心の部屋番号をそんな大幅に間違えるか？　わざわざ確認までしてるのに」

「ちぇー、やっぱだめかー」

口を尖らせるな口を。俺は腕組みをしながら、思考をかき集めようと努めてみた。早くこのカオスな会話から抜け出したい。

「……これは推測なんだが」俺はあくまでも『推測』というところにアクセントを置いて主張する。「多分その女子高生、確実に存在しない住所が書きたかったんだと思う」

「……碓氷くん、だいぶお疲れね？　何を言っているのかさっぱりよ、大丈夫？」

言った途端、月島の哀れみのこもった視線がこちらへ注がれる。結構心にくるな、この視線。

とは言いつつも。俺の説明の仕方が悪かったのも悪い。

「えーと……分かりづらくてすまん。つまり、確実に存在しない住所じゃなきゃ困るから、わざわざ三階建の建物に存在するはずのない、七〇七なんてあり得ない部屋番号を、その女子生徒は書いたってことだ」

「えっ、なんで確実に存在しない住所じゃないとダメなの？」

芹沢が眉と口をへの字にしながら考え込む。「それは」と俺が口を開きかけると、隣から「なるほど」と声がした。

「もしその住所が実在する住所だったら、予備校から郵送物が来るかもしれないからだね。その住所の、本来の住人に。現にお礼状ハガキが出されたわけだし」

「ああ、なるほど」桐山の言葉を受け、葺石さんがぽんと軽く手を叩く。「住所は偽の住所を書きたい、だけど実在する住所だともしかしたらその住人に迷惑がかかってしまうかもしれない。だから、『確実に実在しない住所』を書いたわけか」

そう考えるのが一番妥当だろう。俺は「だと、思います」と神妙に頷いた。

「だけど何で、嘘の住所を書きたかったんだろうね？」

「さあ、そこまでは分かんないっすね……」

葺石さんと俺は、互いに顔を見合わせながら首を捻る。

万事休すだ。情報不足でこれ以上推測もできない。

「おや、みんなお疲れかな？　よかったら、ドリンクのお代わり要るかい？」

様子を見にきてくれた怜さんのありがたい申し出に、その場にいる全員が「お代わりください」と満場一致で諸手《もろて》を挙げた。


「寛《くつろ》いでくれてて本当にいいのに。ていうか君の歓迎会なのに」

「いえ、むしろ怜さんが作業してる傍で呑気に食い散らかしててすみませんでした。せめてこれくらいは」

キッチンで怜さんの隣に立ち、ドリンクを作りながら俺は首をすくめた。

元より、他の人が動いている傍らで座っているという状況が苦手なのだ。しばらく座っていたもののやはりなんとなくきまりが悪くなり、皆が話に夢中になっている間、こっそり手洗いに立つふりをして今ここに至る。

「おやおや。そんなこと言ってたら、また涼からビンタ食らう羽目になっちゃうよ」

「えっ、この発言もアウトなんですか」

「『君が寛いじゃダメだっていうのかい』だとか言いながら、ビンタ飛んでくるに一票」

ものすごくあいつが言いそうだ。もはや一ビンタの判断基準が分からないけれど。

「しかもあいつのあれ、『ビンタ』って言いつつ拳骨でしたよね」

俺が遠い目をして言うと、怜さんは苦笑しつつ「ま、あれは涼なりの気遣い表現なんだけど、暴力はよくないよね。何度も言ってるんだけど」と珍しくぼやきながら銀色の冷蔵庫からホールのレモンタルトを取り出した。怜さんも大変なんだな……。

そしてあれは気遣い表現だったのかと思うと同時に、にしてはまともに食らうと結構本気で痛そうだったけどなと俺は心中で苦笑する。鍛えてるのかと思うくらいそこそこ力が強かったが、それを聞くと藪蛇《やぶへび》になりそうだ。やめておこう。

「しっかし碓氷くん、本当に手際が良いね」

「えっ……あ、ありがとうございます」

真正面から褒められ、俺は思わず動揺してキョどりながら礼を述べる。

手元には、先ほど皆で飲んでいたアイスティー。キンキンに冷えたグレープフルーツジュースをグラスに注ぎ、燃えるような夕焼け色のグラデーションになるようにこれまた冷えたハイビスカスティーを注ぐ。そしてそこへ、凍らせたシャリシャリのピンクグレープフルーツの果肉を入れるのだ。

ハイビスカスティーは初めて飲んだが、この取り合わせはとてつもなく美味い。組み合わせてみようと考案した人間は天才だ。

「そういえば、こういうメニューって、怜さんが全部レシピとか盛り付けとか決めてるんですか？」

「そうだね、基本僕が気まぐれで決めてるよ」

俺の脳内に『シェフの気まぐれメニュー』という言葉がよぎる。なるほど納得だ。

「メニューといえば、タルトの味はどうだった？」

これ、と怜さんがタルトを切り分けながら尋ねてくる。ナイフが入っているのは、先ほど俺たちに出されたものと同じレモンタルトだ。

「あ、めちゃくちゃ美味かったです」

俺は先ほど食べたタルトの味を思い出しながら深々と頷く。

さっくりとしたタルト生地に、メレンゲのようなマシュマロとレモン風味のカスタードクリームをたっぷりと流し込み、その上に甘酸っぱいはちみつレモンの輪切りが綺麗に敷き詰められた一品。爽やかなレモンの甘酸っぱさとマシュマロやカスタードクリームとの取り合わせが絶妙で、それはもう、とてつもなく美味いタルトだった。

「ほんと？　よかった、試作品って人に出すとき緊張するからさ」のほほんとした調子で言いながら、怜さんはレモンタルトの載った皿を持ち上げる。「みんなにも評判良かったら、近日中に本メニューに採用しようかな。碓氷くん、良かったら盛り付け、一緒に考えてくれるかい？」

「盛り付け、ですか？」俺は目を丸くする。「さっきので十分、綺麗だったと思いますけど」

　そう。先ほど俺たちに出してくれた時点で既に、レモンタルトの皿の盛り付けは完成しているように見えた。俺は先ほど、自分が目の前にしていたケーキ皿の上の盛り付けを思い出しながら尋ねてみる。

「さっき俺たちに出して下さったプレート、レモンタルトが夏の大三角で、その周りの盛り付けが天の川のイメージですよね？」

　このタルトを最初に出してくれた時、怜さんは『夏の大三角モチーフのプレートを作りたくて』と言っていたのだ。

　確かに夏の夜空に浮かぶ、有名な星々から成る『夏の大三角』は、こと座のベガと、わし座のアルタイル、はくちょう座のデネブを結んでできる大きな三角形だ。三つの星を線で繋ぐと二等辺三角形のような、つまりケーキのような形に見える。

　そして実際の夜空に『夏の大三角』が浮かんで見える時には、その三角形の中を天の川が縦断《じゅうだん》しているのが分かるはずで。恐らくそれをモチーフにしたのだろうと見て取れるような、緩やかに蛇行《だこう》する川のような文様でプレートの上のタルトをレモンソースが取り囲み、そのソースの上に星チョコレートやアラザン、カットグレープフルーツが彩りよく鏤められている——そんなプレートを、彼は先ほど俺たちに出してくれていた。

「お、タルトの周りが天の川だってちゃんと分かった？」

「はい」

「ならよかった。分かりにくいかもしれないなと思ってたから」

怜さんがほっとしたように目尻を下げる。

「意外とさ、夏の大三角と天の川が結びつかない人も多いと思うから。都会は夏の大三角も天の川も見えにくいからね、特に東京なんて尚更《なおさら》だ」

「確かに、俺も東京では見られたことないですね」

小学生の頃、理科の授業で配られた丸い星座早見表を手にワクワクと空を見上げたけれど、全然星が見つけられなかったことを、俺はじわりと思い出す。

探し方が悪いのかと何度も挑戦したけれど、目当ての星が見つけられなかったあの頃。しばらく経ってから俺は、自分が住んでいるこの東京の夜空では、オリオン座や北斗七星などのようなごくごく一握りの明るい星を見つけるのが関の山だということを知った。

「だよねえ、やっぱり。そこで碓氷くんに手伝ってほしいことがあるんだけど」

「……？　はい、なんでしょう」

俺がドリンクを作る手を止めてやや身構えつつ浅く頷くと、彼は「忙しくない時に、出来たらで全然大丈夫だよ」と笑った。

「軽く星座説明の文章をね、書いてほしいんだ」

「星座説明の文章、ですか？」

予想外の言葉に、俺はぼそりと言われた言葉を繰り返す。

「この喫茶店、メニューが基本的に星座モチーフなんだけどね」状況をよく飲み込めていない俺の前へ、A5ノートサイズほどのタブレット端末が差し出された。「それぞれのメニューのモチーフになった星座について、ちょっとした説明文をメニュー表に入れてるんだ。こんな感じで」

怜さんがタブレット端末のディスプレイ上に表示させたのは、ついこの間俺たちが試食させてもらったうみへび座のババロアケーキで。彼に促されてそのメニュー写真を俺がタップすると、写真の上に白地のフキダシが浮かび上がった。その中には確かに、うみへび座――ギリシャ神話の中に出てくるヒュドラについての説明が分かりやすく短文で書かれている。

「あ、なるほど。この文を……」

確かにこれなら、メニューのモチーフになった神話を裏話気分で学ぶことができるし、いいかもしれない。

「お願いしたりできるかな？」

「分かりました。さっきのプレートの説明だったら、やっぱり織姫と彦星の話が分かりやすいですかね？　天の川についてもそれで言及できますし」

夏の大三角の話をするのなら、一番とっつきやすいのは七夕の話だろう。一年にただ一度、七月七日の七夕の夜しか逢うことができない、こと座のベガこと織姫と、わし座のアルタイルこと彦星の話。その二人を隔《へだ》てる天の川と、一年に一度だけその川を橋渡ししてくれるカササギことはくちょう座の話も、それなら余すことなくカバーできる。

「それでもいいし、もちろん他の神話でもいいよ」怜さんはにっこりと微笑んで人差し指を立てる。「特にわし座なんて、色んな神話があって面白いし」

なんと、とんでもなく自由度の高いお題だ。俺は思わず目を白黒させる。

「わし座の他の神話って……ゼウスが変身した姿だって話とかですか？」

さっき話していた七夕の話は、東洋で伝わっている物語だ。ギリシャ神話では、わし座の神話には別の話や説が確かにあった。例えば、最高神ゼウスがガニュメデスという美少年をいたく気に入り、誘拐《ゆうかい》して連れ出す時に変身した鷲の姿だという話だとかが今だとぱっと思いつくだろうか（つくづく、本当に神様なんだよな？　と疑いたくなるような話である）。

「それもあるし、ゼウスの傍にいつも居る、使い鳥の黒鷲だって説もあるしね」

それは俺も知らなかった。「不勉強ですみません」と申し出ると、「いやいや全然そんなことないよ、十分詳しい」とすかさずフォローが飛んでくる。つくづく優しい人である。

「ゼウスを描いた絵には、ゼウスの傍に、大きな鷲が描かれていることがあるんだけどね。その鷲は人間の住む下界を飛び回って下界で起こる出来事の情報を集めて、それをゼウスに伝える役を負ってたって説があるんだ。ま、つまり人間界へ送り込まれたスパイっていうか……偵察役ってわけ」

「情報収集係、みたいな感じですか」

「そうそう、その通り」

確かに神の中の神とはいえさすがのゼウスも、何の情報もなしに世界の統治はできないのだろう。最高神といえども、世界の統治のためにはあらゆる情報を把握していなければならない――統治の大前提の一つとして情報収集があるということを、大昔の物語を作った人々も知っていた、ということだろうか。

「ま、例えばこんな話もあるよって話だね。本当になんでもオッケーだよ」

にこやかな顔で怜さんは言うけれど、自由度の高さと難易度は比例するものだ。自由を与えられると、逆に難しい。出来そうかと聞かれ、俺はついこう答えてしまった。

「えーと……『自由を得た結果、不自由を得て困っている』みたいな感じっすね……」

「ははっ、夏目漱石《なつめそうせき》みたいなことを言うね、君は」

通じてしまった。俺は慌てる。

「あ、すみません、今のは俺の問題なので。大丈夫です、やらせていただきます」

「全然ゆっくりでいいよ、玲央くんとかみんなと相談してもいいしね。ねえ、みんな」

怜さんの言葉に、俺はぎくりとしてキッチンの入り口の方を振り向く。果たしてそこには、むすりとした表情でこちらを覗き込む桐山といつも通り無表情な月島と、困ったような顔をした芹沢の姿があった。その三名の後ろから、一際背の高い葺石さんがにこやかにひらりと手を振っている。

「碓氷くんさあ、居なくなったと思ったら何してんの」と、桐山。

「主役、戻っておいでー」と、芹沢。

「さっきの話、僕で良かったら相談乗るよ」と葺石さんが言ってくれたので、恐らくメニュー表の話をしていたその辺から、彼らはそこに居たのだろう。

そんな三人を置いて、月島がつかつかとこちらへ歩み寄って来た。

「ドリンク作ってくれてたのね、ありがとう」

「あ、どうも……」

俺が若干後退《あとずさ》りながら浅く頷くと、月島は傍にあったトレイを手元に引き寄せ、「運ぶわね」とその上にドリンクをてきぱきと載せ始めた。

「いやそれ一気に一人はキツイだろ、ありがたいけど。半分貸して」

二つを残し、俺は三つのグラスをトレイからキッチンカウンターの上に戻す。どこか他にトレイはないかと後ろを振り向くと、桐山がいつの間にやらすぐそこに居た。なぜか信じられないと言わんばかりに目を見開き、硬直している。

「千晶が……千晶がありがとうって言った……」

「張っ倒すわよ桐山くん。そんなことの前に、あなた碓氷くんにお礼は？」

「え、いや別に俺は」

名前を出され、別に礼なんて要らないと言いかけた俺の前で、月島がぎゅむと桐山の片足を踏んだ。

「いたたた痛い！　分かった分かった、ごめん月島さん！　ありがとう碓氷くん！」

「分かればよろしい」

桐山の謝罪を受け、月島が奴の足から自分の足をどける。そんな二人をどこか不安そうな面持ちで見遣りつつ、芹沢が俺の目の前にあるグラスを二つ手に取った。

「碓氷くん、ありがと。私もこれ持ってくね」

「あ、いや今トレイを」

「ていうか今全員揃ってるし、一人一個ずつ持ってけば全部解決じゃない？」

見つけたばかりのトレイを片手に固まる俺の横で、爽やかに微笑んだ葺石さんがグラスを一つ、芹沢の手からひょいと受け取る。「誰がグラスを持って行くか競争」を図らずも繰り広げていた芹沢と俺は、「確かに」と顔を見合わせた。

「はい桐山、お前も自分のやつ持ってけ」

ついでに俺が月島のトレイの上からグラスを一つ取って桐山に渡すと、奴は「はぁーい、ありがと」と言いつつ素直にそれを受け取った。

「碓氷くん」

「それじゃ戻ろうか」という葺石さんの先導で皆が店内へと戻って行く中、ごく小さな声で月島から呼び止められる。

「ん？」

「……どうもありがとう」

「え？」

何の話だと呆気に取られる俺を置いて、月島はそれ以上何も言わずにすたすたとキッチンの出口へ歩いて行く。

俺は今、何に対して感謝されたんだ？

「いやあ、若いっていいねえ」

いつの間にやら隣に居た怜さんを見上げると、彼は眩しそうに目を細めながら皆の背を視線で追っていた。完全に、子供を見守る保護者の目だ。

「碓氷くん」

その目が、ふとこちらに向けられる。

「はい」

「君もあっちに戻って、しっかり楽しんでらっしゃい」

「え、あの、他に仕事は」

「ん？　楽しんでくることが仕事だよ」

「そもそも、まだ勤務時間じゃないしねえ」と怜さんは時計に目を遣る。今は十六時半、先ほど聞いたところによるとこの喫茶店のアルバイトの勤務時間は十七時半からだそうなので、まだあと一時間は確かにあるけれど。

「申し訳なくなる必要なんてないんだよ、こういうのは順繰りなものなんだから」怜さんがにっこりと、笑みを深くしながらウインクする。「いつか、だれか新しいバイトの子を迎える時の歓迎会、みんなと一緒にお願いね」

「……はい、ありがとうございます」

そう言われると、これ以上何も言えない。そうして、俺も怜さんに背中を押される形でキッチンから店内へと戻ったのだった。


店内に戻ると、いつの間にやら一面夜空の世界が広がっていた。

都会では決して見ることのできない、無数の星が鏤められた夜空。先ほど怜さんと「東京ではなかなか見られない」と話した天の川も、この夜空の中でははっきりと見えた。

「碓氷くん、おかえり」

月の形のランプに照らされた店内を進んで席に戻ると、葺石さんが天井を指さした。

「よかったら、さっきの話しようと思って」

「あ、ありがとうございます」

先ほど怜さんと話していた、どの星座の物語をメニュー表に採用するかの話だろう。俺は頭上を見上げ、先ほどちらりと視界に入った天の川を探す。

「あ、あった」

天の川と、それに縦断される夏の大三角を形作る三つの星、アルタイルにデネブにベガ。全部、このプラネタリウムでははっきり見える。

――ん？

頭の片隅に何かが引っかかるような気配がして、俺は思わず眉を顰める。何かを忘れているような、例の「何を忘れたのかが分からない」もやもやと似たような感触がしたのだ。

「どうしたんだい、碓氷くん」

「あ、いえ……」

首を傾げる葺石さんに、俺はなんでもないと首を振る。俺自身にも分からない、根拠のない引っかかりだ。葺石さんの頭を悩ますことはない。

「じゃ、さっきの話に戻ろうか」

俺の隣でマイペースに、お代わりのアイスティーをひと啜りした桐山が口を開いた。

「何で、玲央さんのバイト先の説明会に来た女子高生は、アンケートに嘘の住所を書いたのか。何か新しく思いついたことある人、いる？」

あ、そっちか。確かにその謎がまだ宙ぶらりんの状態なのだった。桐山の性質上、まずはそっちを解決しなければひたすら「なんでなんで」と言い続けるだろう。俺が怜さんに出された課題より、そっちを片付ける方が先だ。

「そうだな……もうちょっと考えてみるか」俺は静かに同意する。「もしその生徒が不審者《ふしんしゃ》だったら、注意が要るしな」

「……不審者って？」

女子高生よ、と月島に言われて俺は考える。女子高生だろうが何だろうが、不審者になり得る要素はいくらでもあるだろう。どんな人間でも、どんなに無害そうに見える人間にも、その内に暗い闇が潜んでいる可能性はあるのだ。

人間は怖い。俺はそれを、嫌というほどよく知っている。

「高校生で不審者って、どういうパターンがあるんだろね」

ううんと唸って腕組みをする芹沢に、俺は躊躇いがちに口を開く。

「……例えばその予備校で働いている誰かのストーカーで、身元がバレると困るとか」

言った途端、テーブルに沈黙が満ちた。誰もが黙り込み、重々しい空気がその場を支配する。失言だったかもしれない、と俺は慌てながら「すまん」と頭を下げた。

「事情も何も知らないのに、ストーカー候補扱いするのは失礼すぎたな」

「いや、そういう可能性を考えるのは大事だよ」

いつもの笑顔に戻った桐山にそう言われ、俺は少なからずほっとする。こいつの切り替えの早さに救われた。

「シャーロックホームズだって言ってるしね。『不可能を消去して行き、最後に残ったものが如何《いか》に奇妙なことであっても、それが真実である』って」

「『ブルースパーティントン設計書』とかに出てくる、有名な台詞だね」葺石さんがにこやかに付け足す。「ま、それに関してはストーカーの可能性はなさそうだよ」

「なさそうって、どういうこと？　玲央さん」

はい、と空中に高く挙手をした芹沢を、葺石さんは「いい質問だ」と穏やかに見遣った。

「ごめんね、それに関してさっき言い忘れててさ」

そう切り出し、彼は思案顔でアイスティーを啜る。

「郵送物の仕分けで戻ってきた例の不着返却の案内を見つけて、職員に報告した時の話なんだけど。『ああ、まあたまにあるよね』って感じであっさり流されたんだよね」

あっさり流された？

その違和感に、俺は内心首を捻る。アンケートに嘘の住所を書くことが、よくあることなのだろうか。それとも——いや、その可能性はさっき潰されたのだった。

「住所を間違えて書く人が、よくいるってことなんでしょうか？」

俺の頭の中に一瞬よぎった考えと同じものを、月島が静かにそっと述べる。その横から、

「いや、そしたら矛盾が生じるね」と桐山が口を挟んだ。

「さっき、碓氷くんが言ってたじゃないか。スマホを出したのは恐らく、偽の住所を調べて書きたかったからだって。彼女はただ間違えたんじゃない、わざと間違えたんだよ」

「……確かに、そうね」月島は眉根を寄せつつ、あっさり退いた。「なら、どうしてわざわざ偽の住所を書いたのかしら……ってこれじゃ、さっきに逆戻りね」

ほんとにな。これではまた手詰まり……と思いかけたところで、俺は「そういえば」と葺石さんへ目を向けた。

「葺石さん、多分さっきの話ってそれだけじゃないですよね」

「碓氷くん、それさっきの僕の台詞」

「ストーカーの可能性がないって結論に至った理由が、『住所を間違えられた不着返却物がよくあること』ってだけでは不十分だと思うんです」

桐山の言葉を無視して、俺は葺石さんに問う。

「他にも何か、あったんじゃないですか」

「流石。鋭いね」葺石さんが、悪戯《いたずら》っぽく微笑む。「実は職員たちの話には続きがあってさ。たまにあるよね、って話をした後――『不審者じゃないから、放っといて大丈夫だよ』って、職員の一人が言ったんだ。あと、『僕らも咎《とが》められる立場じゃないし』とも」

「ええー、もうますます訳が分からんー！」

芹沢が頭を抱えて呻く声をＢＧＭに、俺は眉を顰めた。何かを、何かを思い出せそうなんだが。何が引っ掛かっているのかが分からない。

考えてみよう。女子高生を不審者ではないと言い切れるということは、その身元が彼らには分かっているということだ。

職員とその女子高生が知り合い？　あり得ない。それならば嘘の住所を書く必要はないし、住所は自由記述欄なのだから、住所がバレたくないとしたら書かなければいいだけの話だ。

「そもそも、なんで書かなくてもいい箇所の記述を、わざわざ書いたんだろうな……」

「それは確かにそうだよね。それと、『咎められる立場じゃない』っていうのも気になる」

「……だな」

桐山とやりとりをしつつ、俺は思考を整理すべく頭上の星空を無意味に見上げる。星空は先ほどからゆっくりと動いており、ちょうど頭上には今、件の天の川と夏の大三角が輝いていた。

そう。天の川と、それを挟む彦星と織姫と、それから彦星つまりアルタイルの属するわし座には、別の神話が……

「……あ？」

途端に、俺の頭の中で仮説が湧いた。一番あり得そうで、全てを矛盾なく説明できそうな仮説が。

そうだ。これならば、すべての現象に答えがつく。

「……桐山。俺たち、前提から考え方が間違ってたのかもしれない」

「前提？」

桐山が短く反応し、首を傾げる。俺は頷いて続けた。

「その女子高生は、本当に女子高生だったのかってことだ」

そう。俺たちは、全てを「説明会に来たのは女子高生」という前提で話をしていた。が、もしその前提から違っていたとしたら。

普通、大学受験予備校の説明会に来るのは高校生かその親だ。その『普通』にとらわれてしまったあまり、さらに話が分かりづらくなっていたんじゃないだろうか。

「ん？　どういうこと？　高校生じゃないのに、説明会に来る意味ってあるの？」

芹沢がますます困惑顔をする横で月島は黙ってアイスティーを啜り、桐山もまだ考え込んでいる。俺はもう一声、と口を開いた。

「桐山、お前が今日の昼休みにやろうとしてたことは何だ」

「昼休み？　何って体育の前に……あー」

桐山が目を見開き、顎に手を当てて考え込む。

「……そうか。玲央さんが見た高校生が、本当は高校生なんかじゃなくて、大学生だとしたら……大学に入ったばかりの一年生かな？」

相変わらず、話が早くて助かる。俺は桐山の意見に浅く頷いた。

「多分な。高校の時に着ていた服がまだ手元にあるってことだろうから、その可能性は高い」

「千晶……どうしよう、私全然ついて行けてない……」

「大丈夫よ、私も全然全くさっぱりだわ。碓氷くん、どういうこと？」

どう説明したもんかと、俺はしばし考え込む。これはもはや、仮説を最初から説明して行った方が分かりやすいかもしれない。

「説明会に来てたのは、近くにある他の予備校か塾からの偵察員だと思う。高校生が塾で働くはずはないし、あまり大人すぎても高校生の振りをして説明会に参加することはできないから、恐らく大学生だろ。高校生の振りをして、『なんちゃって制服』とやらを着てたのは、その姿なら一番目立たずにその場に居られるからだ。高校生だらけの塾の中で一番目立たないのは、高校生の制服を着た生徒だからな」

で、恐らく彼女はバイト先から言われて仕事として説明会に参加したんだろう。ライバル塾がどんなふうに説明会を開催して、何人くらいがその塾への入塾を検討しているのか――

それを探るために。いわば、偵察だ」

そう。今日の昼、体育の授業前。桐山が校内で、それをしようとしたように。そして――

「なるほど。正に、ゼウスの大鷲ってわけだ」

葺石さんがぽつりと呟き、頭上に広がる星空の中の、天の川と夏の大三角を見上げる。

ゼウスの使い鳥の黒鷲。アルタイルのわし座。

さしずめ葺石さんが説明会で見かけた女子高生（の振りをしていただろう大学生）は、ゼウスの大鷲よろしく他の塾内の情報を集め、自分の仕事先へその情報を持ち帰るスパイ、つまり偵察員だったわけだ。

「はい。そう考えると、全部の出来事に合理的な説明がつくんです」

俺は葺石さんの呟きに頷いて続ける。

「まず、彼女が説明会場に入ってきた時にやたらと緊張していたこと、そしてアンケートを書く時に挙動不審になっていたこと」

「そりゃ、大学生なのに高校生の振りをして他塾に入り込むんだもん。緊張しないって方が難しいし、アンケートを書く時に嘘がバレやしないか、不安にもなるよね。アンケートになんて書いたらいいか分かんないし。本当のことを書くわけにもいかないしね。

恐らく高校は母校じゃないとこを書いてる可能性もあるし、部活も『ダンス部』って書いたのは、化粧をしてることに違和感を持たれたくなかったからかな。大学生なら普段から化粧をする人が多いだろうし、その日だけ化粧を落としてバイトに行くことに抵抗があったのかもね」

桐山の補足が的確で助かる。俺は頷き、先を続けた。

「アンケートを書くとき、『若干狼狽えたみたいに周りの様子を見回して、しばらく固まってた』っていうのは、周りの人たちがアンケートにどこまで情報を書くのか不安になったからだろう。で恐らくは、周りが住所欄までちゃんと書いているのを目にして、さらに焦ったんだと思う。いくら自由記述とはいえ、仮に自分だけが書いてなかったとしたら怪しまれて身元がバレる可能性が高くなるとでも思ったのかもしれない。他の人間と違うことをするっていうのは、それだけで目立ってしまう。動揺してる時って判断力も鈍るし、目立ちたくないって気持ちが先行したんだろうな。

だから、自由記述欄だし書く必要も厳密にはない住所欄に、彼女はわざわざスマホで調べた嘘の住所を書いた。嘘の住所を書いた理由はさっき出した結論通りやっぱり、『確実に実在しない住所』を書きたかったからだと思う」

「じゃあ、アンケート書いた後に個別面談を受けずに帰っちゃったっていうのも……」

「葉月、よく覚えてるね。そう、彼女は個別面談を受ける必要がなかったんだ。だってもう大学には受かってるし——変に個別でライバル塾の人間と話して、自分が偵察員だってバレるわけにもいかないだろう？」

「な、なるほどう……」

桐山の説明に、芹沢がおずおずと頷いて理解を示す。

「確かに、それなら全部説明がつくね」葺石さんが思案げに腕組みをしながら自分の顎に手を当て、静かに唸る。「なら、多分うちのバイト先の職員も薄々分かってたんだろうな」

多分そうだろう、と俺と桐山は無言で顔を見合わせて頷く。

葺石さんのバイト先の職員が事態を葺石さんから聞いて、『不審者じゃないから、放っといて大丈夫』と言い切れたのは、『僕らも咎められる立場じゃないし』と言っていたのは、恐らく。

「……ていうか多分、職員の口ぶり的に僕のバイト先も似たようなことやってんだろうな。僕が知らないだけで」

苦笑しながら葺石さんが溢《こぼ》すと、芹沢が「玲央さん、大人っぽいから多分そういう仕事こないんじゃない？」とケーキを食べながら口を挟んだ。

「確かに高校生って無理あるよ、スタイル良すぎて目立って仕方ないしさ」

「芹沢ちゃんは優しいね、お世辞でも嬉しいよ。ありがとう」

「ええ、お世辞じゃないんだけど……」

困ったように笑いながら、芹沢が頰をかく。その横でアイスティーをほとんど飲み干した月島が、グラスをテーブルの上に置き、「それにしても」と静かに口を開いた。

「さっきまでの推測がもし仮に本当だとしたら、随分謎なアルバイトもあったものね」

言葉にこそしなかったものの、その声音から若干の「その偵察って本当に意味があるのかしら」といった疑問が窺える気がした。

いや、俺自身がそう思っているからかもしれないが。

どちらにせよ、その潜入業務をその大学生（仮）がやりたくてやったとは思えない。

「まあ、僕もまだ単なる大学生に過ぎないし、人生経験もまだそんなない中で言うのもあれだけどさ」

スマホの表面に指を滑らせ、何てことのないようなさり気ない調子で、葺石さんがぽつりと言う。

「まあ、大人ってきっと僕らが思うよりも結構テキトーで、勝手なのさ。これって本当にやる意味あるのかな、って仕事なんてザラにある」

きっと、誰かが思いつきで始めた仕事が定例的になって、形骸化《けいがいか》して惰性的《だせいてき》に続いてることもあるかもしれないねなんてことを言って、葺石さんは軽く笑った。

――『ずっと続けられていた業務を取りやめる』ってこと一つとっても、『やめた』っていう責任が発生するからね。責任なんて、誰だって取りたくないだろう？　と。

そして彼はしばらく経ってからスマホを操作する手を止め、目を丸くして顔を上げた。

「……碓氷くん、涼くん」

「はい？」

俺はケーキを食べる手を、桐山はアイスティーを飲む手を止めて同時に葺石さんを見る。

と、彼は自分のスマホの画面をこちらに向けて差し出してきた。

「ビンゴだ。同じ最寄駅近くの予備校のチューターの中に、この前説明会に来てた子が居る」

この人だった、と言いながら彼が指し示す指の下には、少し猫目で利発そうな顔立ちをした、童顔の大学一年生の新人チューターの顔写真が載っていた。写真の紹介文には大学名と、「真《ま》宮凛《みやりん》」という彼女の名前が記されている。

「ちなみに玲央さん、この人アンケートには自分の名前、なんて書いてあったの？」

アイスティーを飲む動作を片手で再開しながら、桐山がスマホを茸石さんに返す。問われた茸石さんは、「ああ、よく覚えてるよ」と頷きながら苦笑した。

「確か、『泉鏡《いずみきょう》花《か》』だった。スプリングの『泉』に、ミラーの『鏡』にフラワーの『花』でね」

途端に桐山が軽く吹き出し、アイスティーにゴホゴホとむせた。

他のメンバーも、「ああ……」とでも声がアテレコできそうな遠い目になっている。もうちょっと捻れなかったんかい、という心の声が、互いに聞こえるような気すらした。

「完全に偽名じゃん、それ」

呼吸が元に戻った桐山が発した言葉は、全員の気持ちを代弁していたと思う。

後日談。というか、例の泉鏡花（偽名）の正体推測会のそのすぐ後のこと。

「え……俺、聞いてないんだけど」

「あれ？　言ってなかったっけ？」

「絶対、確実に、聞いてない」

月島と芹沢が先に帰った後。自分と全く同じ格好をしてキッチンへと入ってきた桐山を見て、俺は真顔で首を横に振っていた。

「お前がここでアルバイトしてるなんて聞いてないぞ」

「あちゃー、ごめんごめん。実はアルバイトさせて貰ってるんだよね、放課後暇だし」

最初に言っておけよ、そういうことは。

というかアルバイト先とは思えんほど、すっかり常連客のようにくつろいでいたのはどこの誰だ。

「あれ、碓氷くん知らなかった？　てっきり知ってるものとばかり」

俺たちのやりとりに、きょとんとした顔をしているのは葺石さんで。

「いやあごめん、僕がすっかり説明した気でいたよ」

怜さんが、申し訳なさそうに眉尻を下げる。

「いやいやあの、全然全く、怜さんが謝ることじゃないですから。俺こそ気を使わせてしまってすみません」

「そうそう。僕ら何も問題ないよ。ねえ？」

お前自身の説明不足に関しては別問題だ。とは思いつつも、別に特別仲が悪いわけでなし、本当にまあ別に問題はない。俺が「問題ありません」と頷くと、桐山はニコニコとした表情で俺の肩に腕を載せた。地味に重い。

「んじゃ、碓氷くんは僕と一緒でホール係ね！　よろしく」

「え、そうなん？」

「そうそう。涼くんと一緒に、ホール係お任せしてもいいかな？」

「え、むしろそれでいいんですか？」

あまりの仕事の軽さに、俺は拍子抜けして思わずそう言った。この喫茶店はやたらと電子面が充実していて、メニューの注文を声で聞いてメモを取る必要がないのだ。

注文や店員の呼び出しはテーブルの上のタブレット端末で出来るようになっている。つまり、ホール係は基本的に客の誘導と、皿の上げ下げやら片付けだけというわけだ。

「店内基本的に暗いから、人手が多くなるの助かるんだよね。バタバタしてる時なんて結構ヒヤヒヤするからさ、もう大助かり」

「な、ならいいんですけど」俺は躊躇いつつ、そわそわと耳の上半分に被さるほどの長さの黒髪に、手をやりながら尋ねる。「髪型とかって、まとめた方がいいですよね？　あの、まとめるものとかって……」

「髪型？　そのままで清潔感あるし、全然大丈夫だよ？」

怜さんがにこやかにいつもの調子で頷き、親指をぐっと立てた。そのほんわかとした調子に、俺の体から思わず力が抜ける。

「――ありがとうございます」

これで一安心だ、と思ったのも束の間。

腕を桐山にぐいと引かれた。ちょっと待てという間もなく、桐山は俺を連行していく。

「まずはゴミ分別ね。ここ、喫茶店兼叔父さんの自宅だから、ゴミは喫茶店で出るやつと、一般生活で出してるやつで分けてるからよろしくね。喫茶店で出たゴミはキッチンの奥のゴミ箱、営業時間外に僕たちが個人的に出したゴミは休憩室のゴミ箱に集めるから、覚えといて」

店のキッチンの奥にある従業員の休憩室のゴミ箱を指さしながら、桐山が滔々《とうとう》と語り出す。

俺は思わず頭を抱えた。

「待て待て待て、教えてくれるのはありがたい、だけどせめてメモする間を与えろ」

「はーい、じゃあ次こっち」

ここまで人の話を聞いていない「はーい」は初めてだ。が、桐山らしいといえば桐山らしい。俺は観念して、奴に腕を引かれるがままついていき――あれよあれよという間に店内まで連行された。

煌《きら》めく星空に満たされた濃紺の店の中。月を象ったランプの並ぶテーブルの間で、桐山がこちらを振り返る。その様子はいつもながらに自信満々で少し偉そうで、店内は暗いが奴がドヤ顔をしていることだけはよく分かった。

だけど、まあ。別に奴と仲は悪くないし、嫌でもない。上司だって先輩だって、信用しても大丈夫そうな人たちだと、俺ですら思うような人たちで。

働く場所だって、俺の好きな、だけど夜に空を見上げても見ることの出来ない星々を見ることができて。

「碓氷くーん、聞いてる？」

だから、まあ。とにもかくにも。働いてみないと分からないことも、未知のことも、これからきっとあるけれど。

「へいへい、聞いてる聞いてる」

今はきっと、降って湧いた幸運に、素直に感謝するべきなのだろう。

第三章・ナルシストとオリオン

実のところ俺には結構、苦手なものが多かったりする。

だけれど苦手だからといって避けてばかりいられないのが人生で、それは十分、分かってはいる。

しかしやっぱりどうしても、嫌なものは嫌でしかない。せめて、嫌だと口にして言うことくらいは許してほしい。それは個人の自由として。

「……なんで学校行事って、余計なオプションつけたがるんだろうな」

「いいじゃん、やろうよマスコット作り」

ざわめきの満ちる昼休みの教室。弁当をつつきながらぼやく俺へ、隣席の桐山がクリームパンを片手にゴリ押しする。「ゴリ押し」と言うのはそのままの意味で、先ほどからこの件に関しては何度も奴と俺が押し問答を繰り広げているからだった。

「だから、俺はやらないからな」

「さっきも言ったけど」と念押ししつつ割り箸《ばし》を持ち直すと、大幅に変な方向へと割ってしまった割り箸のささくれが指に当たった。割り方ミスった、地味に痛い。

「仕方ないじゃん、諦めなよ。援団《えんだん》かマスコットか、どのみちどっちか片方はやらなきゃいけないんだし」

「いや、強制じゃなくて有志だろ、どっちも」

援団。マスコット。初めて聞く人間には何が何やらという用語かもしれない。それはそうだろう、これはこの学校独自の用語なのだから。

この学校は行事が多く、勉強に行事の準備に忙しいらしい。特にデカい行事は運動会と年二回のクラスマッチ、そして文化祭。まずは五月の最終週に開催される運動会が、新入生にとっては初めての全校行事になる。

今は四月の四週目。入学してすぐの時期、まだ学校生活自体にも慣れきっていない段階で、すでに翌月に大きな行事が迫ってきているということである。

そして当然のことながら、未知の出来事に対して人は少なからず不安を抱くものだ。そうなると、その不安を少しでも解消しようとするため、情報を事前収集しようとする者が現れる。案の定、公式アナウンスはまだのこの状態で、誰かが上級生から聞き齧《かじ》ったらしい情報がここ最近、一年生の間でひたすらに飛び交っていた。

曰く、『運動会では援団のダンスを披露するパートがあって、毎年学年の半数以上はそっちに入るらしい』。『援団ともう一つ、マスコット隊という団体があって、運動会当日に各団の後ろに聳《そび》え立つモニュメントを作るらしい』。『応援団もマスコット隊も、一年のメンバー集めはそろそろ始まるらしい』などなど。

ちなみに援団とは、応援団の略らしい。もはや略す意味はたぶんない（一文字しか略せていない略語など、果たして存在意義はあるのだろうか）。

「強制でも有志でもどっちでもいいよ」瞬く間にパンを食べ終わった桐山が、サンドイッチの包みを開けながらニヤリと笑う。「結果はどのみち同じだから」

「あ？」

聞き捨てならない台詞だ。流石にそこまで付き合わされるのは勘弁だと口を開きかけたちょうどその時、俺の制服のポケットの中でスマホが鳴った。

「はい」

登録済みの電話番号が画面に表示されていることを確認し、俺は応答ボタンを押す。スマホを耳に当てるなり、電話の向こう側から無機質な声が聞こえてきた。

『ただいま、電話に出ることが出来ません。ピーっという発信音の後に、お名前とご用件を』

「切るぞ」

通話停止ボタンを押し、『通話終了』の画面を顰め面で眺めたのも束の間。すぐさま電話がまたかかってきた。先ほどと同じ発信人だ。

『うーすーいー、まだ話の途中だぞー』

責めるような言葉に反して、電話の向こう側の声は笑っていた。

「すまん、間違い電話かと思って」

『俺だよ俺俺、正真正銘《しょうしんしょうめい》、由利だってば』

「オレオレ詐欺《さぎ》なら間に合ってるぞ、じゃあな」

『あ、ちょいちょいちょいちょい、待った待った』

電話の向こうで由利があたふたする気配がし、少しの間を置いて『いや、でも俺今普通に名乗ったよね？　オレオレ詐欺じゃなくね？』との言葉が聞こえてきた。

「で、どうした。何かあったのか」

『へーい清々しいほどのスルーっぷり……あちょっと待って切んな切んな、用はあるあるめっちゃある』別に俺は切ろうともしていないが、少しばかり早口になりながら由利が続けた。

『今、そこに桐山も居る？』

「いるけど」

応えつつ隣の桐山を横目で見ると、奴は平然とした顔で次のサンドイッチの包みを開けにかかっていた。相変わらず、食うのやたら早い上に大食いだなこいつ。

『二人とも、時間ある時ちょっと教室出てこれん？　三階の音楽室のすぐ傍に屋上に行く階段あっからさ、そこに来てくれると助かんだけど……あ、用事あったら大丈夫』

取り立てて、俺に用事らしき用事はない。電話から耳を離して桐山に事態を説明すると、奴もあっさり大丈夫だと頷く。用事がない旨を電話越しの由利に伝えると、突然呼び出してすまないという趣旨の言葉と、『どうかお手すきの時間があればで……』という、やたらと丁寧な締めくくりの言葉と共に通話が終了した。何だったんだ一体。

「由利くん、なんだって？」

「いや、よく分からんかった」俺は首を捻りながらスマホを元の位置にしまう。「なんか、『突然呼び出してごめん、お手すきの時間あれば』的なこと言ってたぞ」

「あはは、そっかそっか」

オッケー了解と、桐山がパンを袋にまとめながら即座に立ち上がる。流れるような奴の動作に続いて俺も弁当箱を風呂敷ごとひっつかみ、教室を後にしたのだった。


「……えっ」

先ほど指定された場所にあっさりとたどり着いた俺たちを出迎えたのは、信じられないモノでも見るような表情をした由利だった。

どうやら階段の踊り場に座りつつの昼食中だったらしく、由利の手にはハンバーガーがある。その隣では教科書とノートの詰まった黒いエナメルバッグが口を開け、その上に高校近くのファストフード店の袋とフライドポテトが載っていた。

「え、早くね？」目を丸くしたまま、由利がゆらりと立ち上がる。

ここは旧校舎かつ、音楽室のすぐ傍の場所だ。生徒たちのクラスが位置する新校舎とは通路で繋がっているけれども旧校舎には選択科目の教室ばかりがあるので、まあ授業の前後にならない限り生徒もなかなかこちらへは来ない。しかもここは図書室からも近く、あまり大っぴらに騒ぐと図書室利用者の迷惑になってしまう（音楽室は防音壁に囲まれているのであまり影響がないが）。そして何より、人が来ない。この高校は防犯のために屋上を閉鎖していて、ここに来ても屋上へは行けないのだ。

つまりここは、騒ぎたい生徒にとっては望ましい場所ではなく、俺のような生徒にはうってつけの隠れ家になりうる場所だった。

そう。俺のように、本来静かに、平穏に、過ごしたい生徒にとっては。

「……なのに、なんでこうなるかね」

「ん？　何が？」

俺から平穏の二文字を奪った張本人が、きょとんとした顔で首を傾げる。俺が「別に」と鼻を鳴らす横で、「それにしても」と由利が桐山の手に提がったビニール袋を見つめながら驚愕の声を上げた。

「すごいな桐山、そのパンの量」

まあその気持ちはよく分かる。袋の中には桐山が先ほど開けかけていたBLTサンドの包みやらコロッケサンドやらの他、カスクートにマフィンも入っているのだ。誰が見てもその量は多かろう。

「ちなみにこいつ、さっきまでアップルパイとクリームパン食ってた」

「え、まじ？」

俺の言葉に目を瞬かせながら、「甘いもんから先に食ったんか」と続ける由利。そんな彼を前に、桐山はにこにこと「好きなものは先に食べる派なんで」と応えた。

「なーる、てことはやっぱアレは建前だったってわけね」

「アレ？」

何の話だと首を傾げる俺に、由利が「まあ座れよ二人とも」と元の位置に座り直す。お言葉に甘えて俺たちがめいめいに階段に腰を下ろして昼食を再開すると、由利はフライドポテトを袋から引き抜き、桐山の方をそれで指し示した。

「こいつな、中学ん時バレンタインを『甘いものはそんなに得意じゃない』で毎年乗り切ってたんよ」

「ほー」

それは、どっちの意味でだろうと俺はぼんやり思う。チョコを貰えないから、酸っぱいぶどう理論で『元々甘いものは好きじゃないし』と言うことで自我を保っていたのか。それとも、貰いすぎて困るから甘いものを食えない設定でチョコをやんわり断っていたのか。

……まあ、こいつの今の人気ぶりを見るに多分後者だろう。忌々《いまいま》しい奴だ。

「当時は本当に苦手だったんだ」桐山が肩をすくめる。「最近克服して、好きになったとこ」

「へいへい、そういうことにしといてやるよ」

「あはは、本当なんだけどなぁ」

桐山の言葉は本当なのか嘘なのかはたまた冗談なのか、よく分からない時がある。デフォルトが割と常ににこやかなので見分けがつきにくいのだ。

　まさに今のやり取り時の表情もそうで、いつもながらの穏やかな物腰とにこやかな顔だったのだが。残念なことにこいつと話す時間が周りと比べて比較的長いせいか、どうやら本当のことを口にしていなそうな時に関して、俺は見分けがつくようになっていた。

　――こいつ、これ本音じゃないっぽいな。

　目が微かに、笑っていない。……ような気がする。

　まあでももし仮に、桐山が本当に嘘を吐いていたとしても、それは奴の事情だ。別に俺が踏み込むことでもなかろう。言う・言わないの選択肢を選ぶ権限は、いつだって本人にあって然るべきなのだから。

　と、俺は鮮やかにその場でスルーを決め込むつもりだったのだが。

「ま、いいけど。甘いものが嫌いな設定、実際は彼女のためだったんだもんな？」

　どうにもスルーしがたい話題がぶち込まれ、俺は思わず面食らった。それは初耳だ。

「彼女？　桐山の？」

「おー、そうそう」呆気に取られる俺の前で、由利が頷く。「ま、特定の相手が居るの分かってるのにバレンタイン渡す猛者《もさ》も居るからさ、彼女としては気が気じゃねえだろ。俺は好きだね、その躱《かわ》し方。最初っから貰うつもりないんだなって安心するからさ」

「気に入ってもらえてるとこ悪いんだけど、ホントに違うんだよねえ」

　動揺する俺の横で、桐山がＢＬＴサンドをぱくつく。食べながら喋っているせいで、その表情はよく分からない。

「よく言うよなー、学年一のモテ男だった奴が」

「ええ、それは由利くんの方だと思うけど」

駄目だ、これは退散しよう。二人の会話をよそに、俺はすっくと立ち上がった。

「……俺、教室戻るわ」

「え、おい碓氷」

「どうしたのいきなり」

どうしたもこうしたもない。俺はぽかんとする二人の顔（両者とも、間抜けな表情をしていても顔が整っているのがなおさら若干憎たらしい）を無表情で見下ろした。

「リア充は末長く爆発しろ」

「おお」桐山が目を丸くして手をポンと叩く。「その言葉、久しぶりに聞いたなぁ」

「うるせ」

このリア充めが、と俺は桐山を投げやりに見遣る。その横から、「碓氷お前マジ何言ってんの」と由利の言葉が飛んできた。

「その顔面だったら無双《むそう》でしょ。何もないなんて絶対嘘」

「嘘じゃない」

「ええー、嘘だぁ」

……由利お前、桐山並にしつこいな。

「本当に、マジで何もなかったんだって」

あまり過去のことは話したくないが、変に探られても面倒くさい。あたりさわりのない部分だけ話しておけばいいか、と俺は心の中で呟いて続ける。

「俺、昔かなり体重あったからな。今よりもだいぶ」

ついでに、「あんま人に話したくないから内密に頼む」とも付け加えておく。ここまで言えばまあ、これ以上追及はしてこないだろう。

「そうか……悪かった、話したくないこと話させて」

しかして狙い通り、由利は気まずそうな表情で「すまん」と頭を下げた。これでよし、と俺が思ったのも束の間。

「お詫びに、俺もあんま話したくないこと打ち明けるわ」

「いやなんでだよ」

俺は思わず突っ込んだ。展開が斜め上すぎる。

「え、だって話したくないこと話してくれたわけじゃん？　こっちも同じくらいのお返ししなきゃ、対等じゃなくね？」

等価交換ってやつよと由利はあっけらかんと続けたが、説明されてもなおよく分からない。そこに対等性は要るんだろうか。

「いや、いいぞわざわざ話さなくて」

「ええー遠慮すんなって。俺たちマブダチだろ？」

「別に遠慮してない」

　というか、いつ俺たちはマブダチになった。そして桐山、お前も少しは会話に加われよなんてことを思いつつ奴を見ると、当の本人はこっちのことなどそっちのけでのんびり本を読んでいた。それもサンドイッチ片手に。つくづく、マイペースな奴だ。

「話したくないことなんて、わざわざ話さなくてもいいだろ別に」

　俺が桐山から由利へと目を戻すと、由利は何とも言えない奇妙な顔をしていた。どう反応したら良いのか分かりかねる、といった顔だ。

「どうした？」

「……あー、いや、なんでも」

　何でもなさそうな間を置いて、由利がフライドポテトの袋の口をこちらへ向ける。

「お前もよかったら食う？」

　明らかな話題逸らし。だが、俺としてもそれに乗るのにやぶさかではない。俺は一瞬躊躇ったのち、礼を言いつつポテトを一つ頂戴《ちょうだい》した。口に入れると、サクリという微かな音と共に、じゅわりと旨味を含んだ油と絶妙な塩梅の塩味が口の中に広がる。……美味い。

「碓氷、どーした固まって。変な味でもしたか？」

　不安そうな表情をする由利に向け、俺は首を横に振る。

「いや……めちゃくちゃ美味いな、これ」

「ん、おう、そりゃよかった」戸惑いがちに由利が頬をかき、ふにゃりと笑う。「そんな感動されると照れんな。まさか初めて食べたん？」

「おお。ご馳走様」

俺が軽く手を合わせて拝む動きをすると、由利は目を見開いた。

「え……まじ？」

この反応、やってしまっただろうか。どうも平均的な中高生の食べ物が分からなかったのだが、フライドポテトは高校生たるもの、誰でも食べていて然るべきものだったのかもしれない。ミスった。

「そういえばさぁ」

どう説明したもんかと俺がぐるぐる考えている横から、呑気な声が割って入る。いつの間にかBLTサンドを食べ終え、次なるコロッケパンのフェーズに移っていた桐山は、もぐもぐと口を動かしながら続けた。

「僕らに言いたいことあるんでしょ？　由利くん」

そういえば、まだここに呼び出された理由を聞いていなかったと俺は今更ながら気付く。大人しく話を聞くべく俺が弁当つつきを再開すると、由利は気まずそうな顔で口を開いた。

「まあ、言いたいことと言うか、頼みたいことと言うか……お前ら運動会の援団で、ペアダンスがあるって知ってるか？」

「いや、知らん」

「なにそれ？」

俺だけでなく、まさかの桐山も知らなかったらしい。あの事情通の桐山が、と俺が軽く驚いている前で、由利は「だと思った」と苦笑した。

「お前らが参入したら、市場が一気にぶち壊れるからな」

「ん、シジョウ？　誰の私情？」

どう考えても文脈からして違うだろ。桐山の頓珍漢《とんちんかん》な発言に、『私情』じゃなくて『市場』な。ワタクシじゃなくてイチバの方」という由利のやんわりとした訂正が入る。

「女子からすりゃ、誰かに抜け駆けされたら困る。男子からすりゃ、自分が狙ってた相手がお前らに取られるかもしれないから困る。ま、お前ら二人とも今まで上手く情報統制されてたってわけだな。統制ってか、牽制《けんせい》の結果かな」

一人訳知り顔で腕組みをし、深々と由利が頷く。対して全く事情が飲み込めていない俺と桐山は、揃って眉根を寄せて顔を見合わせた。

「なるほど、全然分からん」

「つまり、どういうこと？」

「だっからさー、ペアダンスっていうのは男女一人ずつでペア組んでダンスやるやつなの、分かる？　ちなみにペアは応援団に入るっつって名前を提出済のメンバーの中から、個人で約束取り付けないとダメ」

「……」

由利の補足に、桐山も俺もふっつりと黙り込む。沈黙すること数秒、俺は言った。

「桐山、やっぱり俺は絶対やらないからな」

「うん、これはマスコット隊やるしかないね」

「だからなんで二者択一なんだよ、何もやらないって選択肢を無視すんな」

頑として運動会準備への積極的な関与を辞さない桐山と、何もしたくない俺。攻防戦が再開しかけたところで、「はいはいお二人さん」と由利が軽く手を打ち鳴らした。

「で、聞きたいんだけど。お前ら、女子とペアダンスやりたい？」

「いや、遠慮したい」

「うーん、僕もちょっとパスかなあ。戦争に巻き込まれるのは嫌だしね」

由利の問いに沈んだ声で返す俺と、のほほんとした調子で頬をかく桐山。その答えに満足したのか、由利はニヤリと笑った。

「そこで俺から、事態を一気に解決するいい提案があんだけど」

「「提案？」」

俺と桐山の声が重なる。由利は頷き、得意顔で手に持ったフライドポテトで宙を指した。

「お前ら、俺と組んでくんない？　ペアダン」

またもしばし流れる沈黙。ペアダンがペアダンスの略だということ、そして由利の発言の意図するところを理解しようとするのに俺は若干時間がかかった。

「……ん？　そもそもペアダンスって、男女一人ずつが組むもんなんじゃないのか？　しかもペアダンなのに三人で組む気か？」

「原則は男女で組むんだけど、悲しいことに毎年悲劇が起こるわけ。男女比率の問題で」

俺の疑問を一部無視し「実に嘆かわしい」と芝居がかった口調で由利が首を振る。その横で、桐山が「なるほど？　毎年何人か男子があぶれるわけだ？」と頷いた。

いやちょっと待て桐山、気にすべきは多分そっちじゃない。

「そゆことそゆこと。だから別に、男子同士で組むのは全然よくあることだし。な、いいアイデアだろ？　三人でやったらネタ枠としていい感じにもなるし」

何がだ、と俺は思わず遠い目になる。第一、まだメンバー募集も始まっていない現時点では男子があぶれるのかどうかすらも分からないはずなのだ。男女比率が上手くいかずに残ってしまう男子が出るのは、あくまでも結果論だろう。あぶれるのは男子ではなく女子の可能性だってあるのだし、もしかしたら奇跡的に男女比率が完全に一致することだってあるかもしれないのだ。

と、そこまで考えたところで俺は内心首を傾げる。

そもそも由利は「ペアダンスの相手は、名前を提出済みのメンバーの中から個人で約束を取り付けないと駄目」と言っていた。けど、それって非効率じゃないか？

恐らく一番理想的なのは、援団に入りたいと思っている者同士でペアを組みたい者を探しておくことだ。そうすれば、メンバーとして名前を提出した時点で援団への参加もペアダンスの相手も確定した状態になる。つまりこれは、早い者勝ちという側面をもはらんでいるということになるのでは。

「……なるほど、だから『情報統制』……」

俺のことはともかく、なぜか人気のある桐山なら、ペアを組みたい女子も多かろう。何となく少しそこは納得したが、まだ謎はいくつかある。本人に聞くか、と俺は意を決して由利の顔を見た。

「その、なんだ。由利はそもそも、援団に入ること自体は決定してんだな？」

俺の問いに由利は頷き、気まずそうに苦笑した。

「早い話が、そうなんだよな。毎年バスケ部はよっぽどの理由がない限り、応援団に全員参加しなきゃなんねえの」

そうだろうなと俺は頷く。でなければ、こんな斜め上の頼みを俺たちにしてこない。由利は多分、女子とのペアダンスを回避したいのだ。その理由は、分からないけれど。

「そりゃあ、困ったな……」

「それってどうしても強制参加なの？」

どうしたもんかと悩む俺の横から、桐山が不思議でたまらないといったトーンで口を挟む。

ぎょっとした表情を向ける俺と由利の視線を、桐山は声色通りの純粋な疑問顔で受け流し、更に言葉を続ける。

「つまり、由利くんはペアダンスを女子と組まないですませたいってことでしょ？　それなら『友達とマスコット隊に入る約束しちゃったからそっちに入ります』って言って、そもそも援団入ること自体辞めるんじゃダメなの？」

至極《しごく》、正論でもっともな疑問。だが、正論が常に正しいとは限らない。当たり前のことだけれど、人にはそれぞれ、人の事情があるものなのだ。それこそ、人の数だけ。

「桐山、あのな」

「あー、いいんだ碓氷、あんがとな」

俺が躊躇いながら口を開きかけると、由利が「桐山の言ってることが正しいしな」と笑いながら俺を制した。

「悪かったな、二人とも。自分で何とかしてみるわ」

「え、由利お前」

大丈夫なのかと続けると、「へーきへーき、話聞いてくれただけでありがたいし」という笑顔が返って来た。

「それよか、二人ともこれ読んで色々準備しとけ？　高校生活、情報は大事だぞ」

何と声を掛けたものかと迷う俺の前で、由利が鞄を漁《あさ》り、一冊の薄い冊子を取り出してこちらへ寄越す。それはA4サイズノート程の大きさと厚さの山吹色の冊子で、その表紙には『取扱説明本』という、誰かが手書きで書いたらしい明朝体《みんちょうたい》のレタリング文字が躍っていた。

「これ、何だ？」

「うちの部活で先輩が新入生に向けて作る、高校生活のガイドブックみたいなもん。行事のこととか裏情報とか、色々書いてあるから良かったら読んどけ」

冊子を最初の数ページ分ぱらぱらとめくって見せながら俺の質問に答え、由利は「そんじや」と荷物を持ち上げる。

「そろそろ昼練行かなきゃだ。来てくれてあんがとな、昼飯もまだだったのにすまん」

「いや、それは別に全然いいけどな」俺は面食らいながら冊子を由利に差し出す。「でもこの冊子はあれだろ、バスケ部しか読めないやつじゃ」

「俺が良いんだから良いんだよ、時間ある時に読んでやって」

真面目だなお前とふざけるような口調で俺を軽く小突き、由利が「桐山も、悪かったな」と俺の隣へ声を掛ける。

「いいや、僕もごめん。練習頑張って」

「あざーっす、頑張る頑張る」

桐山の柔らかな送り出しに、おどけた調子で返して由利は颯爽《さっそう》と去っていった。

「……とりあえず、昼飯食ってくか。戻るの面倒だし」

「そうだね、このままここで食べてこう」

俺の言葉に頷きながら、桐山が珍しくばつの悪そうな表情をして付け足す。「由利くんに、悪いことしちゃったな」

「俺たち、ほぼ情報ゼロの状態だったしな」俺は肩を竦め、先ほど由利から受け取った冊子を揺らして続けた。「これ、後で読ませてもらうか」

「うん、そうしよう……って、何か落ちたよ」

俺が冊子を揺らした拍子に落ちたらしい物を、桐山が拾う。

「あ、悪い。サンキュ」

「いや……」

なんだか歯切れ悪く返事をしながら、桐山の首がゆっくりと曲がる。俺は興味をひかれて奴の手の平の上を覗き込み、奴と同じく首を傾げた。

「……なんだ、これ？」

そこにあったのは一枚の、プラスチック加工された真っ白な栞《しおり》だった。

その日の放課後。もはや平日の恒例で、俺はまたしても桐山に引きずられる形で星空喫茶に来ていた。時刻は午後十六時で、まだプラネタリウム喫茶ではなくごく普通の喫茶店の風景となっているこの時間には、柔らかい光が窓から店内に差し込んでいる。

ちなみに今日この後、俺にこの喫茶でのアルバイトのシフトはない。けれどシフトがあろうがなかろうがなんだかんだと桐山に連れてこられ、俺はちゃっかり連日、奴の言う『星空探偵』の集まりに参加させられている。今日も今日とて、いつもながら定位置となってしまったソファーに座らされた俺は、いたたまれなさに至極恐縮していた。

「ほんといつもすみません、怜さん」

「あっはっは碓氷くん、そーれは言わない約束でしょ。はい、お辞儀やめて座って座って」

朗らかに笑いながら、怜さんが俺と桐山の前にカップを置く。もはやこのやりとりも定例化しつつあり、申し訳なさが募って仕方がない。

「いえでもなんか、また新しいメニューまで出してくれてますし……」

「これ、マリアテレジア？」

白いカップの中を覗き込み、桐山が嬉しそうな声を上げる。その不可解なワードに、俺は首を傾げた。

「マリー・アントワネットの母親がどうかしたのか」

「違うよ、飲み物の名前だよ」

そんな残念なモノを見るような目をしなくても。俺は「碓氷くんって時々抜けてるよね」と失礼なことを言う桐山から目を逸らし、今しがた怜さんが置いてくれたばかりのカップを眺める。中に入っているのは、香ばしい匂いのするコーヒーの上に、泡立てた純白のクリームが浮かんでいる飲み物だ。新雪のようにふわっとしたクリームの上には、銀色の小さなアラザンや、色とりどりの金平糖《こんぺいとう》が散らされている。

「そうそう、マリアテレジア。金平糖を星の欠片に見立ててみたんだ」

「なるほど。葉月とかこういうのすごく好きそう」

「でしょ」と嬉しそうに頷く怜さんの前で、「いただきます」と桐山が早速カップを口に運ぶ。俺も倣《なら》ってカップに口をつけると、かすかに香る柑橘系《かんきつけい》の匂いとすっきりしたほのかな酸味が、コーヒーのほろ苦い香ばしさと一緒に心地よく広がった。美味い。

「本当はオレンジリキュール入れるんだけど、代わりにオレンジマーマレード入れてみたんだよね。どう？」

「あ、美味しいです」

何せ、クリーム大盛りのコーヒーだ。見た目がかなり甘そうなので飲むのに勇気がいったが、クリームはオレンジとコーヒーを引き立てる程度の控えめな甘さでちょうどよかった。正直、かなり好みの味だ。

一方桐山はと言えば、「リキュールじゃないんだ。残念」との発言をかまし、「そりゃね。二人とも未成年でしょ」とにこやかかつ穏やかに怜さんに窘《たしな》められていた。

「僕、それに関してすごい疑問なんだけどさ」スプーンでコーヒーをぐるりと一回かき混ぜ、桐山は続けた。「未成年にお酒はダメなのに、ケーキとか市販のお菓子に入ってるのは法律的にもオッケーって変じゃない？」

「……菓子に含まれる程度の酒の量なら大したことがないからじゃないか？　食いすぎはよくないけど」

「そりゃね、摂りすぎはなんでも毒だよ」

桐山がにこやかな顔で屁理屈《へりくつ》を言い、コーヒーをまた啜る。

まあ、そりゃ正論だけどなと思いつつ、俺もまた手に持ったカップを傾けてその美味さに浸る。うむ、良い午後の過ごし方だ。

「あ。そういえば、あれ結局なんだって？」

桐山からの呼びかけで、俺は我に返る。ぼんやり思考にふけっているうちに、いつの間にか怜さんはカウンターの奥へ戻っていたらしい。食器を洗う微かな音が奥から聞こえる。最近どうも気が抜けてしまっている。これはよくないとソファーに浅く腰掛け直しつつ、

「なんだ、あれって」と俺はさりげない風を装って桐山に問い返した。

「あれだよあれあれ、あの冊子に入ってた白い栞みたいなやつ」

「ああ、あれか」

俺は言葉少なに頷き、足元のスクール鞄から由利に借りた『取扱説明本』冊子を取り出す。ページを一枚めくると、例の『白い栞みたいなやつ』が静かにそこに鎮座していた。『みたいな』というのは、それが本当にただの栞なのか分からないからだ。見た目はまるっきり、よく文庫本に挟まっている栞と同じような形状をしているのだが。

一枚の、まるで七夕の笹に飾る短冊のような紙。短冊と違うのは、その紙が何も書かれていない白紙であること。そしてその紙が、つるつるとした透明な硬いフィルムで加工されていることだ。

「うん、やっぱり変わってるよねこれ」しげしげと栞（仮称）を観察しつつ、桐山が唸る。

「って話だったな、昼は」俺は肩を竦め、横目で桐山が考え込む様子を観察した。

この栞は作りが雑で、売り物とは考えられない。手作りのものと見て間違いない――今日の昼休み、由利が去った後の階段の踊り場で、桐山はそんな持論を展開していた。

それは確かにそうで、誰かの手作りである点は間違いないと思う。よくよく見るとところ

どころに気泡が入っているし、少しフィルムがよれたまま固まってしまったと思われる凸凹部分がある。これを作った人間は、きっと不器用だ。

「で、由利くんなんか言ってた？」

「あー……」

視線を泳がせる俺を見て、桐山が眉を顰める。

「何かあったの？　ひょっとして、怒られたとか？」

「いや、そうじゃない」俺は唇を真一文字に結び、首を振る。「むしろ、頼まれた」

「頼まれた？　何を？」

いつもながらにぐいぐい来る桐山の勢いに、俺は思わず苦笑してしまう。

――これは、果たして踏み込んでいいことなのだろうか。

つい先ほどまでいた、学校での出来事を俺は思い出す。

俺たちとあの屋上に向かう階段で話した後、由利は宣言通り部活の練習に顔を出していたらしく、午後の授業が始まるギリギリの時間に教室に舞い戻って来た。そこからなかなか声をかける機会がなく（なぜならあいつはいつでも誰かしらに囲まれているからだ）、俺がスマホのメッセージアプリで「さっき借りた冊子に挟まってた物があるから後で返す」と由利に連絡を入れたのが授業の合間の休み時間の話。その後、由利から「そんじゃ放課後、中庭でいいか？」と連絡が返って来たのが六限の授業中の話だ。

真面目に授業を受けろというツッコミはこの際置いておいてほしい。俺は勿論そのメッセージを、授業が終わった放課後に見ている。

『由利』

放課後に指定された場所まで出向くと、由利は中庭に複数ある花壇の傍に立っていた。何やらぼんやりした表情で、風に揺れる花を見遣っていた彼に声をかける。

『碓氷、悪いな此処《ここ》まで。冊子に挟まってた物ってなんだ？』

よ、と気さくに片手を挙げながら顔を上げた由利に、俺は『これが挟まってた』と例の真っ白な栞を手渡した。

『これ、元から入ってたやつなのか？　先輩が作ったとか』

ついそう言ってしまったのは、昼に散々桐山から『この栞は何かがおかしい』と聞かされていたからかもしれない。

――うん、やっぱりこれは不思議だね。

桐山の台詞を、俺は思い出す。

「何が不思議なんだ、先輩が作って入れたのかもしれないだろ。冊子を読みやすいように」と言う俺に、桐山は「いや、多分違うよ」と頭を振っていた。

――この冊子、作りが簡素でしょ。紙をホチキス留めして、色紙の表紙をくっつけただけのシロモノだ。対してこの栞は、まあ作りは雑だけど多分ラミネート加工してある。おかしいと思わない？　栞にだけ手間をかけるなんてさ。何かおかしいよ。

それを聞いた時、まあ一理あるなと俺は言葉に詰まった。大体、先輩が後輩に対して配慮して、冊子を読みやすいように栞を挟んでおくのなら、それこそただの紙切れ一枚で済む話なのだ。わざわざラミネート加工する必要はない。余計な手間になるだけだ。

そしてそんな俺に対し、「修行が足りないね、ワトスン君——いや、ここはヘイスティングスって言うべきかな？」とか言って桐山は笑い……いや、もうこの辺はどうでもいいや。

ともかく、そんなやりとりをしたことが記憶に新しかったため、俺は思わず鎌をかけるような質問を由利にしてしまった。そもそもこの栞について由利に連絡したこと自体が鎌かけになっているかもしれないが（本当にこれをただの栞と思っているのなら、わざわざ由利に対して『冊子に挟まってた物があるんだけど』などと言う必要はないからだ）。

いやそれにしても完全に余計なお世話だよな、と今更ながら遠い目をする俺に、『そっか』と由利は呟いた。

『どうせだから、碓氷には話してもいいかな』

『ん？』

『うん、いやむしろ頼むべきかもな』

何が何やら分からない。困惑する俺の前に、由利は例の栞を差し出したのだ。

『この栞さ、中学時代から持ってんだけど、未だに謎のままなんだよな。……何のためのものだったのか、結局分からずじまいでさ』

桐山から聞いたんだけどさ、碓氷って桐山たちと色々謎解きしてんだってなと言って、あいつは続けた。

『放課後集まってるって桐山から聞いた。……月島も、いるんだろ？』

『あ、ああ、まあ……』

何故にそこに月島の名前が出てくるのか。そういえば中学が一緒なのかとは思いつつも話の方向が分からない俺に、由利は『それならさ』と先ほどの栞を俺の手の上に戻した。

『この栞の謎、解いてくれない？』

『解くっつったって、お前』

『頼むよ』

そう栞を見つめる由利の目は、真剣だった。

『――中学ん時からさ、ずっと気になってて、仕方ないんだ』

そんな由利の『頼み』を、俺はそれ以上、断り切れなかったのだ。

断り切れなかった、というのは正しくないかもしれない。だってそれではニュアンスが少し違う。完全に受動態で消極的に仕方なく引き受けた、ということになってしまう。俺が由利の頼みを引き受けたのは、果たしてそんなマイナス感情を抱きながらだったか。

いや、違う。あの時の俺は、少しの積極性……と言うと聞こえが悪いかもしれないが、「自分も気になるし」という気持ちを根底に抱えて依頼を引き受けたのだ。

なんてこった、これでは桐山を笑えない。

できるだけ、人には浅くしか関わらないと決めていたのに。実際、やっていることは真逆じゃないか。

それに。

「……人の過去って、どこまで踏み込んでいいものなんだろうな」

受け取ったはいいが、この栞がおそらく由利の言い振り的に彼の過去と何か関連のあるモノであることは間違いない。それに対して推測を始めるということは、それは彼の過去に関係のない第三者の俺が、関係ない立場のくせにああだこうだと勝手に想像することになる。それこそ、野次馬根性というやつになってしまうのではないか——

「本人から頼むって言われてんだもん、いいでしょ」

栞を言われるがまま受け取ってしまった自分に対して、悶々と自己嫌悪に駆られている俺の横で、桐山のあっけらかんとした声が落ちる。俺は思わず目を見開き、奴を見た。

「なんで……」

「あ、ごめん実は話聞いちゃったんだよね」

悪びれもしないぞ、この男。俺は半ば呆れながらため息をついた。

「そこ、『聞こえちゃった』んじゃなくて『聞いちゃった』でいいのか？」

「流石にね、中庭まで行ってしてる話を『聞こえちゃった』っていうのは、偶然にしても無理があるでしょ」

「……なるほどな」

俺は先ほどの放課後のことを思い返しながら頷く。ということはつまり、あの後由利との話が終わった俺を昇降口で待ち構えていた桐山は、俺と由利の会話を少なくともかなり最後まで聞いてから、ダッシュで俺が行く道を先回りしていたことになる。忙しい奴だ。

「本人がいいって言ってるんだから、そこは素直に受け取っていいんだよ」そう言い切った桐山が、やれやれと首を振る。「君は言葉の裏を読もうとするのがデフォルトなの？」

「いや、別にそういう訳じゃ……ん？」

桐山に対して反論を試みようとしていた俺の制服ポケットの中で、スマホが振動する。この震え方は電話の着信だ。画面で発信者を確認するとかなり珍しい相手で、俺は意外に思いつつも通話ボタンを押した。

「はい」

『ただいま、電話に出ることが出来ません。ピーっという発信音の後に、お名前とご用件を』

なんだ、この既視感。俺は呆気に取られて一度耳からスマホを離し、念のため画面を確認する。発信人はやはり、最初に確認したとおりの人物のはずだ。

「あの……月島だよな……？」

『ええ、そう。突然ごめんなさい、碓氷くん』

電話の相手口が、いつもの月島の話し方で応えを寄越す。不審な電話でなくてよかったとほっとする俺を他所に、月島は『どうだったかしら、さっきの』と話を続けた。

「ど、どうだったって？」

『不在時の自動音声の真似。あれ、結構難しいのよ。練習してるんだけどなかなか上手くいかなくて』

　何を練習してるんだ、何を。

「ああ、うん、上手かったんじゃないか……？」

　内心ではツッコミを入れつつ、俺は目を白黒させながらしどろもどろに答える。

『ありがとう。それはともかくとして』自分から始めた話題をぶった切り、月島はそのままマイペースに続ける。『今日碓氷くん、怜さんのお店に行く？』

「行くって言うか、もう居る」

　居ると言うか、いつもながらに連行されてきたと言うか。俺を連れてきた犯人を横目で見ると、奴はこちらのことなど気にも留めず、優雅にマリアテレジアのカップを傾けていた。

……従姉妹ともどもマイペースだな。

『あら。毎日お疲れ様』月島の声のトーンがやや落ち、ひっそりと次の言葉が続く。『じゃあ、桐山くんもそこに居るのね』

「おー」

　桐山とセットが前提になっているというのが釈然としないが、実際桐山が俺をやたらと引っ張って行動するため、セットと言われたとしても致し方ない。

『そう。とりあえず、これから行くわ』

「了解。気を付けて」

　応えると、なにやら少しの沈黙があってから『うん、ありがとう』との言葉と共に通話が終了する。なんだか今日は、桐山も月島もどこかしおらしい態度な気がする。何があったというのだろう。

「月島さん、来るの？　じゃあさっきの話、さっさと進めておかないとちょっとめんどくさくなるかな」

「さっきの話？」

スマホを制服のズボンポケットに仕舞い込みながら聞き返した俺に向け、桐山が苦笑しながら頷く。

「そう、さっきの由利くんの栞の話。月島さん、由利くんが……」

「あ、おい桐山、後ろ」

「私が何ですって？」

桐山の後ろから近づいてくる人影に気付いて小声で注意したのも束の間、どうやら完全に遅かったらしい。真顔の月島が、心なしか冷気を漂わせるような声音を出しながら桐山のすぐ後ろに立っていた。その隣には、苦笑いしながらこちらに小さく手を振る芹沢の姿がある。どうやら一緒に来たようだ。

てっきり月島は学校から電話してきているものかと思い込んでいたけれど、確かに彼女自身、そんなことは一言も言っていない。なるほど、店の近くにいたからこそ、俺の「気を付けて」の言葉に少しのタイムラグがあったわけか。気を付けるも何も、店の前にもう既にいたのだから何の出来事も起こるはずもなく、気を付けようがなかったということだ。

「あー、ええと……」目線をしばらく左右に動かしたかと思うと、桐山は咳ばらいをしながら「そういえば」と分かりやすすぎる話の方向転換を図り始めた。

「さっきもしかして月島さん、また例のイタズラ電話してたの？　碓氷くんに」

突然脈絡《みゃくらく》のない話題を口にする桐山に、どうやら相当切羽詰《せっぱつ》まったものを感じる。しどろもどろにどうにか話を逸らそうとする桐山が気の毒になり、俺は「イタズラ電話？」と話に乗ってやった。

「そ。『ただいま電話に出ることができません』ってやつ」

それは見事に機械の自動音声の抑揚を真似て、桐山が付け足す。「君も、そのくだり本当に好きだよね」

「……」

月島はむっすりと口を結び、その場で腕組みをしたまま動かない。それを見て更に焦ったのか、桐山はべらべらと言い募った。

「そもそも知ってるかい？　電話越しじゃあ機械音声のモノマネが上手いかどうか、厳密には判別できないんだ。携帯電話の声って本人の声じゃなくて、本人の声に近づくように変換された合成音だからね。れっきとした機械音になるよ、誰でも」

「それ、前も言われたわね」月島は目を伏せてため息をついた後、テーブルを挟んで俺の向かい側のソファーへ芹沢を促す。そして自分もその隣に浅く腰掛けながら続けた。「あなたは本当に屁理屈が上手いわ」

「お褒めいただき光栄だね」

桐山の顔には笑みが浮かんでいるけれど、その目の奥は笑っていない。……気がする。

何をそんなに警戒しているのかと訝しむ俺だったが、訝しむだけでなくそこを強行突破しようとする者が他に居た。月島だ。

「それで？　前も話したことのある話題をわざわざ蒸し返してまで誤魔化したい話って何かしら。私が居たらまずい話でも？」

「……」

桐山の笑顔が無言で深くなった。心なしか、冷や汗の気配まで見える気がする。

「確か、由利くんの話だって言ってたような」

あ、これ多分全部聞かれてたやつ。どうするんだと桐山とアイコンタクトをとろうとした矢先、それよりも早く桐山が俺の肩をがっしりと掴んだ。

「碓氷くん、何とかしてこの状況」

「何とかしてったってな」

「大丈夫、君ならできる！」

「いや、何がだよ」ゆっさゆっさと左右に揺さぶられながら、俺は反論を試みる。「状況も背景も分からないのに、助けようがないだろうが」

「えっ、分かってたら助けてくれるの？」

「いや、それは事情聞いてから判断することだけどな」

何がどうなっているのかも分かっていない相手に「うん、助ける」なんて言われたって軽い言葉にしかならない。そう思い、努めて軽い調子で発言したつもりだったのだが。

「まあ、そりゃあそうだよね」

桐山が思案げな顔で頷き、俺の肩から手を離す。いつもの奴の粘り強さ（しつこさとも言う）に慣れ切っていた俺は、あまりに奴があっさり退いたので正直拍子抜けした。

しかもその上、桐山は何やら腕組みをして考え込み始めた。話を途中で放り出された俺は、対応に困って芹沢に話を向ける。

「芹沢、そういや部活は？　水曜だろ、今日」

今日は水曜日。芹沢が入部を決めた、バスケ部の活動が入るはずの曜日だ。それは俺がこの喫茶店のバイトのシフトについてどう希望を出そうか考えていた時、彼女の部活は火曜が休みだと確認したから合っているはず。桐山と月島は帰宅部なのでシフトを組む何かしらの参考にはならず、唯一部活に入ろうとしている芹沢から話を聞いたことが記憶に残っていた。

ちなみに全員の予定を聞いた結果、俺は平日、月・水・金にここへアルバイトしに来ている（基本何時でも暇なので正直毎日シフトに入っても良いのだが、怜さんに「まだ高校生だし、多くても平日に週三日ね」と言われてしまった手前、平日に週三日だけシフトを入れることにしたのだった）。

「あー……それが」

芹沢の目が宙を彷徨う。しばらく間を置いた後、彼女は「ごめん」と頭を下げた。

「やっぱ部活、入らないことにしたんだよね。折角シフト合わせてもらったのにごめん」

「いや別に、俺に謝ることじゃないぞ。部活入る入らないは個人の自由だろ」

俺がそう言った途端、芹沢は目を見開いた。

「……碓氷くんは、聞かないんだね」

「ん？」

「ああうん、なんでもない」

またも話をぶった切られ、俺は途方に暮れた。何かまずいこと言ったか、俺？

「ところで碓氷くん、それ、何？」

どこかに会話の糸口を求めて目を上げた俺に、月島からの質問が投げかけられる。その視線がこちらの手元に向いているのを感じて、俺は思わず身じろぎした。俺の手元にあるものと言えば、昼に由利から借りた『取扱説明本』と、そこに挟まっている例の真っ白な栞だけなのだが。

「これか？　うちの高校生活の虎の巻っぽいやつらしくて」

俺は説明しつつ、『取扱説明本』をテーブルの上に開いて見せる。先ほどから適当に開いていたところは学校の用語辞典で、ちょうど「い」から始まる用語が連なっていた。

・いっかくせんきん【一攫千金】試験前夜にヤマをかけること。
・いっこくせんきん【一刻千金】試験前夜に身に染みて思うこと。
・いのず【井の頭】井の頭恩賜《おんし》公園の略称。

・いのらん【井のラン】井の頭までランニングの略称。東和高運動部の流行。
……こんな感じで、ひたすらずらりとこの高校でしか通じない造語（というか造意）の解説が並んでいる。ちょっと読んだだけで「この高校、進学校だよな一応？」という感想を抱いたものの、それはまあ深く考えないことにする。今は。

「あ、その冊子バスケ部の人が持ってたの見たかも」

芹沢の補足に、俺は「そうだ」と深く頷く。

「由利が貸してくれて……って、この話はやめとくか……？」

そういえば、先ほどの桐山と月島のやりとりを見るに、月島にとって由利の話はおそらく鬼門のようだった。ここは話題を変えるのが吉か、と思ったのだが。

「……いえ、そのまま続けて。邪魔してごめんなさい」

月島は意外にもあっさりと退く。その直後に「ごめんね、お待たせ」と朗らかな声がその場に落ち、会話はいったん終了となった。

「いらっしゃい、千晶ちゃんに葉月ちゃん。はいこれ二人の分」

「お……あ、ありがとうございます。すみません」

流れるような仕草で立ち上がると、月島は背筋を伸ばしたままの綺麗な礼をしながら、怜さんからティーカップを受け取った。その後に続きあたふたと立ち上がりかける芹沢を「あ、全然そのままでいいからね」と笑顔で制して、怜さんはティーカップを芹沢の前に置く。二人のティーカップの中身は俺たちと同じマリアテレジア。見た瞬間、月島と芹沢の顔がほころんだ。

「わあ、かわいい」

「あ、やっぱり。葉月好きそうって思った」

「それ、桐山もさっき言ってたな」

「桐山くんが？」

月島が目を丸くする横で、飲み物にむせたのか芹沢が咳き込む。俺が頷くと、横から「それはともかく」と声が飛んできた。

「話続けていいならちょうどいいや。さっきの話、続けようか」

そう言うなり、桐山がテーブルの上の冊子に挟まっていた白い栞をひょいと手に取る。

「この栞にどんな意味があるのか、まずは推論、立てないとね」

「いや桐山、ちょっと待て」

俺は慌てて桐山を遮る。こいつ、この場の全員巻き込んで由利の話をする気なのか。

「ひょっとして碓氷くん、由利くんに言われたこと気にしてる？　君だから話すんだ、的なこと言われたこと」

図星を指されて黙る俺に、桐山はなおも畳み掛ける。

「よく思い出してみて。由利くんは、君が僕たちと放課後集まってるのを知ってて、君にこの栞の謎を解くように言ったんだよ」

――桐山から聞いたんだけどさ。碓氷って桐山たちと色々謎解きしてんだってな。

――放課後集まってるって桐山から聞いた。……月島も、いるんだろ？　それならさ、この栞の謎、解いてくれない？

あの時由利は、そう言っていた。

「つまり彼は、僕たちがこうしてこの謎を話題として取り上げるの、期待してるってわけ」

まあ確かに言われてみれば、もし俺にだけ打ち明け話をして謎解きを依頼するつもりだったのなら、おかしいワードがあったことに俺は気付く。

『月島もいるんだろ』と『それならさ』だ。よく考えてみると文脈がおかしい。なぜそこで突然月島が出てくるのかと、俺はあの時由利に聞くべきだったのかもしれない……が。

「……でもその解釈、屁理屈っぽいことに変わりはないよな」

「屁理屈かどうかは、解いてみてから分かるんじゃない？　事情分かんないから知らんけど」

他人事のように軽く言いながら（実際他人事なのだが）、桐山が肩を竦める。

「ま、心配しなくても、ここに居るメンバーは口軽くないよ。でなきゃここに呼んでない」

「いや、それは別に心配してな……」

「そんじゃ、何の問題もないね。安心して話を進めよう」

なんだか話をぶった切って言いくるめられたような気もするが、そんなことを言っていても話が永遠に進まない。俺が渋々頷く前で、月島が静かにマリアテレジアを口に運んだ。

「あ、僕はそこのテーブルで作業してるから、手伝えることあったらいつでも声かけてね」

いつの間にやら俺たちの隣のテーブルに置いていたらしい極薄型のノートパソコンを、怜さんが指さす。その気遣いに「ありがとうございます」と一礼し、俺たちはテーブルの上の栞に向き直った。

そう。まずは、この栞だ。


「さて。碓氷くん、何か気付いたことある？」

来ると思った。俺は桐山からの投げかけに、観念しながら腕組みをして応える。

「んー……そうだな、こいつは昼間お前が言った通り、素人がラミネート加工したものだと思う。だとすると、それも機械に通して接着するやつ」

――中学ん時からさ、ずっと気になってて、仕方ないんだ。

あの由利があんなに真剣な表情で言うのだ。見た目はただの真っ白な栞だが、この栞には必ず何かしらの意味が見込まれるんじゃないだろうか。

「ああ、ラミネート加工ってただフィルム重ね合わせるだけで出来るやつと、機械でがっつり接着するやつあるもんね」浅く頷いた桐山が、首を傾げる。「でもなんでそう思ったの？」

「プラスチックフィルムが丸ごと折れ曲がったまま固まった部分があるだろ。機械で熱を加えて接着するやつでなきゃ、そうはならない」

説明しつつ、頭の片隅で何かがひっかかる。何が気にかかるのだろうとしばらく考え、俺は一つ閃《ひらめ》いた。

そうだ、熱だ。

「怜さん、すみません」

「うん？」

俺の呼びかけに、怜さんがにこやかにこちらを見た。俺は立ち上がりながら礼をする。

「あの、冷凍庫って借りたりとかできますか？　こう、業務用のものがあればなんですけど……もしあれだったら、氷でも」

「ああ、全然いいよ。従業員用のやつあるから、よかったらそれ使って使って」

「ありがとうございます」

「ちょ、ちょっと待って」

困惑した顔で、月島が待ったをかける。

「なんで突然冷凍庫なの？」

「ヒント、さっきの月島の電話」

俺がポケットからスマホを取り出して見せると、「え、私？」と月島は目を丸くした。

「……私、何か言ったっけ？」

まるで思い当たらないのだろう、月島が珍しく狼狽《ろうばい》の色を見せている。なんだか申し訳なくなり、俺は「言ったと言うより、さっきの二人の会話の内容だな」と付け足した。

「電話を通すと、声が合成音に変換されるって話。機械を通すと、性質が変わるモノの話だ。まあ性質と言うか、見え方と言うか……」

「あ、分かった！」

突然桐山の大声が割り込んできて、俺と月島と芹沢は揃ってそちらへ顔を向ける。

「熱を加えたらって話だね。摩擦熱《まさつねつ》で消えるボールペンだ」

「そういうこと。多分だけどな」

どうやら桐山は分かったらしい。怪訝な表情をしている月島と芹沢に、俺は筆箱の中から件のボールペンの現物を取り出して見せる。

「こういう、ペンの後ろについてるラバー部分でこすると、文字を消せるボールペンってあるだろ。これって摩擦熱で文字を無色化してるやつだから、冷やすと文字が戻るんだ。もし、これに何かが書かれていたらの話だけど」

「……なるほど」

「そ、そうなんだ。知らなかった」

月島と芹沢が、言葉少なに目を丸くしたまま頷く。よし、全員が納得したところで。

「とりあえず、十分くらい冷やせばいいと思う。そこで何か出てくるか確認してから、先のことは考えようぜ」

「おしきた、早速やろう。叔父さんごめんね、冷凍庫借りまーす」

「どーぞどーぞ、好きに使って。奥の銀色のやつね」

そうして俺たちは、ひとまず例の栞を冷凍庫に入れたのだった。

冷凍庫に入れた栞の文字が戻るには（もし本当に文字が書いてあるとしてだが）、まだ時間がある。情報収集といくか。

「ところで、その……由利って中学でもあんな感じだったのか？」

「あんな感じって？」

恐る恐る尋ねてみたところへ桐山の無邪気な返しが放り投げられ、俺は「なんていうか」と唸りながら腕組みをした。

「人気者っていうか、誰からも好かれるクラスの中心ムードメーカー的な……？」

「……え、あの人が？」

真っ先に反応したのは月島だった。しかも、その表情は明らかに強張っている。これ以上聞いていいものなのかと、俺の思考は二の足を踏む。

「由利くんね、中学時代は今とちょっと違ったかな」

動揺する月島の横で、控えめに小さく手を挙げながら芹沢が発言した。

「中学の時は、なんていうか……」

「神話のオリオンみたいな感じだったかな」

もごもごと口ごもる芹沢の言葉を継いで、桐山が割り込む。

どんな感じなんだ、それは。俺は面食らいながらも、ギリシャ神話のオリオンの話を記憶の中から掘り出そうとする。

「ま、平ったく言うとすんごいモテ男子ってところかな。ちょい悪って感じ」

「ちょい悪どころか、申し訳ないけど見た目からして思いっきり不良だったわ。付き合う子もしょっちゅう替わってたし」

　桐山の補足に、月島の氷点下かと思われるほどの静かで冷たいトーンの声が続く。恐る恐る「その……女子からしたら敵だな、そりゃ」と相槌を打ちながら、俺はかなり驚いていた。

　あの由利が、不良？　今のあの爽やか陽キャ好青年っぷりからは想像が出来ない。それに、神話のオリオンとの共通点も。……いや、共通点はあるか。

　オリオンは確か、海神ポセイドンと女神エウリュアレの子供で、強靭《きょうじん》な体を持った美少年かつ、腕の良い狩人という設定だった。由利は確かに美少年だし（クラスの女子もそう言っているのを聞いたことがある）、筋肉の付き方からして日々鍛えているのは分かるから、そこについては合っているかもしれない。狩人の面は……知らんけど。

　けれど、恋愛沙汰については想像がつかない。あの由利が、彼女をころころ替えていただって？　神話のオリオンは恋多き（浮気性とも言う）男だけれど、由利は俺と桐山に、女子とペアダンスを組むのを避けたいと言って男子同士で組むことを提案してくるような奴だ。

「うーん……あのアホな提案をしてくる奴が、不良で彼女とっかえひっかえねえ……」

　だが、月島が嘘を言っているとは思えない。ここは俺の由利への印象と、桐山と月島の中学時代の由利への印象、どちらもそういう見方が同時に存在すると考えた方がいい。

「アホな提案？」

怪訝な顔をする月島に、俺は昼に由利から提案された話と、うちの高校の運動会の事前準備について、軽く説明する。

「へ、へえそんな話が……まだペアダンの男女比率も分かんないのに、気が早いと言うか何と言うか」

「……罪滅ぼしのつもりかしら、あの人」

俺の説明を聞いた後、苦笑する芹沢の隣で月島がぼそりと呟く。なんだか底に嫌悪感が少しだけ滲むその声音に、俺は少し驚く。

「言いたくなかったら構わないんだけど」俺は恐る恐る、月島にそう切り出す。「由利は中学時代に何やらかしたんだ？　月島がそこまで苦手がるって、よっぽどだろ」

俺の言葉に月島が少しだけ硬直し、小さなため息を吐き出す。

「その……ごめんなさい。どうしてもなかなか、私の中で由利くんって、中学の時のまま止まってて」

一つ深呼吸をした月島が、静かな口調で再び口を開く。

「……由利くんはね、私の大事な友達が中一の時から大切に手入れしてた、花壇をめちゃくちゃに荒らしたの。中身がごっそり、全部ぐちゃぐちゃになるまで」

「……え？」

「……申し訳ないけど、私の友達を傷つけた人を、私は好きにはなれないわ」

ぽつりと絞り出すように言った後、月島は口を真一文字に結んで押し黙ってしまった。助けを求めて芹沢と桐山を見るも、芹沢は無言で首を縮めているし、桐山もただ肩を竦めるのみ。否定もしない。ということは、月島の言ったことは誤解でも何でもなく、事実そのものということなのだろうか。

あの温厚で気配り上手に見える由利が、人の大事にしていたモノを荒らした？　……まったく、想像が出来ない。未だ混乱のさなかでぐるぐると考え込む俺の傍で、「お話し中ごめんね、早く持ってきた方がいいかなと思って」という怜さんの声が上から降って来た。

「あれ叔父さん、それ」

「うん、さっき冷凍庫開けたら目に入ってね」

「君たちの予想してた通りだったよ」と続けられ、俺たちの視線は怜さんがテーブルの上に静かに置いた白い栞の上に一斉に集まる。

果たして先ほどまでは真っ白だった栞には、今や黒い文字が浮かび上がっていた。

『見つけたから捨てた　ナルシスト』

少し角ばったところのあるゴシック体のような文字で、そんな文面が書かれている。

「……なんだ、これ？」

今日何度目かの「なんだ、これ」を俺は繰り返す。だって文の意味が、まるで不明だ。

「……」

見れば桐山も月島も芹沢も、眉根を寄せて無言で白い栞を見つめている。どうやらその表情を見るに、三人にも意味はさっぱりらしい。とりあえず、栞に何が書かれていたのかが分かっただけでも一歩前進だ。俺も眉根を寄せ、腕組みをして考え込んでみる。

　今考えるべきことは、この文の意味。そして、なぜこの文がわざわざ、消せるボールペンで書かれたのかだ。

　たっぷり数十秒ほど栞を見つめたあと、俺はのろのろと口を開いた。

「ええと、まずこの文を書いた人間は、何かを捨てたんだな……？」

「碓氷くん」神妙な顔で、桐山が目を瞬かせる。「それはそうだね。そう書いてあるし」

「ナルシストって、なんだろ。誰か人？」と言ったのは、芹沢で。

「由利くんのことかしら」と言ったのは、月島だった。

　さっきから思っていたが月島、本当にひたすら由利に対して辛辣《しんらつ》だな。

「どうだろうな……ナルシストっつったら、どっちかっていうと桐山な気もするけどな」

「それは確かにそうね」

「え、ちょっと待って二人ともひどくない？　僕ってそんなにナルシストに思われてるの？」

「少なくとも、あなたに関してはそう断言できるわ」

　どうやら俺の認識が間違っていたらしい。月島は由利だけでなく、桐山に対しても割と辛辣だ。芹沢に対してはそんなそぶりは一切見たことがないので、男子全般に向けて厳しいのかもしれない。俺も失言をしないように気を付けないとな……。

が、まあそれは置いておいて、今はひとまずこの栞の謎だ。

「ええと、まず状況を整理したいんだが」俺は眉間の皺を押さえながら切り出す。「この栞を誰が作ったのかだ」

「……あのう、一つ質問してもいいですか」

遠慮がちな声でうかがってくる芹沢に俺が頷くと、彼女は「えーと……」とためらいがちに頬をかいた。

「さっきからずっと疑問だったんだけど、この栞？　と、由利くんってなにか関係あるの？」

「今更でごめん、聞くタイミング逃しちゃって」と芹沢が心底申し訳なさそうに眉を下げるのを見ながら、そういえば前提の説明をすっ飛ばしていたことに俺は気が付いた。

「悪い、そこ説明してなかったな」

俺はざっと、由利から借りた冊子の中にこの栞が入っていたことと、今日の放課後に由利から頼まれた謎解き依頼について説明した。

「なるほど……でもそれって、よく分かんない話だね」

俺の話を聞き終えると、芹沢はうーんと唸りながら首を傾げた。

「そもそもさ、由利くんってこの栞を誰から貰ったんだろ？　その辺、特に何も言ってなかったってことだよね？」

「ああ、言ってなかった」

なかなかいいところを突いてくる。その点に関して取っ散らかった思考を整理しようと、俺は集中しようとしたのだが。

「少なくとも私と葉月は違うわね」

「それ言うなら、僕だって違うけどさ」

何やら言い合いに発展しそうな雰囲気を感じて、俺は慌てて手で「待った」のジェスチャーを桐山と月島にして見せた。

「いや、多分だけど、もう答えは出てるんだ」

「「「え？」」」

三人分の視線がこちらに突き刺さる。しまった、まだ思考がまとまっていないのに。俺は説明が下手だから、思考を組み立てなければ話せないのに……と焦りつつ、俺は怜さんがテーブルの上に残していった栞を手に取る。栞は先ほどまで冷凍庫にしまわれていた名残で、とてつもなく冷え冷えとしていた。

――この栞さ、中学時代から持ってんだけど、未だに謎のままなんだよな。……何のためのものだったのか、結局分からずじまいでさ。

あの由利の言葉を聞いた時、俺はてっきり、由利にとって『誰かから渡されたけれど、何のためのものだったのかが分からない。分からなかったのが心残りだから、この謎を解いてそれを晴らしてほしい』という意味なのだと思っていた。けれど、それでは辻褄《つじつま》が合わない。

――どうせだから、碓氷には話してもいいかな。

──うん、いやむしろ頼むべきかもな。

よく考えてみればあの言い方は完全に、何かの見当がついている人間の発言だった。

「そもそもこの栞に何か意味があると思っていること自体が、答えみたいなもんなんだ」

「……？　どういうこと？」

「考えてもみろ」俺は首を傾げる桐山に向けて、手に持った栞を振る。「もし本当にこの栞の意味が分からないのだとしたら、俺に向かって『碓氷には話してもいいかな』なんて言い方はしないはずだ。由利はほぼ確実に、この栞がどんな出来事に関わってるのかを知っていて、そしてその謎が確実に解けることを知ってる」

「なるほど？　でもさ」釈然としないと言った面持ちで、桐山は更に首を捻る。「この栞がどんな意味なのか見当がついているのなら、なんで『謎を解いてくれ』なんて、碓氷くんに……あ」

どうやら言葉を並べる途中で、自分の抱いた疑問に答えが出たらしい。途中でハッとした顔で口をつぐんだ桐山に、俺は「そうだ」と頷いて見せる。

「俺に過去の打ち明け話でもするつもりなんだろうな」

理由も目的も、よく分からないけれど。

「でもちょっと待って。そもそもさっき君は『この栞を誰が作ったのか答えは出てる』って言ってたけど、それじゃ答えは出てなくない？」

「そこはメタ的な解釈になるから、ズルみたいなことになるけど」桐山のさらなる追求に、俺は髪をかきながら唸る。「まず、俺は由利と同じ中学の奴とは、ここにいる三人と由利以外、ほとんど交流がないんだ。それは由利も分かってる」

というか、それは桐山が一番よく分かっているはずだ。学校でも放課後でも、四六時中俺を引っ張りまわしているのはこいつなのだから。

「なのに、由利はほぼ情報なしの状態で『謎を解いてくれ』って言ったんだ。それってつまり、俺の限りなく狭い交流範囲の知人の中から答えが出るってことにならないか？」

「……まあ、それも一理あるね。とりあえず、その線と仮定して考えてみようか」

腕組みをして唸ると、桐山は「となると」と人差し指を立てて続けた。

「自動的に、この栞を作ったのは由利くんってことになるね。消去法で」

「そうだな」

それは先ほど、桐山と月島が話していた通りだ。桐山も月島も芹沢もこの栞を作っていないとなると、残るは由利のみ。もしかしたら桐山と月島どちらかが嘘を吐いているという可能性もあると言えばあるが、それを言い出すと悪魔の問答になってしまうので、今はその可能性を排除しておこう。

「まあとりあえず、今分かってることから推測するに……どうやらよっぽど、口に出して言えないことらしいってことは分かる」

「わざわざこんな分かりづらい方法取ってるんだもんね。確かにそうなる」

桐山が俺の手の上の栞を見て、顎に手を当てながらうんうんと頷く。

「ところで桐山、お前たちの中学は生徒が使えるラミネーターが置いてあったのか？」

「うん、置いてあったよ」

打てば響くように、桐山がこっくりと頷いた。

「誰でも使えるのか」

「誰でも……まあ、そうだね」今度は思案気な顔で桐山が頷く。「誰でも使えるけど、使うなら誰か生徒会の同席が必要だったたって感じかな」

「生徒会の同席？」

「うん、そう。そもそもラミネーターって、熱でラミネートフィルムの糊《のり》を溶かしてローラーで圧縮しながら密着させ紙をコーティングする機械だろ？　かなり熱くなるし、まああんまりないけど下手な使い方をすると軽い火傷になる可能性だってない訳じゃない。だから、使い方を知ってる生徒会の生徒の同席のもとで、正当な理由を申し出た生徒だけがラミネーターを使えるようになってたって訳」

使用用途も意図も分からない一生徒の栞づくりは、果たして『正当な理由』として受理されるのだろうか。そう疑問に思った俺の思考を推測してか、桐山は「ま、由利くんならできたと思うよ」と軽く言ってのけた。

「由利くん、バスケ部の幹部もやっててよく部活関係の掲示物とかも作ってたし。そのついでにこっそり栞を作ることなんて、朝飯前だったと思う」

桐山がここまではっきり言うのなら、そうなのだろう。俺は「分かった」と浅く頷く。

「となると、由利は誰かに何かをこっそり伝えようとして、この栞を作ったってことだな」

であれば、この栞は結局その『誰か』に渡せなかったのだろうか。渡せたのなら、今ここに、もとより由利の手元に、そのまま残るはずがないのだから。

「口に出して言えないこと……」

この栞を由利が作ったのだと仮定すると、由利は何かを『見つけたから捨てた』ということになる。一体奴は、何を見つけて、捨てたんだ？

「みんな、甘いモノでもどう？」

「煮詰まった時は休憩だよ」と言いながら、怜さんが俺たち四人の前にカタンと皿を置いていく。皿の上には、パイの上に小さなシュークリームを積み上げたようなケーキが載っていた。

「オリオン座にちなんだ新メニュー、冬三ツ星のサントノレ。どうぞ召し上がれ」

「あ、ありがとうございます」

「いただきます」

俺たちは口々に怜さんに向かって感謝の言葉を述べ、早速ありがたくケーキを頂戴する。

彼の言う通り、煮詰まって頭の回転が止まってしまった時のスイーツはまさに救世主だ。

サントノレなるケーキは見るのも食べるのも初めてだったが、これは確実に美味いに違いない。なんせ、怜さんの作るものは何でも美味いのだ。そう思ってケーキに口を付けた俺は果たしてその通り、次の瞬間には舌鼓を打っていた。

三つ並んだプチシューの中にはバニラ風味のカスタード。上には香ばしいエスプレッソクリームとグレープフルーツ風味のクリームが使われていて、爽やかさと酸味と甘さ、そして苦みのハーモニーがたまらない。食べ進めていくと中にはピンクグレープフルーツの果肉が待ち構えていて、土台のサクサクのパイ生地との相性も抜群だった。

「……叔父さん、休憩ついでにプラネタリウムモードにしても良いかな？　天井」

「うん、どうぞどうぞ」

はい、と怜さんがプラネタリウム用のリモコンを桐山に渡す。桐山は礼を述べると、早速リモコンを操作しだした。

明るかった店内に、夜の帳が少しずつ下りていく。やがて満天の星になったその空間の中で、俺はオリオン座にふと目を留めた。オリオン座は明るい星が多いから、一際見つけやすい星座なのだ。それこそ、この東京の実際の夜空でも目視できるくらいに。

そのオリオン座は、桐山のリモコン操作と共に段々と位置を変えていく。そしてオリオン座が沈んでいくのと入れ替わりに、俺はさそり座を発見した。赤い色の一等星、アンタレス。これもまた見つけやすい星を有する星座だ。

「そうか、オリオン座が沈むとさそり座って入れ替わりに出てくるんだっけ……」

ギリシャ神話には色んなパターンの物語があり、特にオリオン座には複数の神話がある。さそり座と関わりのある物語も、その一つだ。

さそり座が地平線から上ってくるとオリオン座が沈み、反対にさそり座が沈むとオリオンが上ってくるという事象に因《ちな》む神話。昔々、女神ヘラが遣わしたサソリの毒によって乱暴者の狩人オリオンは殺され——それ以降、オリオンは自分を殺したサソリを怖がっているというお話だ。

どんなに強靭な身体を持つオリオンでも、サソリの毒には勝てなかったということか。

そんな取り留めもないことを考えながら、俺の脳裏は同時に先ほどから気にかかっている栞の謎についてもぐるぐると考え続けていて。この休憩が終わったらまた考えねばと内心頭を抱えていた中で、俺はふと引っかかるものを感じた。

待てよ、ひょっとして。

「……月島、ちょっと聞いてもいいか」

「うん？」

食べるのに集中していたのだろう、無言でサントノレを食べていた月島が言葉少なに顔を上げる。……食べるのめちゃくちゃ早いな、この人。

「その、花壇荒らされたっていう月島の友達って、ギリシャ神話詳しかったりするか？」

「ギリシャ神話？　そうね……星座とか好きだし、詳しいわね」月島が怪訝そうに眉を顰める。「でも、それがどうしたの？」

「ああいや、誰でも分かるかもしれないけど、念のためな」

俺の推測が正しければ、きっと由利は……。

例の栞が俺の手元に来た、その翌日の昼休み。前日の同時刻と同様に、俺は由利と例の音楽室近くの階段の踊り場で昼食を広げていた。人があまりやってこないので、今日これからするような話をするにはうってつけの場所なのである。

「碓氷が桐山と一緒にいないの、珍しいな」

「いや、そんな四六時中一緒には……」

否定しようとした言葉は尻すぼみになりながら宙を漂って消えた。そう言われてみれば、客観的に見てもそうとしか言えない状態になっている。せめて、桐山が俺を振り回してくるんだと言い訳したいところではあるけれど、今はそれどころではない。今度にしよう。

「まあいいや。桐山、今日は用事があるんだと」

嘘だった。「んまあ一応ね、由利くんから打ち明け話されたのは碓氷くんですし。今回のところは遠慮しとくね」と言い出した桐山の提案により、俺は由利とサシでここに居る（ちなみに「謙虚でしょ」と胸を張る桐山に、「本当に謙虚な奴は自分のことを謙虚って言わん」と突っ込んだ疲労から俺はまだ回復していない）。

「なーる。んで、話って？」

休み時間にコンビニで買ってきたというあらびきフランクロールの袋を開けながら、由利が促す。俺は今日もこれまた割るのに失敗した割り箸を弁当の上に置き、制服の上着ポケットの中に入れていた例の栞を取り出した。

「これのことで、ちょっとな」

例の真っ白な栞を置いた。冷やしてから熱を加えていないそれの表面には、昨日俺たちが出現させた文面が黒々と残っている。

――『見つけたから捨てた　ナルシスト』――

「……お」

栞を見た途端、由利は妙な表情をした。困惑しているような、どこか頼りなげで、そしてどこか泣きたそうにも見える、色んな感情がないまぜになったような表情だった。

「さすが碓氷。早いな」

その言葉で、俺は確信する。やっぱり由利はこの栞の意味を知っていたのだ。最初から。

「この栞の謎、だったな。多分分かったと思う」

「……そうか」

由利は力なく笑う。いつも快活で陽気な姿からは想像できないくらい、弱々しげな笑み。

「お前が中学の時に荒らしたって花壇の話、聞いた」

俺は自信のない自分を奮い立たせるように、しかし努めて静かに、由利へと語り掛ける。

「……」

由利の顔は、栞を見つめたまま伏せられていて良く見えない。俺は同じ目線になるように少し身を屈め、更に続けた。

「その花壇を大事にしてた女子を、助けるためにしたことだったんだろ」

俺は唾を飲み込み、栞の文面の末尾を指さした。

「この栞の『ナルシスト』って、水仙《すいせん》のことだろ？」

星座にはなってはいないけれど。ギリシャ神話には、『ナルシスト』の語源となる、有名な話がある。

復讐の女神・ネメシスにかけられた呪いで、水面に映った自分の姿に寝食も忘れて恋焦がれた結果、やせ衰え消え果てる運命を辿った美少年のナルシッソス。彼が居た場所には、彼と入れ替わりに水仙の花が咲いていたと言い——そして。

「水仙の花には、毒がある」

毒の種類にも、色々あるけれど。

この目の前の勇敢なオリオンを刺したのは、サソリではなく、水仙の毒だった。

「……」

由利はまだ口を開かない。俺はそのまま、静かに続けた。

「しかも花が咲いていない状態の水仙はニラと見た目がそっくりで、野山でニラと間違えて採って、誤って食べてしまった人間の食中毒事件も頻繁《ひんぱん》に起こってる。……そんな毒性を持った植物が、よりによって調理部が管理していた花壇に咲いていた——しかも、その植物は勝手に咲きようのない花で、誰かが人為的に植えなければ花壇の中にあるはずのない植物だ。……管理していた調理部の部長は、間違いなく責任に問われるし疑われるかもしれない」

そんなものが植えてあったことに気が付かなかった時点で、管理責任を問われるかもしれない、ということだ。……いや、もっと悪い状況だって想定できる。

もしかしてその花壇の管理者だった生徒が、何らかの意図をもって毒物を育てていたのでは——などと、いわれのない陰口や悪評を立てられる可能性だってあるのだ。そうなればその噂を鵜呑《うの》みにした生徒や教師から、不当な扱いを受けることだってあり得る。

野次馬や傍観者にとって、大事なのは真実ではない。彼らにとって『面白い』ストーリーを夢想し、さもそれが真実であるかのように吹聴《ふいちょう》する——そんな人間は、どこにだっているものなのだから。

だから、由利は自ら汚れ役を買って出たのだ。誰にも、何も言わずに。

「お前が花壇をぐちゃぐちゃに荒らしたのは、調理部の部長だった『塩谷《しおたに》さん』を助けるため。目立つお前が花壇を跡形もなく荒らせば、問題の水仙が植わってたことも、その痕跡もすべて消せる。しかも、水仙がもう生えてくる心配もない。誰もがお前を悪者にして、塩谷さんは『大事にしていた花壇を荒らされた気の毒な調理部長』ということでカタがつく」

だから、『見つけたから捨てた』。食べればその人に害を及ぼす、毒を持った植物を。

「……なあ、由利。どうしてその塩谷さんに、なにも言わなかったんだ？」

桐山たちの中学の同級生であり調理部長だった月島の友達、塩谷実里《みさと》。その名前は昨日、月島から教えてもらった。芹沢は彼女と同じクラスになったことはないが、月島はクラスが二回同じになったことがあり、今に至るまで彼女とは随分仲が良いらしい。

――月島。ひょっとしてその荒らされた花壇って、調理部とかが管理してる花壇だったんじゃないか？　そこで育てた植物を調理に使ったりとか。

昨日俺がそう聞いた時の、月島の驚いた顔を思い出す。

「……俺が花壇を荒らしたのは事実だし。どう言い訳したって、その事実は変わんねえだろ。もう少し上手いやり方があったかもしれなかったのに、出来なかった俺の責任だ」

「でも」

「でもじゃねえんだ、碓氷」

眉を顰めた由利の口調は、俺の知る由利のそれよりもだいぶぶっきらぼうだった。

「終わったことは終わったことだし、俺たちの縁はもう切れてるし。今回のは、俺がすっきりしたかっただけだから。……ありがとな碓氷、おかげで気が晴れた」

きっぱり言い切られ、俺は継ぐべき言葉を失って口をつぐむ。

いいのか、由利。お前はそれで。

「しっかし、あんな事前情報ゼロのままぶん投げたのに、こんなすぐに全部解かれるなんてさ。すげえな、ホントにお前」

「……え」

言葉に詰まる俺を、由利がいたずらっぽい笑顔で見る。

「俺さ、てっきりもっと色々聞かれると思ったんだぜ。なのに、あまりに聞かれなすぎたからびっくりした」

「……そりゃ、話したくないことだってあるだろ」俺はのろのろと答える。「それをわざわざ聞き出す気はない」

「うん、お前ってそういう奴だよな」由利が笑いながら大きく頷く。「知ってた。だから、お前には分かってほしかったんだろうな、俺」

「あ?」

「いや、なんでもねえ」

軽く肩をすくめ、「それにしても」と由利は首を傾げる。

「よく、俺が荒らしたのが調理部の花壇だって分かったな」

「ああ、それはちょっと逆算もあった」

「逆算?」

不思議そうな顔をする由利に、俺は浅く頷く。

栞の文面と同時に引っかかっていた、『なぜこの文面を、栞のトリックを使って書こうとしたのか』という問題。そこから考えていった時、相手は学校の冷凍庫——たとえば家庭科室の冷蔵・冷凍庫が使える立場の人間なのでは、という可能性に至ったのだ。

いくらやり取りしづらい内容を伝えたいからと言って、相手にそれを読み解ける環境がなければ意味がない。そうやってこの栞のトリックを使って秘密のメッセージを読むことができるはずと考えて、相手に読んでもらうためにこの栞を作ったのでは——直接見える文字の手紙で書くと、調理部の畑に食中毒を引き起こす植物が植わっていたことが分かってしまうので、こうした分かりにくい伝え方を取ったのではと、俺は考えたのだ。

「ただ、一つ分かんなかったのが、何で由利の手元に今それがあるのかだな」

「ああ。そりゃお前、結局渡さなかったからだよ」

由利は静かに笑った。まるで何かを悟ったかのような、優しい笑みで。

「色々臆病《おくびょう》だったんだよな、俺。まあ今もなんだけど」

そうして手元の栞を、由利はくるりと回して見せる。

「俺のせいで色々迷惑かけたのに、未練がましく『あれには実はこういう意味が』なんて言ったってさ、ただの迷惑にしかなんないだろ？」

「いや、別に迷惑なんてお前がかけるはずが」

「かけてたんだよ、迷惑。思いっきり」

由利の目が、栞を眺めながら細められる。

「あの花壇に水仙が植えられたの、俺のせいみたいなもんなんだ。……俺、あの頃自分で言うのもあれだけど結構荒れててさ、まあ恨みとか買いまくってたわけ。各方面から」

「今の好青年の俺は、高校デビューってやつ」と由利ははにかんだ。

「でも俺割と強いから、喧嘩《けんか》吹っ掛けられても返り討ちにしてたんだよね。そしたら奴ら、別方面から攻めてきやがった。……俺が好きだった女子が世話をしてた花壇に、よりによって食べたら駄目な、毒のある植物植えたんだよ」

毒のある植物——水仙。同級生が世話をしている、しかも調理部が育てて食べる植物を栽培している花壇に、勝手に毒性のある植物を植える。それも毒があると分かったうえで。

「花壇の管理してた女子さ、正義感も責任感も強い奴だったから。打撃になると思ったんだろうさ。水仙植えた奴は」

由利が、乾いた笑みを浮かべる。こいつのこんな表情を見るのは初めてだ、なんてことを思いながら、俺の脳裏に昔の記憶がふとよぎった。

――嫌な、思い出だ。

中学の時の話だ。朝に突然、緊急の全校集会が開かれた時のこと。

急遽、前触れもなく集められざわつく生徒たちを前に、壇上に上がった当時の校長は怒り心頭という面持ちだった。

『今朝、近くの踏切の線路に置き石をした複数人の生徒が居たという通報があった』――校長が切り出したのは、そんな話だった。『当校にそんなことをする生徒が居るとは』『今回は通報者が石をどけてくれたからよかったものの、一歩間違えば重大な事故に発展した恐れが』などと重々しく続け、集会そのものは数分で終わった。

『生徒たちの背格好も通報されていますので、せめて該当者《がいとうしゃ》は自分から名乗り出てくること』。そう締めくくって終わった集会に、俺は『そうか、学校側は石を置いた生徒を特定できていないのだな』と俯きながら思った。もし特定できているのなら該当者を真っ先に呼び出し、話をつけた後で全校に注意喚起なりするだろう。でなければ、わざわざ全校集めて名乗り出てくるように、とプレッシャーをかけつつ呼びかける意味がない――確か、そんなことを考えたと思う。今思うと、随分呑気なことだ。

その日の昼休み、ぼんやり歩いていた廊下の片隅で、俺は聞いてしまったのだ。

『別にわざわざ全校集会なんて開いて怒らんでもさぁ。大したことじゃなくね？　あんな小さい石、どうにもなんねえって』

知らない男子生徒たちだった。一年生の廊下でたむろして話しているのだから同学年かとは思ったが、俺は当時から顔が広いタイプではない。その四人の男子生徒のうち、誰一人として知人は居なかった。

『あの開かずの踏切が開かなすぎるのが悪いっしょ』

『十五分も開かないのは流石にやりすぎ。鉄道会社、もうちょい頑張れーってな』

『これで話題になって見直してくれればいいのにな』

どうやら話をこっそり聞くに、朝、学校近くの踏切がなかなか開かないのに業を煮やし、嫌がらせのつもりで置き石をしたとのことだった。開かずの踏切の存在は確かに生徒間でも話題になっていて（ちょうど登校時間と被る通勤ラッシュ時、電車があまりにひっきりなしに行き交うためなかなか踏切が開かないのだ）無理に踏切を渡ろうとする生徒がちょくちょく出ては厳重注意を食らっている、なんて話は聞いたことがあるけれど。

——だけど、そんな理由で線路に石が置けるものなのか。

『石一個で騒ぎすぎ』と悪びれることもなく無邪気に笑い合う男子生徒たちのあの声のさざなみは、俺の耳にこびりつきなかなか離れなかった。

　そうだ、思い出した。俺はあの時、あの生徒たちを心底不気味に思ったのだ。

　そして今、俺はその時と同じような感覚で、由利を嵌《は》めようとした奴らのエピソードを聞いている。

「おい碓氷、どーした？　顔色悪いぞ」

「もしかして俺に引いた？」と窺うような目線でこちらを覗き込む由利に、俺は「お前には引いてないよ」と乾いた笑いで答えた。

　そう。お前には引いてないんだよ、由利。

　俺はあの時、きっと今回の水仙の事件と同じようなノリで自覚もなく、やばいことをやらかした奴らに引くのと同じように——自分に引いたんだ。

　誰がやったのかを分かっていながら、誰にもそのことを言えなかった自分に。

「……由利、やっぱりお前はすごいよ。いい奴だ」

「なんだよ急に、何か悪いものでも食ったか？　どした？」

　眉を顰めた由利が、「甘いもんでも食って落ち着け」とこちらに薄い板を放って寄越す。

　板チョコだった。

「半分やるよ」

「……いや、多くね？」

「お前が元気ないからでしょーが」

　まったくとぶつくさ言いながら、由利が俺の手の平から板チョコを取り返して真っ二つに割ろうとする。どうやら本気でチョコを分けてくれようとしているらしい。

「ほれ。やる」

「いや、悪いからいいって」

「んじゃ、俺の自分語り聞いてくれた礼ってことにしとけ」

板チョコが銀紙ごと、パキンと二つに割れる音がした。

「誰か一人にでもさ、分かってほしかったんだよね。俺がやったことの意味。まあ自己満って言われちゃそれまでだけどさ」

「だからありがとな」と言いながら割った片割れの板チョコを俺に押し付けて、由利は残った方の板チョコの銀紙を剥く。そのサイズは明らかに、俺の取り分の方がデカかった。

「……不器用な奴だな」

ぼそりと呟いた言葉は、しっかり由利の耳に届いていたらしい。

「割り箸の割り方、毎回失敗してる奴に言われたくねえな」

そう言って、由利はからからと快活に笑った。


結局。由利秋人は、マスコット作りのグループに入った。他のバスケ部がみんな例年の伝統通り援団に加入する中、一人だけ違う選択肢を取ったのだ。

「なるほど？　それでマスコット作りで彼と桐山くんと盛り上がりすぎて、今日はバイトのシフト時間が遅くなったのね」

「桐山が勝手に怜さんに連絡して、俺のシフトも遅らせたんだよ」俺はちらりと星空喫茶の時計を見る。時刻は十八時半、確かにいつもより遅い。「あと、確かに桐山と由利は盛り上がってたけど、俺は除外してくれないか……なんか嫌だ」

俺が小声で反論すると、「それもそうね、ごめんなさい」と、俺の目の前のカウンターに座った月島が、素直に謝った。彼女の手元には今日も怜さんお手製のドリンクとケーキ。バクバク飲み食いしながら俺と会話もしているのだから、月島もなかなか器用な奴だ。

「私も桐山くんと同じにされるのは嫌だわ、確かに」

桐山、キッチンで皿洗い真っ最中でよかったな。お前の従姉妹さんは相変わらず辛辣だよ。

「ま、桐山はとにかく由利は意外と硬派だったな。ペアダンの誘い、全部断ったらしいぞ」

『俺、好きな奴が他校に居っからさぁ。別に他意がなくっても、他の子とはペアダン組めねえや。ごめんな？』との由利の断り文句ウィズ爽やかな笑みに、逆に女子男子問わず好感度が上がっているという話をすると、月島はこれでもかというくらいに顔をしかめた。

「そういうの、本人に直接言いなさいよねあの人」

由利から、例の白い栞にまつわる事の顛末《てんまつ》を聞いた後。俺は由利を散々説得した後に許可を得て、『星空探偵』の面々に、由利の行動の意図と真実を伝えた。

初めて知った事実に月島は衝撃を受けていたものの、しばらくしてから項垂れながらこう言っていた。

『事情を知りもしないまま、由利くんが酷いことする人だって思ってた。私も色眼鏡で見ちゃいけなかったわね、ごめんなさい』

……そう、言っていたのだけれど。

「『俺、一途だから』つってたぞ。同じ学校の月島から、塩谷さん本人にそれとなく伝えてくれると嬉しいって」

「尚更却下よ、自分で直接言えないヘタレに私の友達は渡せないわって言っといて」

俺が散々「今からでも遅くないから本人にちゃんと話した方がいい」と説得したのが功を奏したのか、由利は塩谷さんとの関係修復の試みに前向きになったのだが。それはそれとして誤解が解けた今でも月島からの評価は辛い。頑張れ由利。

「じゃあ直接言うように言っておく……けど、あいつなかなかできなそうだな。不器用だから」

「だから、そこがヘタレなのよ」

小声でそんなやりとりをしていると、星空喫茶のドアがカランと開いた。

「いらっしゃいませ」

俺がドアへと声をかけて一歩踏み出すと、隣でグラスを拭いていた玲央さんが俺を制した。

「あ、僕出てくるよ。今日まだお客さん少なくて暇だし」

「えっ、あの」

にっこりと綺麗なウインクを俺にだけ見えるような角度でかまし、玲央さんはその長いコンパスですたすたと入り口の方へ歩いていく。俺が止める間も全然ない。彼に「一名様ですか？」と流れるように声をかけられたお客様は黒髪の切りっぱなしボブに眼鏡をかけ、黒いキャップを被った女性で、彼女はそのまま窓際かつドアの近くのソファー席へ、外の様子がよく見える方に向かって座った。

「すみません玲央さん、ありがとうございます」

「なんのなんの。オーダーも取ってきたから、あとやっとくねえ」

戻ってきて早々俺の肩をポンと叩き、またウインクをかまして玲央さんがキッチンへ消えていく。さっきからウインクだらけだが、なんの意味があるのだろう。

「あー……そうだ、そういえば」

少し落ちた沈黙をかき消すように、俺はズボンのポケットから紙を取り出す。いつかタイミングを見て話そうと思っていた話題の出番だ。

「これなんだけどさ」

「……？　なに、これ？」

俺が出した紙を見て、月島が首を捻る。紙の上には、こんな文字列が躍っていた。

『冬牡牛《おうし》　冬獅子《しし》　夏蟹　春蠍《さそり》　秋牡牛　冬乙女《おとめ》　夏蟹　秋射手《いて》　春天秤《てんびん》　冬乙女　夏天秤
秋水瓶《みずがめ》　春水瓶　夏双子《ふたご》　――by冬牡牛　春射手　秋獅子　秋乙女』

「何かの暗号かしら」

「ま、暗号っちゃ暗号だな」俺は浅く頷く。「由利から聞いた話だと、あの事件の後に四人の男子が由利んとこに自首してきたんだと。そいつら全員の下駄箱にこの手紙が、由利に謝りに行くまで毎日届いてたらしい」

「……へえ」月島の目が、すうと細められる。「その四人は、この暗号解けたってこと？」

「いや、桐山に依頼したらしい。あいつ、中学でも色々首突っ込んでたんだって？」

「ああ……なるほどそうね」

小さな声で呟き、月島が遠い目をして頷く。

「でも、ムカつくけど全然分からないわ。桐山くんはこれ解けたのね」

「まあ、解けたのも当たり前なんだけどな」

「どういう意味？」

心底訳がわからない、という顔をする月島と俺の間に腕が伸びてきて、紙を取り上げる。俺たちが揃って見上げると、器用に左手でズボンのポケットにスマホをしまいつつ、もう片方の手で持った紙をしばらく見ていた見た玲央さんが「なるほどね」と小さく呟いた。

「えっ、もう解けたんですか……？」

俺、分かるのに数時間かかったんだが。少しショックを覚えつつ問うと、玲央さんは「暗号系はパターンみたいなものがあるからね」と微笑んだ。

「……え、そんな……私、全然分からないわ……」

「分かっちゃえば簡単なんだ」玲央さんが紙に指を置き、戸惑う月島に向けて最初の一単語を指で示す。「例えばこれ。この単語、どんな単語で構成されてる？」

「ええと……季節と、星座？」

「んん、ちょっとだけ惜しいかな」

そんな月島と玲央さんの会話をぼんやりと横で聞きながら、俺は内心首を傾げる。さっき玲央さんが席に案内したばかりの客がこちらへちらちらと視線を向けてくるのだが、何かあったのだろうか。注文は手元のタブレット端末で出来るから、問題ないはず――と思ったのも束の間、客は無事タブレットを操作し始めた。良かった良かった。

「碓氷くんはこの暗号、解けたんだよね？　どう解いた？」

そうこうしているうちに玲央さんから話を振られ、俺は浅く頷く。

「春夏秋冬の四季と、黄道《こうどう》十二星座……ですよね？」

「正解」

パチンと指で良い音を鳴らす玲央さんに、今度は月島が「あ」と声を上げた。

「四季の数は四、黄道十二星座の数は十二。二つを組み合わせると全部で四十八――もしかして、『いろは四十八文字』……？」

「その通り！　流石、話が早い。てことで、ちょっと表書いてみるね」

玲央さんがポケットからペンを取り出し、紙ナプキンに次のように表を書きつけた。

		季節			
		冬	秋	夏	春
星座（黄道十二星座）	牡羊	さ	ゐ	わ	い
	牡牛	き	の	か	ろ
	双子	ゆ	お	よ	は
	蟹	め	く	た	に
	獅子	み	や	れ	ほ
	乙女	し	ま	そ	へ
	天秤	ゑ	け	つ	と
	蠍	ひ	ふ	ね	ち
	射手	も	こ	な	り
	山羊	せ	え	ら	ぬ
	水瓶	す	て	む	る
	魚	ん	あ	う	を

「なるほど、これで星座と四季がそれぞれ交わるところで……」

文字を一文字ずつ指で追い、月島が表と照らし合わせながら暗号を読み進める。最後まで無言で文字を読み切ると、月島はその整った顔に苦い笑みを浮かべた。

「……なるほどね？　これ、生徒会長本人に目の前で読み上げられちゃあ怖いわね……」

「やられたよ、ほんとにな。大した演技力だよあいつ」

俺は言葉少なに乾いた笑みを浮かべる。道理で、この前の由利と俺とのサシでの会話に、あいつは加わろうとしなかったのだ。ボロが出るとでも思ったのだろう。

そう、なんのことはない。

『きみたちのしたことしってるよ　ｂｙきりやま』

あいつは最初から、全部知っていたということになるだけで——

「玲央さん、どうしたの」

背後から突然、当の桐山の声がして、俺は反射的に手に持っていた暗号の紙を引っ込める。

別に隠す必要もないのだけれど、なんだか奴の内面の一部を暴いてしまったようで、どことなくばつが悪かったのだ。

「ああ、涼くん。中に居たままでよかったのに……ちょっと、いいかな」

そしてそんな俺をよそに、玲央さんはなにやら桐山を奥へ引っ張っていってしまった。

「なんだ？」

「また桐山くんが、何かやらかしたんじゃない？」

「月島、また言われるぞ。『僕が何かやらかしたの前提で話すのやめない？』って」

「だってあの人、ほんとにトラブルメーカーなのよ。碓氷くんも薄々感じてるでしょ」

「……まあ、あいつ色んなことに首突っ込むからなあ……」

——後から言っても仕方がないけれど、あの時もっと桐山に事情を聞いておくべきだったとつくづく俺は思う。

そうしたら、全てがもっとスムーズだったかもしれない。

少なくとも、こんな遠回りはしなかったと思う。

だけど仕方ない、分岐点《ぶんきてん》ってそういうものだ。その点にいる時にはその分岐に気づかなくて、後から「あそこが分岐点だったんだ」と気づくもの。

由利の栞事件から数日後のある日の朝のこと。俺の下駄箱に、とある一通の手紙が入っていた時点では、俺はそのことに気づいていなかった。

「……なんだ、これ？」

『冬牡牛　春射手　秋獅子　秋乙女　春射手　夏双子　夏魚　春双子　春牡牛　秋蟹　秋水瓶　夏射手　冬乙女』

後悔は、『後から悔いる』から、後悔なのだ。

第四章・ゼウスの変身

選択肢が多ければ多いほど、人は不幸になりやすいものだ——そんなことを昔、聞いたことがある。

いや、聞いたことがあるというか、どこかで読んだというのが正しいかもしれない。もはやどこで行き当たったのかも分からないけれど、そのフレーズはやたらと俺の脳裏にこびりついて離れなかった。……のだが。

「いやー、迷うなあ。選択肢が沢山あるって最高だよね」

色とりどりのケーキが鎮座しているショーケースと、焼き菓子がぎっしり並べられた棚を見回す桐山。それを見ていると、こいつだけは例のフレーズの対象外なのではないかと思えてくる。数多くの選択肢に囲まれて幸せ極まりない、といった表情だ。

「碓氷くんは、どれ食べたい？」

高校近くの小さいけれど洒落た洋菓子店、シュクル・リエール。その明るい店内で、これまた爽やかな明るい笑顔を振りまきながら、桐山がこちらを振り返る。俺が返しに迷っていると、「あら、君たちは先月の」と店の奥から声がかかった。

「また来てくれてありがとう。ゆっくり見ていってね」

ケーキのショーケースの裏側で、先月初めて俺たちが来店した時に対応してくれた、ローポニーの髪型の女性店員が微笑む。今日も今日とて彼女の茶髪は綺麗で隙がない。なんだか隙だらけの俺のボサボサ髪が恥ずかしくなりつつ、俺は「ありがとうございます」と気まずいながらに礼を返す。この店に来るのは先月のあの包装紙事件以来なのだが、どうやらよっぽど印象に残っているらしく、俺たちは店員に覚えられてしまっているようだ。

因みに先に断っておくけれど、今は平日火曜日の真昼間、絶賛昼休み中である。決して授業をサボっている訳ではない（仮にも生徒が学校にいる間に学校の敷地内から出ていいのかという指摘もありそうだが、その辺うちの高校は緩いのだ）。

まあ、それはそれとして。

「ていうか、今日も本当に行くのか？　怜さんとこ」

「うん。叔父さんもいいって言ってくれてるし、手土産も本当に要らないって言ってるのに、碓氷くんってほんと頑固だよね」

「いや……ただでさえ、マスコット作業って六時とかまでなのに、その後行ったんじゃ流石に迷惑すぎるだろ。行くならせめて手土産をだな」

「あーはいはい、分かった分かった、もうほんとに頑固」

桐山がやれやれといった表情で頭を振る。そう、俺たちは「手土産なんて買わなくていい、買ったとしてもコンビニでよし」と言い張る桐山と、「怜さんの喫茶店に行くなら今度こそちゃんとした手土産を」と主張する俺との間で先ほども攻防戦を繰り広げたばかりだった。

そもそも、バイトのある月・水・金曜日はそのままアルバイト業務にシフトするからまだいいとして（とはいえ開店前の喫茶店の店内に毎回居座っていていいのかという疑問はあるが）、なんだかんだで俺がバイトシフトに入っていない火曜・木曜にも桐山の音頭のもと、俺たちは集合している。たまにヘルプとして俺が喫茶店のホールを急遽《きゅうきょ》手伝うこともあるけれど、シフトがない日は基本的に、喫茶店の開店時間近くになると俺たちは店のキッチンの更に奥にある従業員の休憩部屋へと移動する。そして大体、各自帰りたい時間に適当に帰るという流れ。

ちなみに毎回、桐山以外の三人は同じタイミング（十九時頃であることが多い）で帰り、桐山はいつも最後まで残っている。奴曰く、「家の夜ご飯より叔父さんのご飯の方が美味しいんだよね」とのことだ。どうやら夕飯までそこで食べているらしい。

とどのつまり、怜さんは喫茶店を営む傍ら俺たちの居場所まで提供してくれているというわけだ。普通、これが怜さんにとって迷惑でなくて何になろう。

「迷惑だったら言ってね。流石に振り回し過ぎて申し訳ないと思ってるし」

桐山の台詞に、俺は思わず無言で目を見張る。こいつ、振り回してる自覚あったのか。

「わお、凄い表情するね」

「いや……」俺はすんと真顔に戻る。「特に予定もないから、俺としても助かる。家に早く帰りすぎても親がうるさいしな。早く帰りすぎると、学校で俺が上手くやれてないんじゃないかって根掘り葉掘り聞かれるから面倒で」

「そっか」桐山はただ一言そう言って神妙に頷き、「それにさ」と続ける。

「あの二人、いつも駅まで送ってくれてるんだって？　二人から聞いた」

紳士だねえと微笑まれ、俺は「そういうんじゃないけど」と頬をかいた。

「俺がシフトに入ってない時だけな。玲央さんの代わりなだけだし……」

ここで言う二人というのは、月島と芹沢のことだ。東和高校の周りは街灯の多い住宅街で、十八時ごろから二十時ごろにかけては特に帰宅ラッシュも相まって通行人は多いが、夜は夜に変わりない。念のため、俺と玲央さんがそれぞれシフトがない時には彼女たちを駅まで送って行っているのである。

「うん、だからありがとね」

桐山から礼を述べられたが、先ほどから会話が噛み合っている気がしない。文脈がめちゃくちゃだ。

「……お前、なんか悪いモノでも食べたのか？」

「え？」

きょとんとした顔で首を傾げる桐山に、俺は「いや、なんでもない」と肩を竦めた。

「それよか、ずっとここに居たら迷惑だな。早く選ぶか」

「そうだね。どれにしよっか」

俺たちは二人揃って、ずらりと並ぶ洋菓子に再度向き直る。

「みんなで食べるならやっぱり焼き菓子かな」

「そうだな。今日って何人来るんだっけ」

先日「やっぱり部活は入らないことにした」と言っていた芹沢だが、放課後に怜さんの喫茶店に来るか否かは日によってまちまちなのだ。来ない時の理由までは知らないが、体育会系の部活の見学に引っ張られているのを廊下で見たこともあるし、忙しいのかもしれない。

それに、芹沢はどうやら友人が多いらしい。廊下ですれ違うたびいつも多くの女子生徒に囲まれながら談笑していて、ほぼ常に桐山と二人で（たまに由利もプラスされることはあるが）行動している俺とは大違いである。あの様子だと勿論他のコミュニティの友人もいるだろうし、遊びに行ったりもするだろう。

そう思って「芹沢とかは来られるのか」と疑問文を付け足した俺に、桐山は「あー……」と頬をかいた。今度は分かりやすく目が泳いでいる。

「どうした」

「いやー、うん、それがさ」

妙に歯切れが悪い。俺が黙ったままその続きの言葉を待っていると、少しの間を置いてから桐山が「ま、碓氷くんになら言ってもいいか。誰にも言わないでね」と肩を竦めた。

「芹沢さん、彼氏が出来たらしくて。放課後は彼氏と一緒に帰るから、当分来られないって」

桐山が突然芹沢を苗字呼びしながら、ちらりと俺の斜め後ろに視線を遣る。その視線の先を俺が横目で振り返ると、同じ学校の制服を着た女子生徒二人が、先ほど俺たちに声を掛けてきた店員に焼き菓子を注文しているところだった。女子生徒の片方には俺もぼんやりと見覚えがある。多分、隣のクラスの生徒だ。よくうちのクラスに遊びに来ているのを見かける（交流関係の狭い俺も、流石によく教室に来る生徒の顔は覚えるというものだ）。

「なるほど」俺は二重の意味でそう言った。「そりゃ、そうなるな」

彼氏が出来たのなら、そりゃあ一緒に帰ったりもするだろうし、放課後どこかへ行ったりもするだろう。俺たちと、考えなくてもいい『謎』とやらを持ち寄ってああだこうだと時間を潰している場合ではない。

そして桐山が芹沢をいつものように名前で呼ぶのではなく突然苗字呼びしたのは、恐らく今俺たちのすぐ近くに居る、同学年らしい女子生徒の存在を意識しているからだろう。ただでさえ学内女子の注目の的になる桐山が女子を名前呼び捨てで呼んでいた、しかもそれが彼氏持ちの女子——などと噂されるような、無用なトラブルの種は回避すべきである。

それに何よりと、俺は先日、自分の下駄箱の中に入っていた差出人不明の手紙を思い出す。

『冬牡牛　春射手　秋獅子　秋乙女　春射手　夏双子　夏魚　春双子　春牡牛　秋蟹　秋水瓶　夏射手　冬乙女』

——『きりやまりょうは　ろくでなし』。

一体誰が書いて俺の下駄箱に突っ込んだのかは知らないが、面倒な事態の匂いがするのは間違いない。あまり芹沢を巻き込まない方がいいだろう。とすると、芹沢に彼氏ができたのは時期的にちょうど良かったのかもしれない。ちょうど良かった、と言うのも変だが。

「てこと前提で焼菓子選んでね。あ、千晶の分のチョイスは任せたから」

「え、俺?」

「うん。ただの気に入らない従兄弟に選ばれるお菓子より、君が選んだお菓子の方が、千晶に喜ばれると思うんだよね」

気に入らない従兄弟って……。

「気に入らないって、んなこた」

「いや、フォローするのは苦しいよ碓氷くん。いつも見てるでしょあの塩対応……というか、塩通り越して氷対応」

苦笑いしながら、桐山が肩をすくめる。

「なんかこう、根本部分で馬が合わないんだろうね。親族ってのは大変だよ、相手をお互い選べないのに、馬が合わなくてもやってかなきゃならないから」

「……まあ、馬が合わないどうこうは努力じゃどうしようもないもんな。一般的に」

コメントに困り、俺はそう一般化してまとめる。いつもであれば「主語がデカい」と突っ込むのは俺の役目なのでそう言われるかと思ったが、桐山は「話が早い。そういうことさ」と満足げに頷いただけで、菓子選びを悠々と再開した。

楽しそうに菓子を選ぶ桐山に俺はそれ以上追及できず、黙ってその隣で焼き菓子に向き直る。先にさっさと会計を終えたらしい先ほどの女子生徒二名が俺たちの後ろを通り過ぎ、透明なドアを開けて外へと出て行った。それをぼんやりと意味もなく見送りながら、俺は今、桐山に向けて発せなかった問いを、頭の中でだけ繰り返す。

――だけどさ、桐山。それならお前、なんで平日毎日、月島と放課後一緒に居るんだ？

確かに親族は、どんなに馬が合わなくても親族であることには変わりないし、どうしようもないけれど。だが、従姉妹とはいえ別に行動を共にする必要はない。関わりたくなければ、自分から距離を置けばいい話だ。しかも一方的に月島が押し掛けてきていて桐山が迷惑している、とかではない。そもそも放課後に集まる音頭を取っていたのは桐山本人だ。

矛盾している。どうしようもなく。

「碓氷くん、決まった？」

「……ああ」桐山からの呼びかけで俺は思考の波からはっと浮上し、ゆっくりと瞬きをしつつ頷く。「これ二つで」

「レモンフィナンシェか。いいね」桐山が頷く。「はい、じゃあこの籠に入れて。あとはこれとこれと、あ、このマドレーヌも美味しいんだよね」

「ん。選び終わったならさっさと買って帰るぞ」

「ああ、全部しれっと払おうとしないで！　僕も払うってば」

攻防戦を繰り返す俺たちは、店員のお姉さんににこにこと見守られる。この日は、そんな平和な昼下がりだった。

入学時独特のそわそわと落ち着かないような、新入生の間に流れる雰囲気も、今や学校全体に流れるイベント前の高揚感に完全に包まれていた。それは放課後も続いていて——というより、放課後になるとより強くなる。授業が終わると、運動会に向けた準備が始まるからだ。というわけで、今日もプール下ピロティは多くの生徒でにぎわっていた。

「俺、ずっと気になりつつ誰にも聞けんかったんだけどさ」神妙な顔で声を潜めつつ、由利が新聞をくしゃりと丸める。「ここがプール下ってのは分かるわけ、上の階がプールだから。んで、ピロティってなに？」

「二階を柱だけで支えた、吹き抜けの場所のことだよ」手元の新聞紙の束から新聞のページを引き抜き、桐山も由利同様にそれを丸めにかかる。「フランス語で、『杭』の意味が語源」

「前から思ってたけど桐山くん、フランス語詳しいよね」なるほどと頷きながら勢いよく新聞を破ろうとしたものの、大きく破りすぎた芹沢が顔をしかめる。「やば、破りすぎた」

「不器用か」

「やー、失敗」

由利のツッコミに肩をすくめ、芹沢が呑気に「ま、大丈夫大丈夫。たぶん」と言いながら大雑把に新聞を丸める。その塊は明らかに、俺たちが他に作ったものよりも大きい。

一体何を、俺たちはしているのかと不思議に思った人も多いだろう。単純に言うと、俺たちはプール下ピロティの片隅にしゃがみ込む形で陣取り、ジャージ姿でせっせと新聞を破ってはこぶし大くらいの大きさにできるだけ平たく丸めていた。その目的は運動会当日に校庭にそびえたつ、四つの巨大なハリボテ――つまり『マスコット』を作るためである。

ちなみに運動会では、A・B組は『赤団』、C・D組は『青団』、E・F組は『黄団』、G・H組は『緑団』といったように、学年縦割りに四つの団が形成される。その団ごとに運動会では競い合うのだが、運動だけではなくこのマスコット作りも団対抗なのだ。

というわけでこの運動会前、ここプール下ピロティには各団の人間がそれぞれ陣取り、おのおの自分たちの団のマスコットづくりにいそしんでいた。俺と桐山と由利はG組、芹沢はH組だから、団は同じ。そんなこんなで俺たちは作業の声と金槌《かなづち》の音と新聞を破る音で満たされているこの場所で、ひとところに固まって作業をしているのだ。

「しかしこれ、終わるんかな？　やばくねこのデカさ、俺の身長の二倍くらいあんだけど」

由利が目を細め、巨大なマスコットの骨組みを見上げながらぼやく。俺たちは「確かに」とめいめいに頷いた。

「あと三週間しかないのにな」と俺。

「これ、何作るんだっけ？」と芹沢。

「ネナシグサでしょ、スモモンの」と桐山。

スモモンというのは大人にも子供にも大人気のスモールモンスターというゲームの略で、ネナシグサというのはその中に出てくる小さいモンスターの一つだ。マスコットで形作られるのは、例年こういった有名キャラクターであることが多いらしい。

「え、あれ可愛いけどめちゃくちゃ難しいフォルムじゃねーか」眉を顰めたのは由利だ。

「ほんとに終わんのか?」と、奴はまた繰り返す。まあ、確かにその気持ちは分かる。作業は全然終わりが見えない……以前に、まだ骨組み段階をやっと脱したところだったからだ。

マスコットは上級生がデザインと構造を担当するのだが、その大本はどの団も同じだ。まずはしっかりとした竹板を火で炙《あぶ》って輪っか状に折り曲げ、ベースの張りぼてを形作る。その上に丸めた新聞紙をクッション材のように貼り付けて行き、最後にその上から貼った紙にペンキで色を塗って完成する。俺たちが今やっている作業は、上級生が組み立てた骨組みのベースの上に貼り付けていく、新聞紙を丸める作業。通称、『あんぱん作り』と言われている作業である(なぜ『あんぱん』なのかと問われれば答えは簡単、丸めた新聞紙は『あんぱんのような形に丸める』必要があるからだ)。

それもまだ一割くらいもできていない。つまり、まだ全然序盤なのだ。

「でもあれ? うちの団だけじゃなくて他の団も結構進んでねえな」由利が周りを見回し、こてんと首を傾げて続ける。「これ、みんな終わんないいんじゃね?」

「由利くん。終わるんじゃないよ、正しくは」

「うわ森本《もりもと》先輩、びっくりしたぁ。……って、俺の名前なんで知ってるんすか?」

心底驚いたという声と表情で、由利が即座に後ろを振り向き、立ち上がる。俺たちもつられて立ち上がると、「そんな気使わなくていいから」と森本先輩はくしゃりと笑った。

色白でひょろりと背が高く、静かなのにそこに居るだけで存在感がある、それが我らがマスコット団長の三年生、森本先輩だ。優男風の顔立ちで目元は涼しく、襟足まで伸びた茶髪を無造作に一つでくくった髪型をいつもしているこの人は、見た目も色んな情報がてんこ盛りだが、その属性も軽音部の部長兼新聞部の部長という、かなり色んな要素満載の先輩である。

「そりゃあ知ってるさ、君たち目立つしね」

森本先輩はのほほんとした調子で俺たちを手で示し、「由利くんに芹沢さん、それから桐山くんに碓氷くんだよね」と続ける。

「それに、由利くんに関してはバスケ部の大事な部員がそっちに取られたって君んとこの部長始め、三年に文句言われてるからね」

にこにこと続けた森本先輩の言葉に、由利が顔を強張らせる。

「も、文句……すんません」

「いーや、全然。もともと、『この部活に入ってるんだからこっちの団体に入るのが当たり前』的な風潮自体がナンセンスなんだから」森本先輩は軽やかに続ける。「ちなみに君の先輩、みんな君をよろしくって言ってたよ。君、先輩たちに愛されてんね」

「え？」

「あんなにバスケ部に一気に囲まれたの初めてだったなぁ……怖い怖い」

「え、何があったんすか……？」

恐る恐る問う由利に、森本先輩は含み笑いをして答えた。

『うちの大事な部員に、絶対怪我させんなよ』って念押しされた。失礼するよなぁ、どっちかって言うと怪我しやすいのってダンスのほうじゃない？　ずっと動いてるし」

マスコット作りも動くがな。

「うえ、なんかすんません……なにやってんだ先輩たち」

由利の耳が赤くなる。傍で聞いていた俺は、「よかったな」と由利を肘で小突いた。

「いい先輩たちだな」

「碓氷、あのな」由利ががっくりと項垂れる。「そんなスッゲーしみじみ言うなよ……恥ずかしくなるじゃん……」

「耳、赤くなってるぞ」

「分かってるっつの」

顔を上げた由利が、一つ咳払いをして「ところで、話元に戻したいんすけど」と急な話題転換を図る。

「『正しくは終わるんじゃない』って、どういうことっすか？」

「ああ、それね」

森本先輩が、手に持っていた丸めた新聞紙をマスコットの骨組みに貼り付ける。その『あんぱん』は、お手本のように綺麗な形をしていた。

「終わるんじゃなくて、『終わらせる』のが正解なんだよって意味」

「……なるほど？　ッス」

神妙な表情で頷く由利に、森本先輩が軽やかに笑う。

「そんな『何言ってんだこいつ』って顔しなくても。まあ大丈夫、毎年こんなもんだよ」

マスコットを振り仰ぎ、先輩はにっこりと笑って肩をすくめた。

「人生色々、意外となんとかなるから大丈夫、ってね」

「なるほど、確かに。それはそうかもしれないですね」

今度は桐山がもっともらしく微笑みながら頷くが、その口元とは裏腹に奴の目の様子を横目で見て、俺は内心「こいつ絶対納得してないな」と思った。

「でしょ？　ま、火事場の馬鹿力駆使《くし》してでも終わらせなきゃだけどね。援団側からもプレッシャーかかってるし」

とても圧力がかかっているとは思えないマイペースな調子で、森本先輩が頭の後ろで腕を組む。「プレッシャーって何ですか？」と聞く芹沢に、彼は俺と桐山を手で指し示した。

「一年生でもトップクラスの有名人をこんなに獲得してんだから、やることやんなきゃしばくぞって言われてんだよね。てことで、一緒に泥舟に付き合って。よろしく」

泥舟って言ったぞ、この人。顔を見合わせる俺たちの前で、「おーい森本、一年脅すな」と別の三年生から声がかかる。

「大丈夫、こいつ意外とやるときゃやるから」

「普段ちゃらんぽらんなフリしてちゃっかりしてるから怖いんだよなー」

口々に同級生から追撃され、森本先輩はぽりぽりと頬をかく。「褒めてんだか貶《けな》してんだか分かんないなぁ」などと本人は笑っているが、どうやら同級生からの言葉や態度を鑑みるに、かなり信用されているらしい。……でなきゃ、団長なんてやれないか。

「あの、先輩」

納得する俺の横で、桐山が不意に小さく手を挙げる。

「僕たちが有名って、どういう方向にですか？」

「お前、このタイミングで何聞いてんだ？」

俺は思わずそう突っ込む。こいつは笑顔で何を聞いてるんだ、別にそんなことはどうでもいいだろう——そう呆れる俺の前で、森本先輩は桐山にも負けぬ爽やかな笑みを浮かべた。

「そりゃあ、そのまんまだよ。世間的に有名って意味」

「なるほど。そんなに有名だなんて、光栄ですね」

にこりと笑い返す桐山の肩を、「そりゃーお前、その顔で校内派手に歩き回ってりゃ嫌でも有名になるだろうよ。選りにも選っていつも一緒にいるのが碓氷だしさ」と由利が叩く。

「そこにこの俺もたまに加わってるもんで、ついた通称が『一年イケメントリオ』ってわけ」

由利がドヤ顔で胸を張りながら宣《のたま》った言葉に、俺はしばしその意味が飲み込めずにフリーズする。何だそのネーミングは。

「……冗談だよな？」

数秒後、やっとのことで言葉を絞り出した俺の背中を、「んまあ、フツーに嘘だよね」とガハガハ笑いながら由利が叩く。

「お前注目されんの苦手だもんな。ダイジョーブ、そんなあだ名は付いてねえ。目立ってるのは事実だけど」

「まあ、実際本当に目立ってるしねえ」

芹沢までもが神妙な顔で、由利の言葉に深く頷く。俺は更に頭を抱えたくなった。

「こっちとしては、君たちが入ってくれたおかげでかなり人数増えたからね。正直、めちゃくちゃありがたい」森本先輩がにこにこと補足を入れる。「毎年、一年はほとんど援団行っちゃうから、特に運動部はほぼ全員ね。今年はすごいよ、ほぼフィフティフィフティだ。史上初の快挙かもね」

「は、はあ……どうも……？」

これはどう反応するのが正解なんだ。困惑する中、ポケットでスマホが振動するのを感じ、俺はこれ幸いとスマホを取り出した。ナイスタイミング。

〈今日、お店には来る？〉

スマホの画面には、月島からのメッセージが表示されていた。

俺たちの間で『店』といえば勿論、怜さんの喫茶店のことだ。俺は『今日も十八時くらいまで運動会前の作業あるけど、そのあといくつもり』と返信する。するとすぐに、『そう』とだけ返信が来た。話の展開が全く見えない。これは、何と返せば良いものか。『なにか用でも？』では何となくつっけんどんだし。

〈ちょっと、話したいことがあって〉

　俺がうだうだと悩んでいる間に、月島からの追いメッセージが画面に表示される。思わずほっとしたのも束の間、今度はそのメッセージの内容に俺は固まった。

　話したいことって、なんだ？　それも改まって。

〈喫茶店から帰る時、少しだけ時間貰ってもいいかしら〉

「どした碓氷、すっげー真顔」

　月島からの更なる追いメッセージにこれまた更に俺が硬直していると、由利が俺の顔を覗き込んできた。俺は反射的に、スマホの画面の電源を消す。

「めちゃめちゃ深刻そうな顔してたけど、大丈夫か？」

「ああ、いや、大丈夫」

　即座に首を振ってから、俺は思い直す。念のため、ここは確認しておくべきだろうか。未知の事態に備えて、色んなパターンを想定しておかねば。そろりと念のため周りを見回すと、桐山と芹沢は和気藹々《わきあいあい》と二人で話し込んでいた。由利は一人だ。ちょうどいいかもしれない。

「念のための確認なんだけど、中学時代、月島って付き合ってる奴いた？」

　俺が小さめの声で発した質問に、由利はしばし先ほどの俺のようにフリーズする。そして少しの間を置いて、奴はあんぐりと口を開け、言った。

「まさか……碓氷の口からそんな質問が出るとは……」

「あ、まあやっぱ別にいい」

面倒な事態になりそうな気配を感じた俺が話を打ち切ろうとすると、「待て待て待て、俺が悪かった」と由利は慌てたように手を振った。

「俺のこと見限んなよ？」

「？　なんでそんな話になるんだ」

何を気にしてるんだこいつはというトーンで俺が答えると、由利は頬を緩めた。

「悪いな、突然意外すぎる質問ぶち込まれたから思わず」

「……悪かったな」

前置きを省略しすぎたかと詫びる俺に、由利は首を振る。

「いや、もう知ってるもんだと思ってたからさ。……そうだよな、あいつら聞かれなきゃ言わんタイプだよな……」

「ん？」

ぶつぶつ呟く由利に俺が首を傾げると、由利は「あー、いやそのまあ」と頬をかいた。

「結論から言うと、いたよ。付き合ってる奴。ていうか今も現在進行形なんじゃね？」

「そうなのか」

俺は少しほっとする。ということは、今日の放課後は気まずい展開にはならなそうだ。良かった――そう思ったのも束の間、由利は爆弾を投下して来た。

「別れたとか続いてるって話もまあ聞いてねえけど、あの様子じゃしょっちゅう会ってるだろうし、てことは続いてんだろ。なんでお前も一緒なのかは分からんけど」

「……ん？」

何の話だと怪訝な顔をする俺に向けて、由利は「まじで知らんかったんか」と目を丸くしながら声を低める。

そして、言った。

「桐山だろ？　月島がずっと付き合ってるのって」


桐山涼という同級生のことを、実のところ俺はよく知らない。理由は簡単、あいつが自分のことについてほとんど話さないからだ。学校内の噂だとか逸話だとか変な謎の話は嬉々としてしてくるし俺を引っ張り回すくせに、自分のことは話さない、それが桐山だ。

そして俺はと言えば、個人に対してそいつの過去を詮索するような真似が苦手だった。誰にでも触れられたくない過去の一つや二つはあるものだ、それを掘り返す真似はしたくない。

言いたければ、言えばいい。言いたくないなら、言わなくていい。そのスタンスで今まで過ごして来たから、自分のことを話さない桐山の過去のことは何一つ知らなかった。

知っているのは、桐山に怜さんという叔父がいること、その叔父が昼職（何の仕事かは知らないが、いつもあの喫茶店にいるから在宅ワークか何かだろう）の後に喫茶店を営んでいること。月島千晶という従姉妹がいること。

そして、期せずして知ってしまったことだけれど。その月島が、桐山と付き合っているらしいということ。

確かに月島も、進んで自分のことを話すタイプではない。桐山と同様、俺は彼女の過去のこともよく知らない。

に、しても。

「俺が鈍感すぎたか……」

「ん？」

俺の呟きを拾ったのか、隣にいた芹沢が首を傾げる。

「いや、なんでもない。それより、話って何だ？」

マスコット作業の後、俺は芹沢から呼び止められた。何やら話があるという。そんなこんなで、俺は桐山と由利を先に教室へ行くよう促し、芹沢と廊下を歩いていたのだ。

「あー、えっと、いやその」

いつも明るくハキハキとしている芹沢の口調が、何だか妙に重い。せっつくこともあるまいと俺が静かにその続きを待っていると、芹沢は思い詰めたような表情で立ち止まった。

「本当はあんまり聞いちゃいけない話かもしれないんだけど、気になって仕方なくて」

「ん？」

話が全く見えてこない。首を傾げる俺に、芹沢は躊躇いがちに「あのさ」と続けた。

「その……怜さんの体調が悪くなって、いつもの喫茶店の営業がストップするからしばらく『星空探偵』の活動はお休みって桐山くんに言われたんだけど……怜さん、大丈夫なのかな？　体調」

思いがけない言葉に硬直する俺に、芹沢が言い募る。

「お見舞いとかは要らないからって桐山くんには言われたんだけど、この前まで元気そうだったから、私心配で」

本気で狼狽えている芹沢の横で、俺も同じくらい内心狼狽えていた。どういうことだ？

「それ桐山に聞いたのっていつだ？」

「今日の朝、メッセージが来てて……」

芹沢の言葉に、俺は瞬時に思考を巡らせる。ということは、間違いない。

桐山は、嘘を吐いている。俺にではなく、芹沢に。

喫茶店に持って行く手土産を探しに行こうと、俺は今日の昼、桐山を連れてあの洋菓子店に行った。もし本当に怜さんの体調が悪いのなら、そこで一言必ずあるだろう。しかも、俺たちが買った手土産には、桐山から言われて俺が選んだ月島の分の菓子も入っている。月島からも今日は喫茶店に来るかという質問が俺に来ているから、桐山も月島も喫茶店に行くつもりなのは確定だ。怜さんは、体調が悪くなんてない。

そして肝心なのは、なぜ桐山が芹沢に「怜さんの体調が悪い」などという嘘を吐いたのか、だ——俺は目の前の芹沢の心配そうな表情を見て瞬時に考えを巡らせる。

ここで、「怜さん、体調悪くないはずだけど」などといったら余計場が混乱するし、恐らく芹沢は嘘を吐かれたことに傷つくだろう。桐山の意図は知らないが、芹沢が傷つくのは避けたかった。

「そうか。実は俺も聞いたのさっきでさ。あんまり詳しくは聞けなかったんだけど、心配だよな……」

俺はゆっくりと、深刻なトーンでそう言葉を吐き出す。慣れないことをしている自分に違和感しかないけれど、今は必要なことだ、仕方がない。この貸しは高くつくからなと、俺は心の中で桐山を呪った。

「うん……今日の桐山くん、なんか無理矢理元気にしてるって感じでさ。怜さんのことずっと心配してるんじゃないかなって」

「桐山が？」

思い返す限り、そんな素振りは見当たらなかった気がするが。俺の言葉に、「あ、いや私の勘違いかも」と芹沢はあたふたと左右に手を振った。

「ごめんね、もう遅いのに引き留めちゃって。じゃ、また明日！」

ひらりと身を翻そうとする芹沢に、俺は「あのさ」と声で追う。

「芹沢って今、付き合ってる奴いるのか？」

「……へ？」

鳩《はと》が豆鉄砲を食らったような表情を返され、俺は内心慌てる。遠回しに聞くのもまだるっこしいし、本人に聞くのが一番確実だと思ったまでなのだが……先ほど月島について俺が聞いた時の由利の反応もそうだったけれど、この聞き方にはどうやら問題があるようだ。

「……碓氷くん」

いつの間にか数歩距離をこちらへ詰めてきた芹沢が、小さく首を傾げ、顎に手を遣りながらじっとこちらを見ていた。なにやら観察でもしているような表情で。

「な、なんだ……？」

「いや、まっすぐな目してるなって思って」

なんだ、まっすぐな目って。俺がぽかんとしていると、「他意はなさそうって意味だよ」との補足の追撃がきた。

「まいっか、碓氷くんにならｌ。――付き合ってる人はいないよ、好きな人はいるけどね」

「そうか。教えてくれてありがとな」

ならば、やはり桐山は俺に、嘘を吐いたのだ。何故だかはまだ分からないが。

「……あ、援団の方も練習終わったみたい」携帯の通知が来た芹沢が、申し訳なさそうな表情でこちらを見る。「ごめん、私今日友達と待ち合わせしてて……」

「ああ、俺もちょっとこの後用事が」俺の方もちょうど、桐山から「どこいるの」というメッセージが来ていた。「引き留めて悪かったな」

「いやいや、むしろ最初引き留めたの私の方だし。じゃ、また明日ね」

手を小さく振る芹沢に、俺は「おう」と短く返す。その足で教室まで戻ると、既に帰る準備万端の桐山が、ジャージ姿のままで俺の荷物を手渡して来た。

「お疲れ様。じゃ、行こっか。由利くん、お疲れー」

「おーお疲れ二人とも、また明日な」

教室内で着替えている由利にひらりと手を振り、何食わぬ顔をして歩いて行く桐山についていきながら、俺は思う。

——俺を利用しようだなんて、いい度胸してるな桐山、と。


『ごめんなさい、結局電話にしてもらって』

現在、時刻は二十一時過ぎ。俺は自分の家の自室でフローリングの上に座り込み、スマホを耳に当てていた。電話の相手は月島で、なんだかこうして電話をするのは妙な感じがした。

「いや、全然」俺は答え、疑問を続ける。「それで、何かあったのか？」

今日の放課後、マスコット作りの作業中に月島からメッセージが来てからというもの、いつその話題が振られるのかと注意していたものの。月島は怜さんの喫茶店で桐山がいつもの如くべらべらと世間話を振り撒いている間にも特に変わったことは何も言わず、結局今に至るまで何の話もなかったのだ。

『話……ええ、そうね』

妙に月島の歯切れが悪い。俺が黙って言葉を待っていると、ややあってから月島は『あのね』と切り出した。

『私、しばらく放課後忙しくて、怜さんの喫茶店に行けなくなったの』

「お……おお、そうか」

『あの、しばらく経ったらまた行くようになるから』

「そうか、そりゃ助かる。桐山と二人だけはきついからな。対応の仕方が分からんし」

『それは本当にそうね』

言葉とは裏腹に、少し笑いを含んだような声が返ってくる。どちらから電話を切るわけでもなく、妙な間が空いた。

これは困った。俺にトークスキルは悲しいくらい、無い。

「……ちょっと聞きたいことがあるんだけど、聞いてもいいか」

困った俺は、どうせならと質問をすることにした。桐山の嘘について切り込む勇気はないが、どうも引っかかるのは事実で。少しでも、考察材料があるのならば欲しい。

『ええ、何でもどうぞ』

意外とすんなり、了解の意が返ってくる。俺は唾を飲み込み、口を開いた。

「……月島と芹沢って、家近いのか？　公立中だし、地元ってみんな一緒だよな？」

『ええ、隣同士なの』

「そりゃ近所だな、間違いなく」

限りなく近いご近所さんだった。ということは、喫茶店に行った後は俺か玲央さんが二人を駅まで送って行くのが慣習になっているけれど、二人の最寄駅から家までも二人はずっと一人きりにならない、ということだ。なるほど、徹底している。

「……後もう一つ、個人的なことでかなり聞きづらいんだが」

『何でも答えるってば』

これは何となく聞きづらくて、最後に回してしまった質問だ。どうも、個人の関係に関することは尋ねにくくて仕方がない。

「……桐山と月島って、付き合ってるのか？」

一瞬、沈黙が流れた。

『じぶ……わ、私、付き合ってないわ！』

スマホの向こうからガタリと立ち上がる音がして、月島が『付き合ってない』と繰り返す。

「わ、分かった。変なこと聞いてすまん」

『……こっちこそ、ごめんなさい。思わず……』

しばし沈黙が流れ、月島は再び口を開いた。

『たぶん、同じ中学の人に聞いたのね？　桐山くんが言う訳ないもの』

「ああ、うん、そう、同じ中学の奴」

ここで由利の名前を出すと角が立ちそうなので、誰から聞いたかは伏せておこうと俺は言葉を濁して答える。

『私たち一応親戚だから、学校でもそこそこ話してたのよ。でもそれ誰にも言ってなかったし、中学時代の桐山くんって女子と全然話さなかったから、彼と比較的話す私は付き合ってるんじゃないかって噂になって』

月島が詳細を説明してくれたことにはこうだ。

当時、桐山も月島も、恋愛ごとに興味なかった上、誰かと付き合う気もなかった。そしてゴタゴタに巻き込まれるのも嫌だったため、もういっそ周りが誤解するのなら、誤解されたままにしておこうということになったらしい。

なんでも、「二人って付き合ってるの？」という女子からの質問に、桐山が無言の笑顔を返したことから「付き合ってるんだ……」という誤解が生まれてしまい、そこから始まってしまった噂らしい。

『葉月には誤解が生まれた経緯と、全部誤解だってこと説明してるから』

「なるほど、それで桐山にあんな感じなのか」

合点する俺に、月島が怪訝そうに『あんな感じって？』と問うてくる。

「あいや、なんでもない」

俺は慌てて誤魔化す。特に芹沢の前ではより一層、桐山と話す時にツンケンしている気がしていた……というと角が立ちそうだ。

『あんな感じって、どんな感じ？』

「なんでもないって」

『……まあ、誤解が解けたなら何よりだわ』やれやれといった調子でそう言ってから、『あら、もうこんな時間』と月島は続ける。時計を見ると、すでに四十分が経過していた。

『じゃあ、また落ち着いた頃に喫茶店行くわ』

遅い時間までありがとう――そう切り出されたところで、俺はやっと気が付いた。そういえば、最後にまだ聞いていなかった質問があったのだ。

「月島、もう一個聞いてもいいか」

『うん？』

「桐山と付き合ってないなら、月島は何で毎日、あの喫茶店に来てるんだ？」

流れる沈黙。しばらくしてから、『前から思っていたんだけど』と月島は話し始めた。

『碓氷くん、歩き方が時々すり足になってる。余計なお世話かもしれないけど、意識できる時にできるだけ地面から上げて歩くといいと思う』

「え」

『その歩き方だと、靴がかなり早くダメになるわよ』

「あー……そりゃどうも……」

『じゃ、またね』

結局月島は質問には答えず、通話が終わる。

「……ま、いいか」

俺は独り言《ご》ちた後、立ち上がってカーテンを開いた。

東京の空は、やっぱり星がよく見えない。


運動会の日は、それはそれはよく晴れた日だった。まさに、雲一つない青空といったところだ。現実は何一つ解決していないし、こちらの気持ちは曇天《どんてん》といったところだけれど、そんなことは気候にもカレンダーにも悲しいかな関係がない。仕方がないと、俺は爽やかな早朝の空気の中をジャージ姿で突っ切り、学校へ向かった。

運動会の朝には、マスコット隊にとっての大イベント、『校庭へのマスコット搬入《はんにゅう》』がある。それもかなり早朝、朝七時にである。運動会は九時開会だぞ、どんだけやる気に満ち溢れてるんだ。別に早起きには慣れているからいいけれど。

とまあそんな訳で、俺は朝六時半に学校に着いた。それもこれも、全部桐山のせいである。イベント好きのあいつのことだ、こういうイベント時には張り切っていつも一番乗りをしたがるのだ。

——人の気も知らないで、ほんとに呑気な奴だ。

俺はいつもの場所に自転車を止め（曰くの謎が解けて以降、銀杏が落ちてきそうな区域はちゃっかり避けている）、桐山に向かって心の中で悪態をついてみる。

あの日、月島と電話をした後のこと。月島が言っていた通り、彼女はあれ以降今日に至るまで、一度も喫茶店に来なかった。

そして結局桐山は今に至るまで、今日この日に至るまで、俺に何の話もしてこなかった。何も話さず、いつものように俺を連れ回していつものように洋菓子店に寄ったり校内を歩き回ったり、バイト中もいつも通り。口を開けばやれ学校の噂だの、気になることの話ばかりで、全て他愛ない世間話。何も変わらない。

「他人には踏み込まない」がモットーの俺だが、分からないままも妙にざわざわする――そんな落ち着かない胸中のまま、俺は教室へと足を踏み入れる。早朝の教室には誰もおらず、代わりに各生徒の机の上にずらりと、透明なビニールに包まれた緑色の布が置かれていた。俺の机の上にも、桐山の机の上にも、そのまた周囲の机の上にも、置いてある。

一目見て、「これが団Tというやつか」と俺は納得する。団T、つまり団Tシャツ。運動会において毎年各団の最上級生である三年生がオリジナルのTシャツをデザインし、サプライズの形で運動会早朝の机の上に置いておくものだ。……と、そんなことを以前、由利から借りた『取扱説明本』で読ませてもらった。

Tシャツの袋を開けてデザインを見ると、Tシャツの中央にはスモモンのネナシグサのイラストが描かれていた。どうやらTシャツのデザインは、マスコット隊の題材がモチーフになっているらしい。可愛らしい絵柄だが、似合う似合わざるに関係なく、恐らく全員がこれを着るだろう。そしてそれにあえて逆らう勇気は、俺にはない。

俺は大人しく体操着の上だけ団Tに着替え、ジャージを羽織り直して教室を出た。早朝の学校もいいもんだ。人が見事に少なく、視線も少ない。

「おー、碓氷。はよっす」マスコット隊の作業場所には、既に大勢の先輩たちと一緒に作業している、見知った先客がいた。「朝早くからごくろーさん」

「……おう、おはよう」

俺は目を瞬かせながら、由利の挨拶に応える。近寄ってみれば、由利もジャージの下に既に団Tを着込んでいた。

「お前、早いな」

「そりゃあね、イベントごとってワクワクすんじゃん？　もー朝から目が冴えちゃって」

「桐山みたいなこと言うなあ……」

「へへ。事実だし」鼻の下をこすって笑うと、「あ」と由利は手を叩いた。

「マスコットさ、まだ作業が残ってて搬入が八時半になるって」

「マジ？」

見た目にはもう出来上がっているように見えるが、まだ作業があるのか。というか、開会式は九時なのに、かなりギリギリすぎないか？　時間的に。

「ごめんねえ、ギリギリで。これが毎年恒例なのさ」

ひそひそと由利と言葉を交わす俺の右肩に、後ろからのっしりと誰かの腕がかかる。振り向くと、団Tさえも様になっている森本先輩が「おはよー」と間近で手を振ってきた。

「おはようございます」俺が挨拶を返しつつ、「毎年恒例？」と繰り返すと、先輩は「そう」とマスコットとその周りで作業をしている仲間たちを、目を細めて見つめて続けた。

「ま、もう出来上がってるも同然なんだけどさ。みんな名残惜しくて、『ここがまだできてない！』って注文つけてんの。非合理っちゃ非合理だけどさー」

そんな淡白なことを言いながら、森本先輩が仲間を見つめる目は優しい。

「……ま、非合理でも無駄って言われても、こういうのって大事だよね。ギリギリまで仲間と作業してイベントに臨《のぞ》むのって、それ自体が楽しいじゃん？」

そう目を細める森本先輩を、俺は「そういう考えもあるものか」と素直に感嘆の気持ちで受け止める。

「……先輩、バイタリティ凄いですよね」

「おお、なになに突然。嬉しいねえ、あの碓氷くんから褒められるなんて」

俺がぽつりと零した言葉に、森本先輩がおちゃらけた様子で決めポーズを取る。……なんだか、この人が慕われる理由が分かる気がした。

「いや、本当に。だって先輩、色々やってるじゃないですか。軽音部の部長と新聞部の部長も兼任して、マスコット団長もですよね？　色々特技とかやりたいことがあって、凄いなと」

――この学校に入学してから、ずっと俺の根底に流れ続けていた劣等感。

「将来の夢は」「将来なりたい姿は」、そんなことを聞かれてすぐに答えを書いて提出できる同級生たち。皆やりたいことが決まっていて、部活動も活発で、帰宅部はほとんどいない。その上、イベントごとにだって積極的に参加するくらい、主体性のあるこの学校の生徒がひたすら眩しくてたまらなかった。

——桐山に引っ張られてやっと動いているような、俺なんかと皆は違う。

自分に主体性がないことくらい、最初から気付いていた。高校生活だけじゃなく、今までだってずっとそうだ。親に勧められた習い事に通い続け、極めていったはいいものの、中学でぽっきり折れた俺には、もはや何もない。やりたいことも、主体性も。護りたいと思えるような人間関係も、何一つ——

「逆だよ、碓氷くん」

顔を上げた俺に、森本先輩は飄々とした調子でにこやかに言った。

「やりたいことも特技もまだ見つからないから、とりあえず手当たり次第にやってみてるのさ。——だって、やってもいないうちから向いてるか向いてないかなんて、分からないだろ……って、ぐえ」

涼しい顔で話していた先輩の顔が、苦痛に歪む。見ればいつの間にか先輩のジャージと団Tの襟首を引っ張っていた三年の別の男の先輩が、「もーりーもーと」と迫力のある表情で森本先輩に詰め寄った。スポーツマンのように短く刈り上げた髪を緑に染めていて、かなり目立つ風貌《ふうぼう》の長身の先輩だ。

「なーに偉そうに先輩風吹かしてんだ？　サボんなよ、リーダーが」

「ええーちょっと、今良いこと言ってるとこだったんだけど」

「言い訳はなしな、まだ土台の作業終わってねえだろ。……あ、あとそこの一年生」

森本先輩の襟首を掴みながら見下ろしてくるその三年生男子に俺たちが「は、はい！」と背筋を正すと、彼は「迷惑かけて悪いな」と気まずそうに微笑んだ。

「こいつの進捗《しんちょく》状況管理がザルでな、申し訳ない。朝早すぎるし、休んでていいぞ。体力は温存しとけよ」

「あ、じゃあ有難く体力おんぞ……」

「森本、お前は働け」

「ええー……」

そうして森本先輩は、緑髪の先輩にずるずると引きずられていった。なんだったんだ。

「今の緑髪の先輩、誰だ？」

「え、お前マジ？　前に全校集会で壇上にいたろ、総団長挨拶聞いてなかったん？」こそこそと聞いた俺に、由利は驚愕の表情と共に丁寧にも教えてくれる。「緑団の総団長だよ。マジのトップ。しかも超成績優秀らしい」

「……総団長って、マスコット隊の手伝いもするのか？」

「フツーしねえよな。運営側だから、めちゃ忙しいって聞くし」

当たり前のようにマスコット隊に交じり作業にいそしんでいる総団長と、なんだかんだと作業の指示を出している森本先輩の姿を見ながら、俺たちは口を揃えた。

「「……この学校、こわ……」」

バイタリティのある人間が多すぎる。

「なんだろうな、俺あの先輩たち見てると、お前と桐山もああなる姿が目に浮かぶぜ」

「いや絶対無理、人間としての格が多分違う……って、桐山来てないな」

由利の言葉を完全否定しつつ、俺は「そういえば」と周りを見回す。

イベントごととなると真っ先に来て騒ぐはずの、桐山の姿が一向に見えない。珍しいが、まあまだ七時前だしギリギリに来ることだってあるだろう——そう、思っていたのだが。

「あ、いた！　碓氷くん、由利くん！」

慌ただしい声と共に、芹沢が作業場所に駆け込んでくる。なんだなんだと俺と由利が目を丸くする前で、芹沢は息を切らしながらこう言ったのだ。

「桐山くん、知らない？　連絡が全然取れないの」

◆

芹沢の話をまとめると、今朝学校へ一緒に来る約束をしていた桐山と、連絡が取れないのだという。

「メッセージも来ないし、電話しても電源切ってるみたいだし……しばらく待ってみたんだけどなかなか来ないし、先に行ったのかなって、学校来てみたんだけど」

「俺もまだ見てないな」

念のため桐山に電話してみるが、「おかけになった電話番号は、電波の届かない場所にあるか、電源が入っていないためかかりません」という自動音声が流れるだけだった。流石に例の自動音声の真似事でもなさそうだ。とりあえず、『桐山、いまどこだ？　起きてるか？』とメッセージアプリに送ってみる。

「芹沢、しばらく待ってみたって何分くらい？」

由利の言葉に、芹沢が心配そうな表情で応える。

「……に、二十分くらい」

「……マジか。めっちゃ待ってんじゃん。これは桐山に一発かまさないとな」

由利が言うとシャレにならない。キレのある動きで素振りをして見せる由利に、芹沢が「あの、私が勝手に待ってただけだから」と宥めにかかる。

「でも、こういう時いつも早いのに、どうしたんだろう……」

「大丈夫大丈夫、たぶん腹壊したとかそんなとこだろ。トイレの中からじゃ、恥ずかしくて連絡できなかったんじゃね？」

明るく笑った由利が、狼狽える芹沢の肩をバンと叩く。

「あ、悪い。力加減が」

「ううん、ありがと。そうだね、一旦待ってみる。作業もしなきゃだし、しながら待つよ」

そう言いつつ、芹沢は腕まくりをしながら先輩たちの作業場へと合流していく。俺も行くかと足を踏み出し掛けたところで、「碓氷、ちょっと」と由利にジャージの袖を引かれた。

「芹沢には言わないでほしいんだけどさ」

そう前置きして、由利は声を潜める。

「俺、桐山と一緒に来たんだよね。学校」

「えっ」

「シーッ」

俺の反応を受け、由利は慌てたように「静かに」というジェスチャーを寄越す。すまん。

「朝、俺ん家の最寄りに行ったら桐山が居たからさ、学校まで一緒に来たんだよ。学校ついて、教室に荷物置いて出るまでは一緒だったんだけど、そしたらあいつさ……」

『学校内見廻って来るから、先行ってて。すぐ行く』

そんなことを言って、マスコット隊に直行した由利とは別の方向に向かっていったらしい。

「それ、何時頃だ?」

「えーと……確か、六時十五分くらいだったかな。教室の時計見たから覚えてる」

眉間に皺を寄せながら時計を指さすと、由利はがくりと肩を落とした。

「まさか、芹沢と待ち合わせしてたなんてな……なんか事情でもあったのかもしれんけど、とにかく、健気に待ってた芹沢に言ったらまずい気がしてさ。だから事情が分かるまで、念のため内密で頼む」

「分かった」

俺は短く答え、頷く。そして内心、頭を抱えた。

考えるべきことが、更に増えた。もはや情報が多すぎて収集がつかない気がする。

その上、いつもなら（授業中にでさえ）すぐにつくはずの、桐山のメッセージアプリの既読すらつかない。早朝だからというのもあるが、イベントごとは欠かしたくないというあの桐山が、お祭り好きの桐山が、祭り当日にこんな状況になるだろうか。

と、言いたいところだが。桐山は常日ごろから校内探索しがちだし、結構「そんなところで？」というところがルーズだし、完全にあり得ないとも言えないかもしれない。

まあそもそも、俺自身が桐山の人となりをよく分かっていないのが問題なのだけれども。

それにしても、と俺はまた思考を巡らせる。桐山の人となりはよく知らないが、芹沢との約束を破って、しかも音信不通なんてことはあり得るのだろうか？

それとも、考えたくはないが芹沢が『桐山と待ち合わせをした』と嘘を吐いているとか？

でも、それにしたって嘘を吐く理由は分からない。分からないが、芹沢の人となりもまた、俺はよく知らないのだ。

「……碓氷、どうした。大丈夫か」

「いや……今更ながら、今までの自分に嫌気がさしてる」

――言いたくなければ、言わなくていい。言いたければ、言えばいい。

そう思って、人と接してきたけれど。

――それって結局、物分かりが良くて、耳に心地よい発言なようでいて、でも現実は相手から動くのを待っているだけじゃないか。

相手を理解するために自分から動こうと、俺は今までしてきただろうか？

「俺、桐山のことも芹沢のことも、全然知らない」

あえて知ろうと、しなかったのだ。知ってしまえば、後悔するかもしれないから。

――後悔するかもしれない。それは、どっちだ？　俺か、それとも相手側？

「碓氷、マジで大丈夫か？　顔色悪いぞ」

「あー……悪い、大丈夫だ」

――だって、人間は怖い。平気な顔してその皮の中には、どす黒いものが居座っていたりする。深く知れば知るほど、好意を持っていた相手の中に、そんな一面があると知ったらどうする？

そうぐるぐると考えながら、俺はふと気付く。

『深く知れば知るほど、好意を持っていた相手の中に、何かが潜んでいるのを知るのが怖い』。そう思ってしまっている時点で、怖がっている自分を認めた時点で。俺はもう、とっくに引き返せないところまで来てしまっているのだ。

それが自分でも分かったから、俺は自嘲気味に笑った。

毎日毎日俺を引っ張り回し、喫茶店にまで連れ回す桐山。辛辣な物言いが目立つが、なんだかんだときっと友人思いな月島。そんな二人の間で、天然無邪気な発言をたまに投下する芹沢。きっと桐山に引っ張られなければ関わることのなかったメンバーと、起きた出来事を報告し合って、ああだこうだと謎解き遊びに興じる。しっちゃかめっちゃかな会話を繰り広げる――認めよう、それはとても楽しいひと時だった。

面倒くさいなんて態度をしつつ、その実俺は、あの時間を楽しんでいた。

皆と話す時間が、過ごす時間が楽しかったからこそ、俺はあの喫茶店に通い続けた。

――たとえ桐山が、何らかの意図をもって俺に声を掛けてきたのだとしても、あの時間が楽しかったことには変わりがない。

だからこそ俺は、今『知ることが怖い』という事実に直面している。それくらい、桐山たちを気に入ってしまっていることにはもう、言い逃れができなかった。

ならばもう、覚悟を決めるしかない。徹底的に、関わる覚悟を。

ひとまずは校内探索に行ったらしいという桐山の行方だ。それを突き止めねばならない。突き止めて直接話をして、それから……。

「……？」

何かが、おかしい。が、何がおかしいのかが自分でも判然としない。思考と記憶の波に潜り、俺はそのもやのもとを突き止めるべく、しばし考え込む。

ふと、遠目に見える、マスコット隊の先輩たちの様子が目に入る。緑の巨大なマスコット、皆がそろって着ている体操着にジャージ、団T。慌ただしくもわいわいと賑やかで楽しそうな、早朝の喧騒。

そうだ。おかしいのは、団Tだ。

「由利、ちょっと聞いてもいいか」

「ん？　おう、いいぞ」

右手の腕時計を見ると、時刻は七時十五分だった。既に集合時間から大分経過している。

「今朝、家の最寄り駅で桐山と会って、学校で教室に荷物置いて出てくるまで一緒だったって、お前言ったよな？」

「おう。言った言った」

人間は怖い。平気な顔してその皮の中には、色んな面が隠れているから。

人間は怖い。真正面から向き合おうとした結果、深く知ろうとした結果、その関係性が壊れてしまうかもしれないから。

——けれど。怖いからと言って何もしなければ、何も変わらないままじゃないか。

そう自分を奮い立たせて、俺は言った。

「由利。お前、嘘ついてないか？」

「……俺が、嘘ついた？　なんで？」

覚悟はしていたつもりだったが、固い声と表情が返って来ると、やはり心が揺らいでしまう。俺は唇を噛み締め、ゆっくりと由利の着ている団Tを指さす。

「申し訳ないんだけどな。由利の言葉を信じると、桐山と一緒に教室を出たっていうのはほとんどあり得なくなる」

「……なんで？　そう判断した理由は？」

「団Tだ」

俺の言葉に、由利は怪訝そうに「団T？」と繰り返す。

「俺が朝来た時、隣の席の桐山の机の上には、まだ袋も開けてない団Tが置かれたままだった。でも、一緒に学校に来たはずの由利はもう団Tを着た状態で、俺よりも先に作業場所に到着してた。……おかしいんだよ、俺の知ってる桐山は、同行者がイベント用のTシャツに着替えてるのに、自分だけ着替えずに待ってから一緒に教室を出ようとする奴じゃない。むしろ、率先して団Tに着替えて、同行者を催促する側の奴のはずなんだ」

前に桐山に校内探索をしようと教室から引っ張り出された時、あれは体育の授業の前だった。あの時桐山は、「先に着替えておけば時間ギリギリまで落ち着いて散策できる」だとかなんとか言って、俺までも体育着に着替えさせた。そんな行動をしていた奴が、作業前に着替えずに校内探索に行ってそのまま戻らない、などとは思えない。

「……それだけじゃあ、理由になってなくない？」

由利の声は未だ硬い。それに、由利の言うことももっともだ。これだけではあくまで可能性でしかなく、何等かの理由があって桐山が着替えなかったというのであれば、それまでの話なのだ。

「おかしいと思ったのは、もう一つ」俺は大きく深呼吸する。「由利、芹沢が来た時に聞いてたろ。『芹沢、しばらく待ってみたって何分くらい？』って？」

返って来たのは沈黙だった。俺はそれを肯定と捉えて、言葉を探して続きを紡ぐ。

「同級生と連絡が取れないってなって、真っ先にお前、それ気にしたろ。桐山が今どうなってるのかじゃなくて。てことは桐山の状態を知ってて、あいつの心配をしないで良かったからこそ、ずっと待つ羽目になった芹沢を心配して真っ先にあの質問が出てきたんだ。……違うか？　俺には、お前が音信不通になった同級生を、全く心配しない奴には思えない。お前は、優しい奴だと思うから」

由利の目の色が、ゆらりと揺らぐ。

「これは俺の推測だけど」俺はもう一押し、と口を開く。「桐山に頼まれたんじゃないか？　俺に、一緒に学校に来たように伝えてくれって。でなきゃ、お前が嘘を吐くとは思えない」

由利秋人は俺が知る限り、不器用で、嘘が吐けなくて、優しいのに優しさが伝わりにくい、そんな奴だ。理由のない嘘を、自分から吐くような人間ではない。……と、俺は思う。

しばらく無言で目を見開いた後、由利は不意に笑い出した。突然のことに、俺は、「ど、どうした」と狼狽える。

「はー……良かった……俺、そんな風に思われてたのね」

「あ？」

「いやさあ、俺、お前に興味全く持たれてないんじゃないかって怖くてさ」

「興味……？」

何の話だとおうむ返しに繰り返す俺に何かを誤解したのか、「あ違う違う」と、由利は「変な意味じゃなくてだな」と手を振って慌てて主張した。

「こう……人間的に？　関わろうとされてないっつーか、いつでも見限れるように構えられてるっつーか……あ、気悪くすんなよ」

「いや、気は悪くしてない……」

むしろ、図星過ぎて頭が痛い。由利がこんなに洞察力《どうさつりょく》のある奴だったとは。

「まあなんつーかさ、俺としては寂しかったわけよ。一方通行の好意ってこんな感じかとか……あーいや待て待て、これ語弊《ごへい》あるな。俺、好きな子は中学の時からあの女子一筋だから！　月島と同じ学校の！」

ついでに聞いてないが、由利の個人的感情の情報まで入って来た。俺は目を瞬かせながら、黙って奴の言葉を聞く。

「ま、とにかく俺としてはダチになりたかったから、まー寂しかったってこと！」

率直にぽんと放り出された言葉に、俺は不意を衝かれて思わず笑ってしまう。

「お、碓氷が笑った！　なんだなんだ、どこで笑えた？」

「いや……あまりに直球過ぎて……」

「悪かったな、これが俺よ」

自信満々といった顔つきで、由利がどんと胸を叩く。その姿に、先ほどまで相対していた、固い声と表情と直面していた怖さが和らいできた。自分が思っていた以上に俺は由利にも嫌われたくなかったのだと、今更ながら再認識する。

「ま、もういいや。気が済んだし、ガチで心配してる芹沢にも悪いしな」

由利はこほんと咳ばらいを一つして、俺に向かって声を潜める。

「全部お前の推測通りだ。俺は朝、桐山に会ってない。朝イチでアプリにメッセが来てさ」

由利が、桐山とのトーク画面を俺に見せる。……いや、いいのか俺がこれ見て。友人と言ってくれたとは言えセキュリティガバガバだなと思わなくもないけれど、由利はそういう奴なのだ、きっと。

『申し訳ないんだけど、お願いがあって』からはじまる桐山のメッセージには、朝、最寄り駅で由利が桐山と会って一緒に教室を出て、そこから校内探索に出たと『碓氷に』言ってほしい、との内容が書かれていた。

「あとな、もし俺の嘘に碓氷が気づいたら、伝えてくれって言われてることがある」

由利がそう言いながら、自分のスマホの画面を指さす。

〈『おうし座とはくちょう座とわし座』って、碓氷くんに伝えて。それから〉

「――桐山曰く、『僕は名探偵の所にいる』ってよ。俺全然分かんねえんだけど、分かるか？」

「名探偵ってなんだ、なんか探偵の世話になってんのか？」と心配そうな顔をする由利に、俺はすぐさま頷いた。

「了解、分かった。これからすぐに、桐山連れてくる」

「え、なになに、何が分かったわけ？」

「いや、自分で言っといてあれなんだけどな」前のめりにこちらに畳みかけてくる由利に、俺は頬をかきながら苦笑して答える。「万が一間違えてたら恥ずかしいから、合ってたら説明させてくれ」

「おー、了解」由利はへらりと笑って頷いた。「あとで色々聞かせてくれな」

「おう。ありがとな」

片手を挙げて由利に応え、俺は自転車置き場へと走り出す。念のため桐山とのトーク画面を確認すると、俺が送ったメッセージにはいつの間にか既読がついていた。返信はない。

「……念のため、送っておくか」

俺は一瞬立ち止まり、出来るだけ素早くメッセージを打つ。

〈由利から聞いた。お前の言う「名探偵」には、髭《ひげ》があるか？〉

メッセージには一瞬で既読が付き、俺はその速さにひるむ。オンタイムで、桐山がこのトーク画面を見ているのだ。俺が唾を飲み込みつつ返信を待つと、しばらくして返信は来た。

〈YES〉

なぜに英語、と思ったけれど、まあそれは今どうでもいい。俺は更に畳みかけるべく、もう一通メッセージを送った。

自転車に走って駆け寄り、サドルにまたがってできる限り早く俺は自転車をこぎ出そうとする。——とその時、ブブッとスマホがメッセージの着信を知らせた。俺が先ほど、送ったメッセージの答え。

俺の〈その名探偵、続編がもう二度と、誰にも書けない名探偵か？〉との質問に。

〈ＹＥＳ〉の言葉が、返ってきていた。

俺は自転車をかっ飛ばし、目的地へと真っ直ぐに自転車を漕ぐ。間違いなく、桐山はあの場所に居るはずだ。

「……着いた」

俺は息を切らしながら、その建物のドアに手をかける。——と、開こうとしたドアは俺の意に反し、キイと俺の目の前で勝手に開いた。

「やあ、おはよう碓氷くん」

「怜さん。おはようございます」

いつもの柔和な笑顔の怜さんの表情の中に、疲れが蓄積されている気がする。俺はそう思いつつ、星空喫茶の中へと足を進めた。

そして。

「……桐山」

「やあ、碓氷くん。思ったより早かったね」

学校指定のジャージを身に纏った桐山が、爽やかな笑顔でソファーから立ち上がる。

「『やあ』じゃない」俺はため息をつき、これは言っておかねばと付け足した。「芹沢、お前のこと二十分くらい待ってたらしいぞ」

「……え？」途端に、桐山の表情ががらりと変わる。「間に合わなかったら待たなくていいって、前言ったのに」

やはり待ち合わせていたのは事実らしい。ここ一番の焦りの表情を浮かべた桐山は、珍しく狼狽の色が含まれた声で「葉月はなんて？」と短く聞いてきた。

「『連絡が全然取れない、何か知らないか』ってひたすら心配してたぞ。お前、あとでちゃんと謝っとけよ」

「葉月、怒ってた？」

「いや、全然」俺は当時の芹沢の様子を思い出しつつ、首を振る。「俺なら絶対怒るけどな。あいつ、お人好しすぎないか？」

「……そうなんだよね。そこが一番不安だよ」

桐山が、らしくない難しい顔をしながらそう言った。こいつからこいつ自身の感情として「不安」なんてワードが出るの、何気に初めてじゃあないか？

「――それに」これまた珍しく大きなため息をつきながら、桐山が肩を落とす。「人の心配してる場合じゃないよ。もう一人、葉月レベルのお人好しがここに居る」

「あ？」

「『おうし座とはくちょう座とわし座』。この意味、分かるかい？」

先ほど、由利から伝言で聞かされた言葉だ。俺は「ああ」と短く答え、頷いた。

「全部、ゼウスがヘラの監視から逃げるために化けた姿の星座だな」

「ああ、そこまで分かってたんだ」桐山の口元に、微笑が生まれる。「じゃあ、どういう意図で僕がそう伝えたのかも分かる？」

微笑と言うにはあまり似つかわしくないそれは、桐山の顔に浮かんだ表情は、こういった方が適切かもしれなかった。

――なにもかも、諦めたような弱々しい笑み。

およそこれまで自信満々で傍若無人《ぼうじゃくぶじん》な態度を貫いていた桐山の、初めて見る表情だった。

「お前が誰かに監視されてるとか、ストーカーされてるとか、そんなとこか」

俺はできるかぎり、あっけらかんとした調子を心掛けて肩を竦める。そして俺の思惑通り、桐山の表情は「訳が分からない」といったものに変化した。

「見当外れだったか？」

「いや、うん、合ってる……んだけど」動揺した表情で、桐山は眉を顰めた。「それだけ？」

それだけって何がだ、という気持ちを込めて奴を見返すと、これまた珍しくしどろもどろに桐山は続けた。

「怒ってないの？」

「結構怒ってる」

「じゃあなんで……」

「怒ってるのはお前にじゃない」

何とも気まずい沈黙が流れる。俺は口下手で語彙力《ごいりょく》のない自分を呪いたくなった。こういう時、何を言えばいいのか分からない。長い間、人と向き合うのを避けていた弊害《へいがい》だ。が、それを言っていても始まらない。俺は意を決して、口を開いた。

「お前はどうしたい。今日、運動会に行きたいのか、行きたくないのかどっちだ」

正直に言わないと怒るぞと俺が付け加えると、うっと言葉に詰まったような表情を桐山は見せた。たっぷり数十秒間逡巡してから、「その……運動会って、誰でも校内に入って来られるだろ？」と歯切れ悪く、桐山は切り出す。

「僕としても、ストーカーがすぐ傍にいるかも知れないのは気持ちが悪くて」

「そりゃ、誰だってそうなるだろうな」

「……でも、ストーカーなんかに負けたくないって気持ちもあって」

「おう」

「でもそれ以上に、何より僕のせいで、自分の近くに居る人間に迷惑をかけてしまうかもしれないのが一番……」

言い淀《よど》み、所在なげに視線を彷徨わせてから、桐山は「うん、そうだ」と呟いた。

「それが僕は、一番怖い。友達に迷惑をかけるのが。……でもそれを伏せたままにしておくのも、罪悪感が凄く耐えきれそうにもなくて、だからもし君が僕の嘘に気付いた時にかけて伝言残してみたりして、だけど今日は大人しく病欠した方がいいのかとかごちゃごちゃ思って、どうしてもここから出られな……」

「お前、さっきから言ってること支離滅裂《しりめつれつ》な」

俺がばしんと桐山の背中を叩くと、奴はよろめき、目を丸くしてこちらを見た。

「痛って……今、大分本気だった？」

「そりゃよかった。芹沢を心配させた分も込みだからな。……それから、自分を下げる物言いしたら、その度にビンタしてやるから覚悟しとけ」

「ええ……ビンタって言うか、それ拳骨だよね。もはや拳握ってるよねそれ」

「うるさい。いいか、俺はそもそも二択で聞いたんだ。運動会に行きたいのか、行きたくないのか」

ぽかんとこちらを見る桐山に、俺は静かに言った。

「好きな方を選べ。俺も付き合ってやるから、どのみちお前は一人にはならん」

奴はここ一番の間抜け顔をした。思わず俺も笑ってしまうくらいの、奴の表情で初めて見るレベルの、不意を衝かれたような顔をして——

ありがとう、と桐山は言った。

その後。俺の予想通り、喫茶店の裏手には桐山の自転車が停めてあった。その自転車に乗った桐山と、俺は並走して自転車で爆走し――その間、互いに会話はなかった――無事に俺が桐山を引き連れてきたとき、マスコット隊はまだ作業の途中だった。

桐山はいつもの調子で先輩方に「すみません、寝坊しました！」とともすれば素直すぎる謝罪で場を沸かせ、芹沢に約束を破ってしまった旨を平謝りし（芹沢の言っていたことはやはり本当で、当日の朝一緒に学校へ行く約束は前々からしていたらしい）、由利から「この貸しは高くつくからな」と笑顔でどつかれていた。平和な光景で何よりだ。

そして、桐山を迎えたマスコット隊全員で無事に校庭へのマスコット搬入作業も済ませ、定刻通りに運動会は始まった。

「……あのさ、碓氷くん」

桐山が俺に対して改まって呼びかけてきたのは、運動会の開会式直後の校庭の片隅、一年G組の観覧席でのことだった。

学校に着いてからというもの、桐山のもの言いたげな様子はずっと感じていたが、ドタバタした状態だったから切り出しにくかったのか。どちらからともなく桐山と俺が隣同士で座ったタイミングで（由利はバスケ部メンバーの方にいつの間にか吸収されていた）、俺の右隣の椅子に座った桐山が小さく呟いた。

「本当にごめん」

固い口調の、謝罪の言葉。これまた桐山にしては珍しく、本気で言っているようだった。いつものおちゃらけた口調や態度はどこへやら。今俺の右に居るのは、変わり者にもぶっ飛んでいる言動をする奴にも見えない、ごく普通の、一人の高校生男子だった。

「お前が謝ることじゃない。好きで付きまとわれる奴なんかいないし」

「……いや、そうじゃなくて」

言葉を探す桐山を、俺は「何辛気くさい顔してんだ」と軽くこづく。

「今はとりあえず運動会だろ。詳しい話は運動会終わった後にしようぜ」

今日も喫茶店に行っていいかと問うと、桐山は目を丸くした。

「……来てくれんの？」

「いや、むしろ行っていいのかって話。いい加減迷惑だろ、毎日押しかけてて……ってお前、ここ笑うとこか？」

人が真剣に話しているのに失礼な。

「いや、ごめん」不意に笑い出した桐山が、口元を緩めながら続けて言う。「嬉しくてさ」

「あ、そう。よく分からんけど、よかったな」

「うん」

そんな意味が通じているのか否か分からないやり取りを繰り広げる俺たちの頭上に、「次は二年生による『山岳部隊養成講座』です」というアナウンスの音が落ちる。校庭に目を移すと、そのど真ん中へ大きな縄が四つ運び込まれるところだった。どうやら次の種目は大縄……にしては、縄が少ない。クラスは八つあるはずなのに。

「……ていうか、『山岳部隊養成講座』ってなんだ？」

「端的に言うと綱引きらしいよ」

「なんだそのネーミング」

「ウケるよね」

俺の言葉に、桐山が相槌を打つ。その口元には笑みが戻っていて、俺は少しホッとした。桐山がぶっ飛んだ奴でもそうでなくても、俺はどっちでも構わないけれど。

やたらと大人しく辛気くさい桐山を見るのは、俺が困るのだ。なんだか調子が狂うから。


それから。運動会は特にトラブルもなく進行し、午前中に残る種目はあとわずか、三年生の棒倒しのみとなった。

「色々競技にトンチキな名前つけてるのに、棒倒しはそのまんまなんだね」

桐山が心底不思議そうな調子で、運動会のスケジュール表をしげしげと眺める。俺は「他に良いネーミングが思いつかなかったんじゃないか？」と言いながら立ち上がった。

「手洗い行ってくる」

「ん、行ってらー。その間に『棒倒し』の面白いネーミング考えた方が勝ちね」

ただ手洗いに行くだけなのに、やたらハードルの高い課題を与えられた。いつもの調子が戻ってきて何よりなのだが、戻ったら戻ったで面倒くさいな。

「ま、辛気臭いよりマシだけどな」

「ん？」

「いや、何でもない。気が向いたら考える」

俺の答えに不服の意を唱える返事が聞こえてきたが、無視して俺は歩き出す。元気そうで何よりだ。まあ、観覧席に居る以上、周りには山ほど生徒がいるしストーカーが居たとしても迂闊《うかつ》に手は出せまい。桐山も安心してきたのだろう。

俺としてもストーカーに心当たりはあるから、後はひたすら注意をしておけばいい。そんなことを思いつつ観覧席を離れ、校舎へ向かう途中のこと。黒髪ボブカットに黒キャップの女性が、前方でこちらへ手を振っていた。

誰か居るのかと後ろを振り返るも、誰も居ない。前を向き直すと、先ほどの女性はなおも笑顔でこちらに手を振っていた。

「こんにちは、この前もありがとう」

何事かと身構えていた俺の耳に聞こえてきた、その声には聞き覚えがあった。俺が目を丸くする前で、「この髪型だと分かりにくいかな」と彼女は髪を後ろでくくる動作をする。

「シュクル・リエールの店員です。いつも焼き菓子、買いに来てくれてるよね」

髪型がかなり変わっていたのでぱっと分からなかったが、確かにあの洋菓子店『シュクル・リエール』のポニーテールの女性店員だった。俺たちが手土産を買いに行くときに、いつもカウンターの後ろに居る人だ。

……俺はどうやら、髪型にだいぶ頼って人を判別していたらしい。困ったもんである。

「あ、どうも」俺は軽く会釈し、首を傾げる。「どうしてここに？」

「実は弟がね、この高校に通ってるの。見に来るなって言われたんだけど、こっそりね」

高校生っていいよね、青春真っただ中って感じでと言いながら、彼女はぐるりと周りを見回す。俺はそんな彼女に、ふと思いついたように疑問を投げかけた。

「弟さん、何団の方ですか？」

「え？」

「いえ、運動会の観覧席って団ごとなので。弟さん探してたら、俺手伝いますけど。何組ですか？」

「あ、大丈夫。弟に見つかると厄介《やっかい》だし。ありがとう」

遠慮がちに左右に手を振る彼女の言葉に、俺は「そうですか」と引き下がる。そして一か八かだと、疑問をもう一つ彼女にぶん投げた。

「弟さん、本当にうちの高校に居ますか？」

「……え？」一瞬眉を顰めた後、彼女は苦笑を顔に浮かべた。「ええ、本当よ。何で？」

「いえ、おかしいなとちょっと思いまして」俺は敢えて、慣れない笑みを自分の顔に浮かべて続ける。「運動会も見に来るなって言う弟さんが、お姉さんが高校のすぐ近くで働いているのは大丈夫って、少しおかしくないですか？　距離感が矛盾《むじゅん》してないかな、と」

口から出まかせの論理だったが、よくもまあ、こうべらべらと喋れるようになったものだ。桐山の悪影響かもしれないなと、俺は頭の片隅で場違いながら少し可笑しく思った。

「失礼ですが、弟さんのお名前と学年、教えていただけますか？」

姉弟の仲は、人それぞれだ。姉に「運動会を見に来るな」とは言いつつそれは照れ隠しで、だからこそ姉が高校のすぐ近くで働いていても別に気にしない弟、なんてことだって普通にあり得るわけだし、よく考えるとさっきの俺の推測は破綻《はたん》しているのだが――どうやら、目の前の相手を揺さぶるには効果があったらしい。目の前の彼女の表情が険しくなった。「え、ちょっと、何？」と続ける彼女の姿を見ながら、俺は妙に冴えている頭の片隅で思う。

不思議だ。桐山たちと腹の探り合いをしている時の感覚と、全然違う。

この目の前の人間に対しては、「知ることが怖い」などと全然思わなかったのだから。

「え、あの、ちょっとなにこれ？　何を疑われてるの、私？」

ああほら、怒りを顔に出されても何も感じない。本当に、何も――

「はいはーい、ちょっとそこまで」

とてつもなく聞き覚えのある声が、俺の背後から聞こえてきた。その第三者の闖入《ちんにゅう》に、俺と対峙していた人間は怯み、俺はぎょっとしてすぐさま振り返る。

「れ、怜さん……？」

目を丸くする俺に向けてウインクをしてみせてから、彼は俺に、自らの後ろに下がるよう手振りで示す。その後ろには、玲央さんと——深くキャップを被り、ジャージを羽織った状態の桐山が立っていた。これでもかというほど、冷たい表情で。

俺がおよそ、俺に対して浮かべて欲しくないと思うほど軽蔑《けいべつ》しきった表情で、桐山は先ほど俺が話していた女性を見遣っていた。

「おや、あなた……」今度は玲央さんが進み出て、にこやかな顔で女性にぺこりと頭を下げる。「この前、喫茶店にいらして以来ですね。僕のこと、覚えてます？」

爽やかに会話に割って入った闖入者たちが予定外だったのか。俺と話していた時は堂々たる態度だった女性の様子が、明らかに動揺したものに変わっていて。

「え……？　いえ……」

そして、次に続いた玲央さんの言葉と彼が掲げたスマホの写真に、彼女は見る見るうちに青くなった。

「運動会中、あなたずっと涼くんのことカメラで撮ってましたよね。ちょっとお話、聞かせてもらえます？」

あれだけ搬入ギリギリまで粘っただけあって、我らが緑団力作のマスコットは、見事マスコット金賞を獲得した（表彰のため壇上に上がった森本先輩は、「どうもどうも、光栄です」と緩すぎる挨拶をかました末に、緑髪の総団長から「こういう時ぐらい真面目にコメントしろ」とシバかれていた）。

「ちなみに競技結果は赤団が優勝で……」

「今、そんなことはどうでもいいのよ。ちゃんと説明してよね、肝心なこと」

「あ、ですよねすみませんでした」

運動会終了後の夕方のこと。いつもの怜さんの喫茶店で、運動会の様子について熱弁をふるっていた桐山が、月島からの容赦ない一撃で素直に謝る。ちなみついでにいえば、俺と桐山と芹沢は学校指定のジャージ姿のまま（運動会直後に直行したからである）、月島だけがジーンズに黒のブルゾンという出で立ちだった。

「えーと、どこまで話したっけ」

「ざっくりしか聞いてないわ。ストーカー捕まえましたってことだけ」

淡々と月島が桐山に補足するが、話している内容はかなり穏やかではない。本当に全く何も知らされていなかったらしく絶句している芹沢の顔が、先ほどからずっと青ざめている。

「そうそう、えーと、玲央さんが現場を写真に撮ってくれててさ」

結局あの店員の女性は、桐山のストーカーだったらしい。彼女のスマホに入っていたという夥《おびただ》しい数の桐山の写真が、その証拠となったそうだ。

もともと彼女を疑っていた怜さんと玲央さんが、一般観客に紛れ込んで桐山の写真や動画を撮っていた彼女の姿を、証拠として写真で残してくれたおかげである。

「……ていうかやっぱり、芹沢と俺以外全員、知ってたってことですよね。桐山がストーカーにつけまわされてることと、そのストーカーの目星」

「お、碓氷くん鋭いね。なんでそう思ったの？」

運動会の間にストーカーと話をつけるという一仕事を怜さんと終えたらしい玲央さんが（どう話をつけたのかと聞いたところ、『君たちは知らなくていいよ』とはぐらかされたので詳細を聞くのは諦めた）、俺にアイスティーのお代わりを注いでくれながら突っ込んでくる。

「色々変なところはあったんです」俺は眉を顰めながらため息をつく。

「直近の出来事から言うと、桐山の態度ですね」

「え、僕？」

桐山が目を丸くして自分を指さす。

「例の洋菓子店で買い物をしてた時、こいつ急に芹沢のことを苗字呼びしだしたんです。あの時は、近くに居た他クラスの女子を気にしてそう呼んだのかなと思ったんですけど、よく考えたらこいつ、学校でも芹沢のことを名前で呼びまくってるんでおかしいなと」

「あの碓氷くん、語弊のある言い方しないで？　ひょっとして大分怒ってる？」

桐山の言葉を無視して俺は続ける。

「だから、あの時もう一人いた別の誰か――洋菓子店の店員の耳に入るのを懸念して、桐山は芹沢の名前を苗字呼びに切り替えたんだと思いました。……そう考えると、もう一つ気付いたんです」

俺は鞄の中から、個包装のクッキーを一枚取り出す。毎度おなじみ、何度も見た記憶のあるシュクル・リエールの個包装のクッキーだ。

「え、ちょ、いつ買ったのそれ」

「今日の昼休み」

短く答えた俺に、桐山は呆れたような表情で頭を抱えた。

「い、いつの間にか一瞬いなくなってたと思ってたら……」

「これです」

「ねえ、無視しないで?」

桐山のツッコミを無視して、俺は言葉を継ぐべく再び口を開く。

「この個包装のクッキー袋、中にそれぞれ板みたいな薄い乾燥剤が入ってるんです。店員の方に聞いたんですが、クッキーは単体で買っても、アソートで買っても、個包装の中にこれと同じ乾燥剤が入ってるらしくて。……あ、当たり前だけど別にあの人いなかったから心配すんなよ桐山」

「分かってるよ」

むすりとした視線が返って来る。どうやら無視しすぎたらしい。

「おい桐山、悪かったって。……ええと、話を戻します。初めてあの洋菓子店に行った日、俺たちはこの喫茶店に手土産として、クッキーアソートを買ったんです」

俺はあの日、桐山と月島と交わした会話を思い出す。

『そうだねえ……例えば、クッキーと一緒に箱に何かが入ってたとか』

『ふうん？』

桐山の言葉に「そんなわけあるかい」といったトーンで、俺と月島はあの時、箱の中身を全部出した。転がり出てきたのは、クッキーの小袋と、乾燥剤の白い袋が二つ。

「……あの日、俺たちはクッキーの箱をひっくり返した。そこに乾燥剤が入ってたんです、単独で。白かったから、ただのよくある不織布の乾燥剤だと思って、俺は『何もない』と判断した。……今考えると、あの時違和感に気づくべきだった」

誰からも、発言はなかった。俺は息を吸い込み、一息に続ける。

「――どうして、個包装ですでにそれぞれ乾燥剤の入っているクッキーの詰め合わせ箱の中に、更に乾燥剤が入っていたのか。それをおかしいと、思うべきだった」

クッキーにはそれぞれ、袋の中に乾燥剤がついている。であれば、あの時箱から転がり出てきた白い乾燥剤の袋は『余計な異物』だと言えた。あの時、本来必要のないはずの乾燥剤が箱の中に入っていたことに、俺は引っかかるべきだったのだ。

「多分ですけど、あの中には小型盗聴器か録音機か、その類のものが入ってたんじゃないでしょうか。だとしたら、あの後のあまりに都合が良すぎる展開も頷ける。あの店のオリジナルの包装紙を勝手に使って加工していた人間の話が、俺たちがあの話をした後にすぐにネットで拡散されたこと自体が、おかしかったんです」

俺と桐山と月島は三人でその話をして、その後味の悪くなりそうな結末の予感に、三人とも深入りしなかった。あの話を知っているのは、俺たちだけ。それにシュクル・リエールはあくまでも知る人ぞ知る地元の美味い洋菓子店、といった店で、言い方は悪いがすぐに全国へ知れ渡る様な店ではない。だからあの包装紙を利用しようとした奴も、バレないと思って転写するような真似をしたのだろう。

「俺たちがあの包装紙を加工して売りさばいている人間の話をした後に、すぐに話題が広がった。こんな偶然、なかなかない。……誰かが、俺たちの話を盗み聞きでもしてない限り。盗聴器という線も考えてみたけど、それって確か、音声を聞くためには比較的対象の近くに居ないといけないでしょう。日中洋菓子店に勤務している人間がそれをするのは、あまりに非効率だ。それに、録音機とGPSが入っていたと仮定してこそ、他の現象にも理由がつくんです」

「なるほど?」浅く頷いた玲央さんが、先を促す。「他の現象って?」

「玲央さん、前に話してくれましたよね。ゴミが盗まれたって話、この場所から出たゴミじゃないですか?」

「おお、うん、そうだね……って、よく分かったね? ここのゴミって言ってないよね、僕」

「いえ、朝にゴミ集積所までゴミ出し行かなきゃいけないのって、基本的に一軒家だよなと……その条件に一番合うのは、この場所で出るゴミかなと思いました」

かつて、偽の住所をアンケートに書いた女子高生（結局高校生ではなかったが）の謎の話をしていた時。部屋番号の話をしていた際、玲央さんは「僕の住んでるマンションもそうだけど」と言っていたから、まず彼自身の住居で、ゴミ集積所へゴミは出さないと俺は思った。マンションには、専用のゴミ置き場が敷地内にあるからだ。

そして玲央さんがゴミ出しをする可能性のある、もう一つのバイト先は予備校だ。もちろん個人情報はシュレッダーにかけたうえでゴミを捨てるだろうし、そもそも塾で出たゴミは「事業系ゴミ」というゴミに分類され、法律的にゴミ集積所に出すことができない。

と、いうことは。前に玲央さんが話していた盗まれたゴミというのは、この場所で——そう考えた時、俺の中で一つの仮説が生まれたのだ。

「あのタイミングでゴミが盗まれたのは、その袋の中に、クッキーアソートの中に入っていた録音機とGPSが捨てられていたからじゃないでしょうか。録音機は回収しなければ、その意味がない。だから、GPSとセットにして、捨てられた位置を特定して回収する必要があった。それが、『不要な』乾燥剤が二つ入っていた理由です」

そして、乾燥剤の中身は録音機だったのでは、と俺が思った理由はもう一つ。

「あと、前にあの洋菓子店に行った時、あの店員が気になることを言ってました。あの包装紙のイラストの盗用騒ぎの顛末を教えてくれたのもあの人だったんですけど、良く考えてみたらその話をした時、あの人、変なことを言ってたんです」

——あの人、確かに美人だった……。

『確かに』って言葉は、同意の意味にも使われますよね。俺たちと会話していた時に言ったってことは、多分俺たちが前に口にした発言への同意だったはず。……だけど、俺たちは彼女の前で、例のクッキー配布事件の女性が美人だったという話は一度もしてないんです。だって俺たちはこの喫茶店に来て初めて、その女性の顔立ちに対しての話をしたんですから」

となると、洋菓子店の彼女は、何に対して『確かに』と言ったのか——答えは決まりだ。彼女は俺たちがこの喫茶店でした会話を、聞いていたということになる。

「……すごいね、碓氷くん。全部その通りだったよ」

怜さんが渋い顔をしながら頷く。

「さっきストーカーの子と警察署に行った時、その子の鞄から録音機とGPSが出てきてね。そこで全部事情を聞いたんだ。GPSでこの場所が分かった後、この喫茶店で涼くんが働いてるのを見かけて、涼くんのシフトを探りたくて頻繁に通い始めたみたい」

怜さんは「申し訳ない、みんな」と深々と頭を下げた。

「妙なお客様が居る、って玲央くんから報告は受けてたんだけど……こんなことになるとは」

妙な客とは、と怜さんの発言に内心首を傾げた俺の横で、玲央さんが浅く頷いた。

「最近、来ると絶対同じ、窓際のドア近くのソファー席に座る女性客が居たんだけどね。ちょっと不思議なお客様だったのさ。多分ウィッグだったと思うんだけど、毎回髪型も髪の長さもがっつり変えてくるし、いつも帽子を被っててなおかつ絶対に外そうとしないから、なんとなく印象に残ってて。よく来店してくれるからよっぽどプラネタリウムが好きなのかなと思ってたんだけど、にしては星に興味はなさそうだし、やたらと頻繁に店内――というか店員が出てくる厨房の扉あたりばっかり気にしてるそぶりが多いお客様でね。できるだけ碓氷くんには接客させないようにしてたんだけど……『なんでこいつこんなに業務妨害してくるんだろう』って思わせてたらごめん」

「え、いえ全然そんなことは……むしろお気遣いいただいてしまってすみません」

玲央さんに向けて首を振りつつ、そういえばと俺は思い出す。確か月島と暗号の紙を眺めていた時だったか、やたらと玲央さんがウインクをかましてきた日、そんな客がいたような。

あの時は、確かに玲央さんの「自分が接客する」ムーブが積極的だった気がする。

「涼くんに念のため聞いてみたらさ、多分例の、学校の近くの洋菓子店の店員さんだって言うから、こりゃ怪しいぞと。だから念のため、みんなを喫茶店から距離置かせた方がいいねってなって――ごめんね」

なるほど、と俺は腑に落ちる。芹沢に関する『桐山の嘘』のことだ。

そう、全てはストーカーが見張っている可能性のあるあの喫茶店から、芹沢を遠ざけて守るためだったというわけだ。

そして恐らく、桐山は。俺に本当のことを、ストーカー被害のことを当時打ち明ける気がなかった。だから、『芹沢に彼氏が出来た』などと、俺に打ち明けてさえいれば必要のない嘘を、あいつは俺に吐いたのだ。

「本当は碓氷くんにもストーカーのこと言うべきだったんだけど……僕が、言えなかったんだ。ごめん。こんな自分が情けなくて、ずっと言えなかった」

黙っててごめんね、と桐山が目を伏せながらそう切り出す。

「……そもそも僕、あの女性の店員さんの顔に見覚えあったんだよね。君と最初にクッキー買いに行った時」

それは全くの初耳だ。そんな最初からだったとは、と俺は驚きと共に疑問を繰り出す。

「え、けど洋菓子店で会った時、そんな感じは全然……」

「僕は演技が得意なんだよ、これでも」桐山が素っ気なく言って肩を竦める。「当時僕は塩対応キャラってことになってたし、認知匂わせるようなことも絶対しなかったし……あっちも僕が自分のことを覚えてるのは計算外だったんじゃないかな」

塩対応キャラ？　認知？　と疑問が次々に頭に浮かんだけれど。俺が口を開く間もなく、「とにかく」と語気を強くした桐山が、こちらに人差し指を突きつける。

「まあもしかしたらあの洋菓子店で勤務してたのは全くの偶然ってこともありえたから、万が一本当にストーカーだった時に備えて何も気づかないふりして、証拠集めしようとしてたわけ。そしたら、君の今日の暴挙があったわけさ。肝が冷えたよホント」

「え、俺？」

暴挙とは一体何だろう。全く思い当たる節がないが。

「ストーカー犯と、一対一で話そうとしてたでしょ。もう駄目だよ、あんなことは」

深みのある落ち着いた声が、俺の頭上に落ちる。心配そうな表情で眉を顰めながら、声の主である怜さんが、俺の前にチョコレートケーキを置いてくれた。ケーキの上部分に、アラザンと細かな金箔が星屑のように鏤められた、綺麗なケーキだった。

「もう、無茶したら絶対駄目だからね。はい、ケーキ好きなだけどうぞ」

「ありがとうございます、いただきます」

俺はちゃっかり、ありがたく怜さんに勧められたケーキに手を付ける。

「ねえ、絶対響いてないよこの人。また絶対無茶するよこの人」

「桐山うるさい。そんなことより俺、まだ聞いてないことあんだけど」

「ん？　何さ？」

ぶつくさ言いながらケーキを器用に頬張る桐山に、俺は尋ねる。

「さっきの言葉の意味が全然分かんねえんだけど。塩対応キャラって何？　認知って？」

今更だけど、と付け加えながら。俺の絞り出した質問に、桐山は軽い調子で「うん、まあ、昔ね」とフォークを人差し指を立てるように空中へ向かってひょいと立てた。

そして、これまた軽い調子で言った。

「一応、もと芸能人なもんで」と。

聞いてないぞ、そんな話。……いや、俺が聞かなかったのもあるけれど。

「元芸能人だったとか聞いてないぞ……」

「だって君から聞かれたことないいし。それに芸能人っていうか、正しくはアイドル研修生ね。デビューしてないから結局」

「いや、俺からすれば同じだよ。何で誰も学校で騒がなかったんだ」

「そもそも芸名と本名全然違うし、まさか本人が居るとは思わないよね、みんな」

「自分で言うな、自分で」

スマホを閉じ、桐山の今までの経歴を調べて頭が混乱真っ最中の俺は、ぐったりとアイスティーを啜った。

「話しとけや、最初っから」

「わー、碓氷くんが拗ねてる」

「珍しい光景ね」

「だから黙っててごめんってホント、機嫌直して？」

同じテーブルに着いた芹沢と月島と桐山から集中砲火を浴び、俺はむっすりと肘をつく。

「にしてもうーん、ちょっと待ってねごめん、私も未だにさっき聞いた話の整理がついてなくて。ストーカー……ストーカーかあ……」

混乱した様子で、困惑顔のまま芹沢が口を真一文字にして腕を組む。無理もない、芹沢はここに集められてから初めて事態を知ったのだから。まさに寝耳に水だろう——などと考えている俺の膝の上で、スマホがメッセージの受信を知らせて短く震えた。

〈やっぱり、葉月には言わない方が良かったかな〉

俺の真正面に座る桐山が、ちらりと俺に視線を向けてくる。俺は素早く返信を打った。

〈いーや、絶対言った方がいいね。昼も散々言っただろ、隠される方が辛いと思う〉

アイコンタクトを交わす俺たちを、月島が怪訝そうな顔で見比べている気配を感じる。内心冷や汗をかいていると、「あの、その」と芹沢がぱっと顔を上げた。

「辛いことなのに話してくれて、ありがとう。無事でよかった、ほんとに」

ほっとしたように言葉を継いでから、芹沢は小さく苦笑した。

「なんとなく、なんかあったのかなって思ってたから。とにかく、無事ならなによりだよ」

〈ほらみろ、薄々ばれてんじゃん。こじれる前に正直に話せてよかったな〉

俺のメッセージ追撃に、桐山が「うっ」と言うような表情をする。大変いい気味だ、散々利用されてきてやったのだから、これくらいしても俺にバチはあたるまい。

「その……本当にごめん、葉月。嘘ついちゃったし、朝約束破っちゃったし……」

珍しく真剣な表情で、桐山が芹沢に頭を下げる。芹沢は慌てたように、

「いいっていいって。だってめちゃくちゃ非常事態じゃん。正直に話してくれてありがとね」

と手を左右に振った。いい奴すぎる。

「いやほんと桐山最悪だな」

「ほんとね、サイテー」

「……君たち、息ぴったりに追い打ちかけてくるの止めて？」

「だってねえ、事情があるにしたって、朝行けなくなったって連絡ぐらいできるじゃないの」

「あー……それは、その、言い訳になっちゃうんだけど……」桐山が困ったように頭をかきながら弁明する。「もし盗聴器とかあったら怖いし、スマホ監視アプリとか入ってたらまずいかもって思って……あの時は判断力、正直鈍ってた」

「ス、スマホ監視アプリ……？　なにそれ、そんなんあるの？」

「葉月はいいのよ、知らない方が世の中幸せなことたくさんあるわ」

……若干、今の会話の中に桐山の闇が垣間《かいまみ》見えた気がするが、あえて触れるまい。

「ところで話は変わるんだけど」月島がちらりと芹沢の様子を窺いながら、話題転換を図る。「碓氷くん、桐山くんって結局朝はどこにいたわけ？『僕は名探偵の所にいる』だとかなんとか、碓氷くんにメッセージ送った時の話よ」

心配そうな面持ちの芹沢を気遣っているのがバレバレだよ、月島。……とは思いつつも、ストーカー話を長引かせるのは俺も嫌だ。桐山も嫌なことしか思い出さないだろうし。

俺はそう思いつつ、素直に「ああ、あれか」と頷いて話題に乗った。

「名前のままだよ。こういうこと」

そして俺は皆の目の前で、紙ナプキンの上にボールペンで文字を書く。

――Ｈｅｒｃｕｌｅ Ｐｏｉｒｏｔ、と。

「……誰？」

芹沢が首を傾げる。まだ分からないらしい。俺は「ポから始まる三文字の名探偵は？」と、助け舟を出してやる。「その名探偵のフルネームだ。ちなみにこれ、フランス語表記な」

「あ！」

月島が珍しく、大声を出す。

「そっか、フランス語ってそういえばHを発音しないわね……私、発音間違えてたわ」どうやら、月島は分かったらしい。「この喫茶店、彼の名前と一緒だったのね」

「そう。アガサクリスティーは、ヘラクレスにちなんで、彼の名前をつけたんだ」

桐山がにっこりと頷き、天井を指す。いつも夜には星座が映し出される、丸いドーム型の天井を。

「エルキュール・ポアロ。僕の大好きな探偵さ」

エピローグ

運動会後のぶっちゃけ大会の後、『星空探偵』たちの宴は夜まで長く続いた。

どうやらストーカー事件が終結しても、この喫茶店での集まりは今後も続いていくらしい。まるで当たり前かのような自然な流れで「また月曜日に」と全員が約束し、本日はひとまず解散となった。

そして、今。さてどうしたもんかと、俺は考えていた。

未だ消化不良にくすぶるこの感覚を、このまま忘れ去るべきか、それともきちんと伝えるべきか。そんな悶々とした俺の考えを知ってか知らずか、すっかりいつも通りの調子に戻った桐山は、「あ、金星だ」と天を指さした。

時刻は午後十九時半。当たり前だが辺りはもうとっくのとうに暗く、頭上には都会特有の、星空のほとんど見えない夜空が広がっている。今なんてもはや、桐山が先ほど言及していた金星しか見えない。

「そういやお前、今日は見送り出てきたな」

俺たちは先ほど、女子陣を駅まで送って来たばかりだった。二人とも自転車を押してきていたため自転車に乗ってもいい状態なものの、何となく二人とも自転車を歩きながら押し、怜さんの喫茶店への道をゆっくりと歩いていく。この後、怜さん特製の夕飯をご馳走になる予定なのだ。

「あー、やっとね」街灯にぼんやりと照らされた桐山の横顔に、微笑がのぞく。「今まではストーカーに見られたら、一緒に居る子が何されるか分からなくて、怖かったからさ。特に夜はね」

こいつは時々、どうでもよくないことをあっさりと淡々と、ひょいと言う時がある。今もそうだった。

――いまだ、こいつの人となりはよく分からない。

「あのさあ」

沈黙の間を、桐山の声が割る。

「言いたいことあるなら、言っていいよ何でも。分かってると思うけど、君にはその権利がある」

住宅街の真ん中で、桐山の足と、押していた自転車が止まった。ついでに奴の顔は真剣そのもので、俺は思わずつられてその場に立ち止まる。

「それは、腹を割って話そうって意味か？」

「うん、そう」桐山はこっくりと素直に頷く。「あるでしょ。言いたいこと」

あることにはあるが、まさか真正面からぶち込んでくるとは。俺は「そうか」と言いつつ、ため息をついた。

「俺さ、便利に使われるのはあんまり好きじゃないんだ、本当は」

「……うん、ごめん」

桐山から、率直な謝罪が返って来る。奴は少し躊躇ってから、言った。

「君には、嫌われても仕方ないことをしたと思ってる」

「それはお前が最初、俺が中学時代まで柔道経験者だったことを知った上で、ストーカーのことは黙って声を掛けてきたことか？」

「……やっぱり、知ってたんだ」桐山が苦笑する。「うん。君、自分の耳の形をやたら気にしてるし、髪で隠してるから何でだろうって最初思ってて……実際に隣で見てて分かったんだ、これは柔道で厳しい練習を繰り返した人の耳だって。階段から落ちた時の受け身なんて、見事なもんだったよ。完璧だった」

ため息をついて、桐山はぼそりと言葉を紡ぐ。

「自分でも、卑怯だったと思う。君なら、僕と一緒に行動しても大丈夫だろうと思った。だから声をかけたんだ、できるだけ力の強い男子と行動したかったから」

——気づいてたさ、桐山。そんなことくらい。

桐山は決して一人で行動しようとしない。奴は徹底的に一人にならないような動線を採っていたことに、俺は気付いていた。

いうなれば、怜さんのあの喫茶店自体が桐山のストーカー対策のための隠れ蓑《みの》——実家の場所が割れないよう怜さんがこしらえた、住居も兼ねた場所なのだろうということも（それくらい桐山がストーカー被害もしくは未遂に何度も遭って来たのだろうと思うと、気が遠くなるけれど）。

桐山は公立中学出身で、地元は月島や芹沢、由利たちと同じはず。彼らは全員電車通学する距離に家がある。なのに、桐山は最初から行きも帰りも自転車を使っていた。奴の生活サイクルからしても、あの喫茶店を住居にしているとしか考えられないのだ。

まあそもそも、親戚のやっている喫茶店と高校が近所だなんて、そんな都合のいい設定は人為的に用意しない限り、ほぼあり得ないだろう。

「ていうかお前さあ」俺はわざと呆れ声を出し、桐山を横目で見る。「お前も怪文書、自作自演したろ。下駄箱のあの手紙」

『冬牡牛　春射手　秋獅子　秋乙女　春射手　夏双子　夏魚　春双子　春牡牛　秋蟹　秋水瓶　夏射手　冬乙女』

――『きりやまりょうは　ろくでなし』。

下駄箱に入っていた、あの謎の手紙。大方桐山のものだろうと見当はついていたが、敢えて指摘しなかった。

理由は簡単で、『怖かった』からだ。

「お前、あれで俺が離れてくの期待したな」

「……なんで、僕だって分かったの？　差出人」

「人をあんまり馬鹿にすんなよ。しらばっくれんのも大概にな」俺はじろりと桐山に視線を向ける。「そもそもうちの学校に入れるのは学生と教師だけだし、下駄箱には出席番号しか書いてないから、どれが誰の下駄箱なのか一発で分かりにくいだろ。しかもあの暗号、うちの学校で知ってるのは俺と由利とお前だけ。俺の下駄箱を確実に特定できて、わざわざ遠回しに手紙を用意してくる奴なんざ、俺は一人しか知らないね」

あまりにも、差出人が見え透いている。書いた本人も、その意図も見え透いていて仕方がないから、敢えて俺はこれまでこのことについて桐山を問い詰めなかった。

問い詰めた時点で、この関係性が壊れるのが怖かったのだ。

――けれど、もう。この話をしてもきっと大丈夫だという、妙な確信が俺にはあった。

そしてそれは、決して悪い気分じゃなかった。

「……それ、分かってて黙ってたんだ。折角逃げ道用意してあげようとしてたのに、君は本当にお人好しだね」

「いや、間違いなくお人好しではないぞ」

それは違うと俺は反論する。

「俺も俺で、お前のこと利用してたようなもんだしな」

「……へ？」

「ボッチ回避にバイト先の供給に放課後の居場所に美味い飯。しかもバイトは環境も上司も理想的、仕事内容の割に高給と来た。条件良すぎて最高だね」

俺は右手の親指と人差し指で輪を作るジェスチャーをし、「まさか、もうお役御免だから全部クビとか言わないよな?」と言いつつニヤリと笑って見せる。しばし目を丸くした後、桐山は呆気に取られたような調子で口を開いた。いつもステルス笑顔のこいつの顔面上ではなかなか見られない、貴重な表情である。

「怒ってないの?」

「そりゃ、怒ってるさ」

「だったら、なん……」

「俺はな、桐山」桐山の言葉を遮り、俺は続ける。「お前が何も言わなかったことに怒ってる」

言ってくれればいいのにと、何度も思った。

「でも、自分から相手を知ろうともしなかった俺自身のことも後悔してる」

自らは何も動こうとしない自分を棚に上げて、人に求めてばかりいたのだから。

「だからまあ、おあいこってことだ。この話はこれでお終い」

俺は静かに、右手を桐山の方に差し出す。しばらくぽかんとその手を見つめた後、桐山はのろのろと右手を差し出してきた。

「君ってさ」

「あ?」

「ほんとに変な奴だね」

「失礼な奴だな」

「いい意味で言ってるんだよ」

「そりゃどーも。変な奴ついでに、もう一つ聞いてもいいか？」

「変な奴ついでにって何さ。いいよ、勿論」

「月島って、武道経験者だったりするか？」

どうやら想定外の質問だったらしい。桐山はぽかんとした顔で、その場に棒立ちになった。

「すごいね、何で分かったの？　僕に聞いてくるってことは、本人に聞いたんじゃないでしょ」

「いや、あくまでも推測だけどな。お辞儀が綺麗すぎだし、ちょくちょく一人称が『自分』になりかけてたし、俺のすり足注意されたし……」

「へえ、よく見てるね」

「なんかその笑い、むかつくからやめろ」

「はいはい」そう言ったもののニヤニヤ笑いを続けたまま、桐山は再び歩き出した。「そうだよ。千晶の場合は、空手経験者だけど」

「そうか」

俺は浅く頷く。ひょっとして、桐山を護るために強くなりたかったなんてことは……

「今、凄く不本意で的外れな推測されてる気がする。それ絶対違うから、僕が芸能人になる前から千晶は空手やってるから」

「お前凄いな、エスパーか？」

まるで頭の中を読まれたかのような返答に、俺は心底驚いた。

「いーや、碓氷くんが分かりやすいだけだよ」

「俺今、馬鹿にされてるか？」

「ううん、してないしてない。ああ、だけど、一個まだ分からないことがあるんだった」

「なんだよ」

急に改まった調子で切り出され、今度は俺が立ち止まる。

「——君の左手首」桐山の指が、俺の左手に巻かれたリストバンドを指さす。「それ、サポーターだよね。運動してない時も、ずっとつけてる」

「ああ、これか」俺は軽い調子を心掛けながら、左手首を持ち上げた。「昔、怪我やっちまってな。それ以来、保護目的でつけてるだけ。別に後遺症が残ってるとかじゃ……」

「それ、君が今柔道やってないことと、関係あったりする？」

今度は俺が、言葉に詰まる番だった。

「君の耳さ、すごく昔から練習してきた人の耳だろ。多分結構最近まで食事もちゃんと管理してて、フライドポテトすら食べたこともない——なのに、どうして高校で、何も部活に入る気が元々ないんだろうって、思ったんだ」

それに、と桐山は躊躇いがちに続ける。

「君の受け身、本当に綺麗だった。もし偏見だったら悪いんだけど、競技中に痛めたとか、

「そんなんじゃない気がして……」

驚いた。桐山は、俺のことをよく見ている。そう思うと同時に、俺は思わず口を開いていた。

「ああ、まあ、そうだな。昔先輩に、やられたんだ」

どこにでもありふれた、よくある悪意の話さ、と俺は呟く。

「部室の扉を、俺が部屋に入る直前で、思いっきり閉められて――その時、痛めた」

そう、起こったのは『ただの事故』。

下級生が部室に入る直前に、上級生が間違えて扉を閉めてしまった。挟んでしまいました、ごめんなさい。文字に起こすとこんなにも淡白だ。だけど、あの時の記憶を未だに忌々しくも鮮明に思い出せる俺には、間違いなかったと断言できる記憶がある。

「……笑ってたんだ、先輩たち」

『悪い悪い、居ると思わなくって』と内側から扉が開けられた時の、あの部屋の中に居た部員たちの表情が、笑顔が、いつまで経っても頭から離れない。

すぐ後ろに居たのだ、居ると思わなかったわけがない。『そんなつもりはなかった』などという言葉もすべて、白々しく聞こえた。

後から、部活の同級生に『お前がいなくなってせいせいしたって、先輩たち言ってたぜ』と言われた。『お前、正義感強すぎ。もっと柔軟性持てよ』と言っていた同級生だった。

それからだ。他人のことを、知ることが怖くなったのは。

普段何食わぬ顔をして、無害そうな顔をして、闊歩《かっぽ》している人間の中に潜む悪意。それを知るのが怖かった。

そして、それからだ。俺が、無気力になったのも。

だって、そうじゃないか。理不尽なことがまかり通る、悪意を持った人間が大手を振って歩き回る、こんな世の中で。一体何に、期待できるって言うんだ？

「……そう。話してくれて、ありがとう。無理に聞いて悪かったね」

「……いや、こっちこそ悪いな。こんな話聞かせちまって」

「行こうぜ」と、俺は歩き出す。が、桐山はその場から動かない。「桐山？」

「僕さあ、君の名前見た時、『夢十夜《ゆめじゅうや》』みたいだなって思ったんだ。夏目漱石の」

「どうした、いきなり」

困惑する俺にも構わず、桐山はゆっくり歩き出しながら続ける。

「でさ、ちょっと思い出したんだ。夏目漱石の書いたフレーズの中でも、すごく印象に残ってる言葉があってさ。別作品なんだけど。『我々は、自由を欲して自由を得た。自由を得た結果、不自由を感じて困っている』――ってやつでね」

困った、全く話が見えてこない。奴は一体、何を言おうとしてるんだ？

「僕はさ、思うんだよね。自由過ぎて不自由を感じるって、この上ない贅沢だって。だってそれって、無数の選択肢があって困っちゃう、ってことだろ？　贅沢以外の何物でもないよ」

「……まあ、捉えようによっちゃそうだな」

前向き過ぎてびっくりするわ。何を選ぶべきか分からなくて停滞する、って見方もあるだろうに――とは思ったものの口に出さなかった俺に、桐山の朗らかな声が向けられる。

「だけどまあ、そんな沢山の選択肢は困っちゃうから――とりあえず一つずつ、手当たり次第に試してみたら、楽しいんじゃないかなって。――『青春』ってのはさ、方向性を間違えたエネルギーそのものも言うんだと思う。そうやって、君の次の目標が定まるまで、一緒に間違えながら色んなことを試していけたらいいなって、僕は思ってる」

ここでやっと、俺は気付いた。

俺の、空欄のままの、自己紹介用紙の『将来の夢』。結局白紙のまま提出した、進路用紙。これは桐山なりの、きっと励ましの言葉なのだ。意味分からんけど。

俺は苦笑しながら、敢えての憎まれ口をたたく。

「……くっせえセリフだな」

「うるさいよ。恥を忍んで言ったんだよ、今のは」

桐山の氷点下の視線が俺を突き刺す。これ、多分照れてるな。

「いいから行くよ」と歩き出した桐山の背中を追いながら、俺はこれから今日もまた見るであろう、プラネタリウムの夜空を頭の中に思い描いた。

静寂の世界。最初に見える、都会の夜を描いた真っ暗闇。そんな都会の真っ暗闇で本来なら光るはずが隠されている、無数の小さな光。ちっぽけな自分とまだ見えぬ理想。

——だってそれって、無数の選択肢があって困っちゃう、ってことだろ？　贅沢以外の何物でもないよ。

まあ、桐山の言うことも一理あるか、と俺は夜空を見上げながら思う。

無数の星々のように、無数の選択肢が浮かぶこの世界の中で。

俺はひとまず、試しに、明日からのことを願うことから始めてみようと、柄にもなくそう思う。

明日からも、出来る限り長く。

あの喫茶店で、あのメンバーで、『謎解き遊び』に興じ続ける——そんな日々が、少しでも長く続くと良い。

そう願うのも、悪くない。

あとがき

初めまして、瀬橋ゆかと申します。お久しぶりです、の方はまたお会いできてとてもとても嬉しいです。本書をお手に取って下さり、本当にありがとうございます。

星空探偵たちの物語、いかがだったでしょうか。私の好きなものと「憧れ」を詰め込んだお話、少しでも楽しんでいただけていたらいいなと祈っています。

思い返せば十夜たちと同じ高校生の時、私はうっすらとずっと、「羨ましい」と「悲しい」を繰り返していました。運動が出来る人、人を楽しませる才能がある人、頭の回転が速い人、素敵な文章を書く人、絵が上手い人……高校という小さな世界にだけでも凄い人は沢山いて、皆が自分をしっかり持っているように思えて、私は静かに絶望していました。だって私には、何もなかったから。人と比べて「得意だ」と言える事が、何一つなかったから。

だから、私は将来の夢を問われたり、進路を考えろと言われる事が苦手でした。今なら正直、「そんな早くに将来なんか決められる訳ないよなぁ」と思いますし、意外と大人って適当ですし（私がそうです……）、大人になっても選択肢は沢山あるのだし、大人になってから何かを始めたって全然いいのだから悲観することはなかったなと思うのですが、当時は本当に切実で。何者にも成れそうにない自分が、とてもとても悲しくて、情けなかった。

ただ、なぜあんなに悲しくて焦る気持ちがあったのかと考えると——きっと誰かに自分を認めて欲しくて、自分の存在を肯定して欲しかったというのもあったかも、と思います。

あの時本当に欲しかったのは、自分と一緒に歩いてくれる人だったのかもしれない。転んでも見限らず隣に居てくれて、たとえ喧嘩したとしても結局、変わらず互いに並んで歩いている。そんな人が一人でも居てくれて、日々を駆け抜けることができたならきっと無敵で。そんな相手と出会える「憧れ」を主人公たちに託して、自分が好きなプラネタリウムや星座と、ちょっとした『謎』要素を詰め込んで、このお話が出来ました。十夜たちと同じ歳の頃、私自身は一人で図書室に居る事が多かったので、こんなにも沢山の方が自分の描いた物語に関わって下さっている事を当時の私が聞いたら、きっともの凄く驚くと思います。

担当編集の尾中さま。執筆中、温かいお言葉に何度も救われて、無事物語を書ききることが出来ました。一緒に駆け抜けて下さり、本当にありがとうございました！

装画を描いて下さった、雪丸ぬん様。装画を拝見した時、素晴らしすぎて「これは夢？」と頬を抓《つね》りました。喫茶店も十夜たちも全部最高です！　本当にありがとうございます。

そして、出版社の皆様。デザイナー様。校正様。書店員の皆様。そしてそして、本書を手に取って下さった読者の皆様。関わって下さったすべての方に、改めて御礼申し上げます。

願わくば、皆様の未来に、これからの道中に。確かに輝く星が、浮かび上がりますように。

二〇二四年九月吉日　瀬橋ゆか

ことのは文庫

放課後《ほうかご》、星空喫茶《ほしぞらきっさ》で謎解《なぞと》き遊《あそ》びを

2024年9月28日　初版発行

著者　瀬橋《せはし》ゆか
発行人　子安喜美子
編集　尾中麻由果
印刷所　株式会社広済堂ネクスト
発行　株式会社マイクロマガジン社
URL：https://micromagazine.co.jp/
〒104-0041
東京都中央区新富1-3-7 ヨドコウビル
TEL.03-3206-1641 FAX.03-3551-1208（営業部）
TEL.03-3551-9563 FAX.03-3551-9565（編集部）

本書は、書き下ろしです。
定価はカバーに印刷されています。

ISBN978-4-86716-628-4　C0193
乱丁、落丁本はお取り替えいたします。